CAIO COBRA

UM BRINDE ÀS TREVAS

ubook

ubk Publishing House

COORDENAÇÃO Alessandra Brito
EDIÇÃO Nikita Sigrist
REVISÃO N. Edardina e Vinícius Nascimento
CAPA E PROJETO GRÁFICO Clarissa Duarte
DIAGRAMAÇÃO Cristiano Marques
IMAGEM DE CAPA Borzykh Sergey | Shutterstock
IMAGEM DO MIOLO phongphan5922 | iStock

Dados Internacionais de Catalogação na Publicação (CIP)
(Câmara Brasileira do Livro, SP, Brasil)

Cobra, Caio
Um brinde às trevas / Caio Cobra. -- Rio de Janeiro : Ubook Editora, 2022.

ISBN 978-85-9556-410-7

1. Ficção policial e de mistério (Literatura brasileira)

I. Título.

22-99664 CDD-B869.93

Índices para catálogo sistemático:

1. Ficção policial e de mistério : Literatura brasileira B869.93

Cibele Maria Dias - Bibliotecária - CRB-8/9427

Ubook Editora S.A
Av. das Américas, 500, Bloco 12, Salas 303/304,
Barra da Tijuca, Rio de Janeiro/RJ.
Cep.: 22.640-100
Tel.: (21) 3570-8150

Para Nathalia, Estela e Otávio.

AGRADECIMENTOS

Por trabalhar há tantos anos na indústria cinematográfica, estou acostumado a obras que são criações coletivas. Nenhum filme é realizado por uma pessoa sozinha. Já na literatura se tem a impressão de que todo o trabalho é feito pelo autor do livro.

Nada pode estar mais errado.

Por isso, seguem aqui meus agradecimentos a todos que me ajudaram a contar essa história.

Agradeço antes de mais nada à minha esposa e inspiração, Nathalia Amadei, pela paciência, companheirismo e ótimas opiniões. Aos meus filhos, Estela Cobra e Otávio Cobra, que sempre entendiam quando papai dizia que precisava ficar sozinho e se concentrar porque estava escrevendo um livrinho.

Agradeço aos amigos Rodrigo Pimentel, Bruno Delia e Leandro de Oliveira por todas as lições sobre o trabalho policial.

Agradeço ao amigo e parceiro Felipe Machado por todas as dicas e conselhos, assim como ao querido Adriano Piazzi, pelas mesmas razões.

Não posso deixar de agradecer ao amigo Cosimo Valério por ter me aberto o rumo que esse livro tomou, e também a Cristina Albuquerque por ter acreditado nele. E agradeço a Alessandra Brito, Nikita Sigrist e todos da Ubook por terem tornado essa história melhor do que era.

Por fim, agradeço aos amigos Enio Berwanger e Tatiana Vitta, que tiveram o carinho de ler primeiro.

“O mundo é um lugar bom e vale
a pena lutar por ele.”

Ernest Hemingway, *Por quem os sinos dobram*

“Concordo com a segunda parte.”

Detetive William Somerset, *Seven*

PRÓLOGO

Ele se lembrava. Não havia sido uma conversa fácil. O corpo magro da garota contrastava com as roupas largas. Jaime já vira aquele olhar triste e desconfiado, que o encarava por entre as grades do prédio, em outros rostos, mas havia algo que aquela menina ocultava atrás das pupilas dilatadas; uma espécie de trevas. Trevas que olhos tão novos não deveriam ter sido forçados a vislumbrar.

A garota não o havia deixado entrar, mas concordou em descer e falar com ele. Jaime se apresentou, mostrou seu distintivo e falou que o pai a queria de volta em casa. Ela riu, mas Jaime não deixou de notar que apesar do escárnio os olhos se mantinham tristes. O namorado então apareceu, a arrastou para dentro do prédio e ameaçou Jaime. Tudo bem, ele já havia sido ameaçado antes e podia esperar.

E foi o que fez. Sentou-se numa padaria próxima e esperou. Não sabia por que estava fazendo aquilo; já tinha cumprido seu dever de localizar a menina. Ainda assim, esperou. E a espera foi recompensada quando a menina entrou sozinha na padaria. Jaime a chamou e tal qual um cachorro assustado ela quis fugir, mas ele lhe ofereceu uma cerveja e disse que só queria conversar. De forma reticente, ela se aproximou e se sentou. Talvez tudo tivesse sido diferente se Deborah tivesse simplesmente partido.

Havia medo, muito medo naquela menina. Medo de Jaime, medo do pai, medo do namorado. Será que houve algum momento em que Deborah não tenha sentido medo? O que Jaime via ali era uma pessoa que passou muito tempo tendo sua alma destruída e o que sobrara era apenas uma versão mutilada do que fora e também do que poderia ter sido. Ele quis saber mais dela, quis ajudá-la. Ela disse que estava além de qualquer ajuda e ele prometeu que iria protegê-la. Ela sorriu, se levantou e deu um beijo no rosto de Jaime. Virou seu copo de cerveja e foi embora.

Imagens diversas passearam pela mente de Jaime antes que o capítulo seguinte daquele enredo tomasse forma.

Tudo errado. Toda aquela operação estava errada, e Jaime já estava arrependido de ter dado a localização de Deborah a seus superiores. Gente demais, armas demais.

Agora ele se via correndo escadaria acima com a arma em punho. Gritos e batidas na porta. Invadiram o apartamento. Deborah não estava lá. O que ele viu foi um lago de sangue com filhotes de cachorro afundando. Ele gritou e chorou, e os cães choraram de volta. Naquele momento Jaime era uma criança, não conseguia alcançar os filhotes e não conseguia parar de chorar. Os cães afundaram e Jaime ouviu um estrondo. A luz feriu seus olhos. Ele piscou e entendeu que estava sonhando. Havia dormido outra vez sobre uma mesa, bebendo em seu bar. O estrondo era do portão de enrolar sendo aberto. Jaime esfregou os olhos e encarou a luz. Michele, que acabara de abrir o bar, caminhava, iluminada, em sua direção. Ela lhe deu um beijo no rosto e disse que iria preparar um café.

1

Aquele local parecia uma garagem imunda, mas com a peculiaridade de ter isolamento acústico. Numa cadeira de ferro chumbada ao chão um homem agonizante tinha seus pés e mãos fortemente presos. Mantinha a cabeça abaixada e as outras pessoas no local não sabiam se ele havia desmaiado, tampouco se importavam. Eram dois além do prisioneiro; ambos mascarados. Um deles portava uma marreta. Ele a recostou num canto e pegou uma bateria de carro com cabos conectados. Encostou os cabos no pescoço do homem preso, que gritou devido ao choque. Gorgolejou, tossiu e cuspiu um dente. Seu rosto era um emaranhado de hematomas, feridas abertas e veias estouradas. Numa tentativa vã, mexeu seus braços apenas para concluir que as tiras de plástico que o mantinham preso não haviam se afrouxado nem um milímetro.

— Continuamos? — perguntou o mascarado que infligira o choque.

O segundo mascarado foi até um celular mantido em um tripé, que gravava todo o suplício do homem na cadeira.

— Só temos uma hora e quarenta minutos de gravação. Melhor chegar em duas horas.

O mascarado que havia feito a pergunta empunhou a marreta e, sem nenhuma hesitação, desferiu um golpe contra o pé do preso. O som de ossos se quebrando e carne sendo amassada se misturou ao grito que ecoou de imediato. Era impressionante a força dos pulmões daquele homem, mesmo depois de quase duas horas sendo brutalmente torturado. Mais uma marretada arrebentou seu outro pé sem que ainda tivesse tido tempo de recuperar o fôlego do grito anterior. O mascarado olhou para a cabeça da marreta, que mesclava sangue ressecado com úmido. O grito ainda ecoava.

— Estou ficando sem imaginação.

— Pegue um alicate. Arranque os dentes que sobraram.

O homem preso falava palavras desconexas que poderiam ser entendidas como súplicas se algum deles fizesse alguma questão de prestar atenção.

— Você vai trazer a câmera mais pra perto? Daquele ângulo não vai dar pra ver nada.

As súplicas se tornaram gemidos finos que soavam quase como miados.

— Ok, traz pra cá.

— Eu, trazer? Estou segurando a marreta e minhas mãos estão imundas. Aproveita que você não sujou as mãos e pega o celular.

— Isso foi uma reclamação?

— Só quero terminar com isso logo.

O mascarado que não havia sujado as mãos foi até o tripé e pegou o smartphone. Aproximou-o do rosto deformado e gravou com displicência, enquanto o prisioneiro berrava ao ter seus dentes arrancados, um a um, com o alicate enferrujado. Sangue pingava da boca aberta à força e se misturava às lágrimas que escorriam, que, por sua vez, se misturavam a outros fluídos corporais numa miríade nojenta. Mesmo com todo aquele sangue e os gritos lancinantes, o mascarado que estava filmando estava distraído, refletindo sobre as constantes manifestações de insatisfação de seu parceiro. Precisava considerar o que fazer. Conversaria com sua sócia, a terceira parte envolvida naquele empreendimento, e, juntos, chegariam a uma conclusão.

— Não consigo arrancar os mais de trás.

— Sem problemas. Já temos o suficiente.

Com as mãos ainda mais sujas com o sangue dos dentes arrancados, o algoz mascarado pegou uma faca. Nem todo o sofrimento ao qual fora submetido conseguira fazer com que o homem torturado abrisse mão da vida de bom grado, e ele suplicou mais e mais quando a faca foi colocada em sua jugular. Um movimento rápido e um mínimo filete de sangue escorreu.

— Faca cega — disse o mascarado que até ali não sujara as mãos.

— Saco.

O mascarado que sujava as mãos olhou para a faca e depois em volta. Olhou para o prisioneiro que chorava e balançou a cabeça. Com força, enfiou a ponta da faca no pescoço do homem, que arregalou os olhos, fitando o nada. Ruídos estalados e tentativas de respiração saíam por sua boca enquanto a faca enterrada era mexida em seu pescoço no intuito de causar o máximo de dano e dilaceração. Ele puxava o ar sofregamente e encarava seu torturador com estupefação. O mascarado empurrou a faca um pouco mais e subitamente a arrancou. Uma torrente de sangue emergiu e a cabeça do prisioneiro tombou pela última vez. Sem dizer uma palavra e seguindo um protocolo rígido criado por ele mesmo, o mascarado que sujava as mãos cortou as tiras de plástico que prendiam o homem à cadeira, e o corpo tombou no chão. Jogou a faca num canto e arrastou o corpo até o incinerador que havia ali. Abriu a grossa tampa frontal cinza, com marcas escuras de fuligem e, com grande esforço, colocou o corpo inerte dentro. Em seguida, os homens tiraram suas roupas e máscaras e jogaram dentro do incinerador também, assim como o grosso plástico que forrava o chão em torno da cadeira chumbada e impedia que o sangue e outras substâncias orgânicas sujassem o local de forma muito evidente.

— Você parece cansado, Gregório — disse o homem das mãos limpas.

— Impressão sua, Salomão — respondeu Gregório, fechando a tampa do incinerador.

Ele ligou o incinerador e foi até o filtro de barro que havia ali. Encheu um copo com água e a bebeu com a sede dos atletas. Em seguida, juntou os apetrechos que havia usado na tortura e no assassinato do homem que estava sendo queimado até as cinzas. Trancou-os num pequeno armário. Nus, os homens caminharam até a porta de saída. Salomão colocou seu dedo indicador na moderna fechadura biométrica, que fez um zumbido fino e abriu a porta. A saída dava para um pequeno espaço de azulejos brancos, que lembrava um vestiário de clube. Tomaram um banho, lavaram as mãos com sabonete antisséptico hospitalar e vestiram roupas novas recém-compradas. Saíram para a área externa, com chão de brita e rodeada por um muro alto. Não havia naquela área murada nenhuma outra construção além daquela singela sucursal do inferno que Gregório projetara e construíra praticamente sozinho. Antes havia apenas uma casa ali que pertencia a Salomão, e o que sobrara do que era originalmente se limitava à fundação e a alguns encanamentos. Gregório tinha muito orgulho daquele projeto. Salomão jamais conseguiria levantar aquilo sem ele.

Despediram-se, e, dentro de seu carro, Salomão refletiu que precisava falar com sua sócia, pois uma rachadura na estrutura parecia cada vez mais latente. Gregório estava demonstrando insatisfação fazia algum tempo. Olhou para o relógio e achou que aquele assunto poderia esperar até o dia seguinte. Já era tarde, muito tarde, e tudo o que queria era ir para casa, tomar um conhaque e relaxar. O BMW azul de Salomão passou por Gregório enquanto ele caminhava rumo ao ponto de ônibus.

2

"SEMPRE O MALDITO CHEIRO."

Por mais que já tivesse estado em situações como aquela inúmeras vezes, Maya jamais conseguiu se acostumar com o odor que atacava como primeiro impacto ao entrar num local onde ocorrera um assassinato. Não era simplesmente um cheiro de decomposição ou sangue. Era algo mais azedo, como se a violência impregnasse móveis, tapetes e paredes. Era o cheiro do indizível. A maioria das pessoas que vivia na cidade de São Paulo sempre reclamava do odor dos rios Pinheiros e Tietê. Maya — que, apesar de ter carro, preferia se locomover de transporte público sempre que podia e, naquele dia, pegara o trem que circundava o rio Pinheiros — pensou que perto daquele local até que o rio não fedia tanto assim.

Distribuiu cumprimentos a todos que estavam presentes enquanto seus olhos verdes faziam a análise preliminar do local.

— Bom dia, Maya.

Maya olhou para Denis. Como ele podia estar tão bem-humorado àquela hora?

— Bom dia, Denis. O que temos aqui?

— Duplo homicídio. Duas mulheres. Lídia Nunez, 42 anos, espancada violentamente até a morte. Achamos que a arma foi um pé de cabra ensanguentado que encontramos. E Rebeca Ramos, 48 anos, esfaqueada nas costas e teve a faca enterrada no pescoço. A faca está lá ainda, inclusive.

— Quem as encontrou?

Denis indicou a faxineira. Maya rapidamente identificou a senhora de olhar perdido, sentada em uma cadeira na cozinha. A investigadora virou-se para Denis, inquisitiva.

— Sem chance. Ela trabalha aqui há anos e os vizinhos a viram chegando hoje de manhã — disse Denis.

— As vítimas. Qual a ligação entre elas?

— Ligação?

— As duas moravam aqui? Dividiam a casa? Uma era visita?

— Eram um casal.

Maya concordou com a cabeça e foi até a faxineira que, enrolada em um cobertor, ainda tinha seus olhos vidrados como se estivesse em qualquer outro lugar que não ali. Agachou-se perto dela.

— Olá, senhora...

A faxineira pareceu não perceber Maya.

— Senhora, eu sou a investigadora Maya Campos. Me disseram que a senhora encontrou os corpos.

— Quem? Quem fez uma coisa dessas?

— É pra descobrir isso que nós estamos aqui.

— As duas eram tão boas. Não faziam mal pra ninguém. Quem fez isso?

Maya se deu conta de que não conseguiria tirar nada da faxineira até o choque passar. Levantou-se e caminhou até Denis.

— Eu já tinha tentado — disse ele.

— Temos mais alguma informação?

— Bem, apenas que Lídia era contadora e Rebeca, advogada; e é aí que a porca torce o rabo.

— Por quê?

— Ela era muito atuante em processos que envolviam ataques a homossexuais. Colocou na cadeia muita gente que não gosta nada de homem beijando homem.

— Ou mulher beijando mulher.

— Exato. E vai saber se algum desses elementos, que não são conhecidos exatamente por sua tolerância, não resolveu eliminar ela?

O perito criminal que analisava os corpos conseguiu remover a faca do pescoço de Rebeca. Aparentemente, o objeto havia ficado preso entre os ossos do pescoço, e o assassino não conseguiu retirar. O perito se levantou e levou a faca para Maya e Denis. A investigadora analisou a faca por alguns segundos. Denis abriu um sorriso satisfeito.

— Na verdade, eu acho que é um excelente caminho a seguir — disse ele.

Na lâmina e no cabo da faca, a suástica nazista brilhava.

— Realmente, um excelente caminho a seguir — disse Maya, olhando da faca para o corpo de Rebeca no chão e retornando para a faca.

3

— Você esqueceu de limpar o banheiro dos funcionários de novo! — gritou Michele para Jaime, que estava lendo o jornal, sentado num dos bancos junto ao balcão vazio do bar.

— Eu não pago você pra isso? Além do mais, a única funcionária aqui é você.

— Não enche o saco. Larga essa merda de jornal e vai limpar aquela imundice. Porra! E quem lê jornal de papel ainda, caralho?

Jaime Sforza se levantou do banco. Deu um leve sorriso. Um dos motivos pelos quais ele adorava Michele era aquele seu mau humor. Michele era bonita. Baixinha, loira, olhos azuis levemente estrábicos que, ao invés de serem um problema, salientavam um charme infantil que ela tinha, fazendo seus vinte anos aparentarem menos. Jaime, por outro lado tinha 42, mas aparentava um pouco mais. Era alto e tinha cabelo castanho claro, assim como os olhos. Pegou seu copo de uísque e pretendia terminá-lo em um gole só antes de ir limpar o banheiro quando Michele o tirou das suas mãos.

— Ainda são 11 da manhã — disse ela.

— Qual é a vantagem de ter um bar se não posso beber a hora que eu quiser?

— Vai limpar o banheiro.

— Que mau humor todo é esse, posso saber?

— Meu celular tá com algum problema na câmera. — Michele sacou o aparelho do bolso.

— Meu Deus! Vai ser inútil ir pra academia, já que não tem como fazer selfie e postar.

Michele mostrou o dedo médio para Jaime, que riu e se levantou. Foi até o armário de produtos de limpeza e pegou todos os apetrechos necessários para a empreitada que o aguardava. Odiava limpar banheiros.

Mas lá foi ele. Dirigiu-se ao banheiro dos funcionários, ou dele e de Michele como dizia. Assim que entrou, parou como se notasse algo. Puxou o ar pelo nariz e balançou a cabeça.

— Você voltou a fumar? — gritou.

Silêncio.

— Não — respondeu Michele sem convicção.

Jaime saiu do banheiro e foi para trás do balcão, se agachou embaixo da pia e pegou um desodorizador de ambiente. Michele evitou olhar para ele.

— Vou fingir que acreditei e depois vou fingir que não estou decepcionado — disse Jaime, retornando ao banheiro e espalhando o aerossol pelo ar.

O tilintar dos copos e garrafas não retornou e Jaime sabia que aquela discussão não havia se encerrado. Seria um saco, mas não havia o que fazer para impedir as consequências, e ele também não podia ter ficado quieto.

— Tá, desculpa, fiz merda — disse Michele aparecendo na entrada do banheiro.

— Mas?

— Mas o quê?

— Você admitiu a cagada rápido demais. Tenho certeza que vem um "mas".

— Mas você também não diminuiu a quantidade de bebida.

— Eu não disse que ia.

— Disse que ia tentar.

Jaime suspirou.

— Eu tenho mais monstros no armário que você, Michele.

Michele fez uma careta e tentou entender se ele tinha falado aquilo a sério.

— Que merda você quer dizer com isso?

— Nada, loirinha.

Jaime não sabia por que havia dito aquilo, mas era tarde demais.

— Vai se foder, Jaime.

— Michele, eu apenas gosto de...

— De se anestesiar até alguma merda na sua cabeça ficar borrada o suficiente pra você conseguir dormir.

Michele definitivamente o conhecia bem demais. Ele não sabia se gostava disso ou não.

— Eu ia ficar bem feliz se você se abrisse comigo.

— Sobre?

— Sobre jogar filhotes num rio, ou seja lá o que você balbucia quando eu pego você caído de bêbado.

— Não faz parte do seu trabalho se preocupar comigo.

Michele ameaçou dizer algo, mas parou. Lágrimas turvaram sua visão, mas ela não deixou que nenhuma escorresse. Virou as costas e se afastou do banheiro. Jaime chutou o pequeno armário fazendo uma das portas de metal se abrir. Lá estavam um maço de cigarro e um isqueiro.

— Acabei de achar seus cigarros! — berrou Jaime.

— Enfia no cu.

O som reverberou pelo bar de forma impressionante para um grito vindo de quem já estava na rua.

4

Maya não se sentia muito à vontade mexendo em papéis e mais papéis na mesa que era de Rebeca. O problema não era o trabalho em si e sim o fato de a porta da sala estar entreaberta e não ter um advogado daquele escritório que ao passar não lançasse olhadelas desconfiadas e ressentidas para os invasores. "Mas o que há de se fazer?", pensava ela. Denis, por sua vez, parecia alheio a tudo, compenetrado em analisar os casos em que Rebeca atuou. A porta da sala foi inteiramente aberta e um jovem advogado entrou com mais algumas pastas.

— Acho que vocês podem se interessar por isso aqui — disse ele.

— O que é? — perguntou Maya.

— Um caso em que a doutora Rebeca processou um rapaz por tentativa de homicídio contra um travesti. Ela atuou em nome do travesti. Pro bono.

— Mas tem um monte de caso desse tipo aqui — disse Denis.

— Sim, mas nesse caso específico o acusado era um careca que tinha a suástica tatuada na cabeça.

Maya e Denis se entreolharam.

— E ele foi solto recentemente. Pra ser mais exato... — O jovem advogado pegou um papel entre os que estavam na pasta. — ... uma semana atrás.

5

TÉO ESTAVA ANIMADO. MAL HAVIAM COMEÇADO a sinuca e Gregório já estava tendo que pagar a segunda cerveja. Gregório foi até o balcão pegar a garrafa, e Téo ficou passando giz na ponta do taco ao lado da pequena mesa de aspecto barato, cujas laterais pareciam ser de plástico amarelo com feltro de uma cor que um dia foi vermelho, exibindo diversos pontos gastos.

— Traz um torresmo também! — gritou Téo, encostando o taco e indo em direção ao banheiro. Cruzou com um homem usando uma regata de time, bermuda e chinelos, que acabara de lavar as mãos na minúscula pia com torneira de plástico que ficava antes do reservado. Téo entrou, fechou a porta e a "trancou" prendendo o arame com ponta em gancho na pequena argola presa no batente. Enquanto urinava olhando para a parede rabiscada e descascada que deixava os tijolos à mostra, ele relaxou. Era sexta à noite, e ele e Gregório iam aproveitar um pouco. Estava feliz de passar um tempo com o irmão, já que sua filha iria dormir na casa da avó materna. Achava que Gregório tinha que descontrair um pouco, pois vinha trabalhando demais nos últimos tempos. Ok, ele tinha um trabalho que rendia muita, muita grana, mas não era por isso que devia abrir mão das pequenas coisas que importavam na vida. Téo imaginava que o irmão sabia, sim, o que importava, afinal, mesmo ganhando toda a grana que ganhava, não se mudara da vizinhança e nem ficava ostentando por aí. E pensar que a mãe achava que ele não ia dar em nada por causa dos problemas de cabeça. Mas aquilo era algo superado. Téo puxou a cordinha de nylon para dar a descarga.

Gregório estava na mesa de sinuca dando umas tacadas, ao lado de uma mulher usando um top creme com detalhes brilhantes. Ao se aproximar, Téo pensou que ela deveria ter maneirado no creme barato, cujo cheiro emanava exageradamente do cabelo e mantinha-o com o aspecto molhado. Ele pegou seu copo de cerveja, que Gregório havia enchido, e deu um gole de sede. Atacou o torresmo em seguida.

— Tudo certo, irmão? — perguntou Téo.

— Sim.

— Mesmo?

Gregório suspirou e deu uma tacada. Pegou seu copo de cerveja que estava na mão da moça e bebeu.

— Tem alguma coisa errada no meu trampo.

— Por quê?

— Não entrou minha grana do último trabalho e o Salomão não respondeu minhas mensagens.

— O cara já atrasou antes, né? Acho que não é caso pra se preocupar.

Gregório deu de ombros. Téo olhou para a moça ao lado do irmão.

— Princesa, rola você dar uma voltinha enquanto levo um papo aqui com o Gregório?

A menina piscou sorridente e foi se juntar à roda de samba que tocava na calçada em frente ao bar.

— Desembucha irmão. Que que tá pegando? — perguntou Téo.

— Ando meio de saco cheio do Salomão. Já faz uma cara que eu faço o trabalho pesado pra ele e pra sócia dele.

— Mas você ganha bem pacas pra isso.

— Não tanto quanto ele e ela ganham.

Téo balançou a cabeça e encheu seu copo.

— Gregório, o que que você tá querendo? Mano, a gente não tem estudo, e você caiu nas boas de um cara que te deu oportunidade apesar de tudo o que a mãe achava de você.

— Eu sei. Eu devo muito ao Salomão. Mas será que já não paguei?

— Gregório, tinha nego querendo te matar aqui.

— Porque um dia eu reagi quando me agrediram.

— Você mandou três moleques menores que você pro hospital! Cê ia rodar, irmão. O cara te pegou, te levou no médico de cabeça, cuidou de você. Mostra respeito pelo menos.

— Eu respeito ele, Téo. Mas tem uma hora que o respeito tem que ser uma via de mão dupla.

— Ahn?

— Ele tem que me respeitar também, já que agora trabalhamos juntos.

— Porra, fica feliz com o que tem! Pena que a mãe não tá mais aqui pra ver que você tá ganhando mais dinheiro que toda a galera desse bar junta.

— A mãe nunca deu nada por mim. Dane-se o que ela ia achar.

— Não fala assim. Foi ela que te levou pra se cuidar, não foi?

— Talvez isso não tenha sido bom.

— Do que você tá falando?

— Nada, deixa pra lá.

O celular de Gregório vibrou em seu bolso. Ele o pegou e leu a mensagem.

— Coisa boa? — perguntou Téo.

— Sim e não. O Salomão pediu pra eu me encontrar com ele na segunda bem cedo.

— Viu, nada pra se preocupar. Agradece por ter trampo, irmão. Isso é mais do que a rapaziada daqui pode falar.

Gregório ignorou o fim da fala de seu irmão. Bateu com o taco na bola branca com violência desmedida e sentiu que as coisas não estavam andando como sempre. Considerou se deveria ir armado ao encontro com Salomão.

6

Ao contrário do boteco em que Téo e Gregório se encontravam, na extrema periferia da cidade de São Paulo, o bar que pertencia a Jaime ficava perto da avenida Paulista e recebia os profissionais bem-remunerados da região, que buscavam nas cervejas artesanais e nos destilados sofisticados a descontração dos empregos que os permitiam usufruir daquilo. O bar era pequeno, tão pequeno que as mesas ficavam do lado de fora, na calçada, pois dentro só cabiam duas. Ao fundo, à esquerda, havia um balcão minúsculo com o computador que fazia de registradora e uma chopeira e, mais além, o banheiro dos funcionários e a cozinha. Do lado direito, uma escada levava ao segundo andar, onde ficavam os banheiros para os clientes. Jaime preferia manter aquela forma mais compacta, dizia ele. Assim conseguia dar conta de tudo tendo apenas Michele trabalhando ali, e apenas vez ou outra precisava chamar mais gente para ajudar. Isso ocorria em momentos muito específicos, de forma que ele conseguia manter aquele esquema com tranquilidade. Porém não era o caso daquela noite em que uma onda de calor inesperada

— daquelas que deixam tudo abafado e úmido, sempre dando a entender que o céu vai desabar a qualquer momento, embora não desabe — fez com que o movimento aumentasse rápido demais para que houvesse tempo de chamar mais garçons, então Jaime e Michele se desdobraram para atender a demanda.

— Mais duas Absolut só com gelo, na mesa dois — gritou Michele de fora do bar para Jaime atrás do balcão. Ele pegou a garrafa e sequer usou o medidor; era perder tempo demais num dia como aquele e o olho dele já tinha a precisão necessária.

— Duas Absolut no balcão! — gritou Jaime.

Michele entrou no bar desviando de um rapaz que visivelmente já havia bebido além da conta e que descera do banheiro segurando ambos os corrimões da escada. Michele enxugou a testa com a mão e pegou as duas doses de vodca.

— Não vai voltar a falar comigo mesmo? — perguntou Jaime.

— Estou fazendo meu trabalho.

Michele se afastou levando os copos. Seria uma longa noite.

7

Michele fechava as mesas e as cadeiras da calçada e as encostava na parede do lado de fora do bar. Apenas uma mesa ainda tinha clientes e estes já haviam sido avisados que estavam fechando.

Jaime havia acabado de lavar alguns copos e foi para fora ajudar Michele com as cadeiras.

— Não dá mais pra pegar o metrô. Você me paga um táxi?

— Não quer dormir no meu apartamento? Hoje tá um dia ótimo pra eu dormir no sofá.

— Você é meu chefe e não é legal eu dormir na casa do meu chefe, certo?

— Para com isso, Mi.

— Parar com o quê?

Um dos rapazes na mesa chamou a atenção de Jaime e pediu a conta. Ele foi até o computador no balcão, fechou a conta e levou para os remanescentes, que pagaram rapidamente e se foram. Quando Jaime retornou para dentro do bar com a máquina de cartão que havia levado para os clientes, viu Michele sentada numa das mesas internas com uma dose de uísque sem gelo. Ela era incrivelmente rápida quando se tratava de servir bebidas, ele tinha que reconhecer. Jaime puxou uma das cadeiras da mesa e se sentou ao lado dela.

— Se quiser pode descontar o uísque do meu salário.

Jaime pegou um guardanapo e acenou para ela como se fosse uma bandeira branca. Michele riu.

— Ainda tenho esperanças! — exclamou Jaime.

— Você é um escroto de vez em quando, sabia?

— Se eu sabia? Eu sempre tive certeza.

Michele deu um gole no uísque. Suspirou.

— Às vezes eu queria ter conhecido meu pai. — Jaime estreitou os olhos. — Porque ter só você como referência é uma bosta — disse Michele, fazendo Jaime cair na risada.

Ele abraçou Michele, que se aninhou no peito dele.

— Quem mandou você sair por aí resgatando animais perdidos? — indagou ela.

— Em sua defesa, você era a melhor vira-lata que tinha por aí.

Jaime pensou novamente em filhotes afundando em um rio.

Afastou a imagem da mente.

Ficaram um tempo abraçados, absorvendo o que era falado em palavras não ditas.

— Acho melhor nos soltarmos antes que alguém passe aqui e ache que eu sou um velho pervertido.

Michele riu, deu um longo gole final em sua bebida e se levantou.

— Ah, esqueci. Tinha um negócio pra você em uma das mesas — disse ela.

— Como assim?

— Quando fui limpar uma das mesas tinha um envelope pra você.

Ela falou entrando no bar e em seguida se inclinou sobre o balcão para pegar um envelope pardo, no qual se lia em letras garrafais "A/C JAIME SFORZA".

— E por que não me falou antes? — perguntou Jaime, pegando o envelope das mãos de Michele.

— A gente não estava se falando, lembra?

Jaime rasgou o envelope e dentro havia um pen drive enrolado em plástico bolha.

— Que merda é essa? Você viu quem deixou isso?

— Não. Só estava em cima da mesa e não tinha ninguém nela.

Jaime olhou o envelope em sua totalidade na busca de algum tipo de identificação de quem poderia ter deixado aquilo, mas não havia nada.

— Vamos ver o que tem nesse pen drive.

Ele se levantou e foi até o computador do balcão. Plugou o dispositivo na entrada USB. Nele havia uma única pasta nomeada "CASO ENCERRADO?".

— O que significa isso? — perguntou Michele.

Jaime não respondeu. Algo em seu âmago se revirava e um arrepio o percorreu. Com um receio incômodo, ele clicou na pasta, que se abriu e exibiu dois arquivos de vídeo e um arquivo PDF. Clicou no primeiro arquivo de vídeo e seu pressentimento se mostrou acertado. Era uma reportagem de dois anos antes. Jaime e Michele assistiram compenetrados uma repórter falando para a câmera sobre o assassinato de Deborah de Alcântara Madeira, filha única de Agenor de Alcântara Madeira, diretor-presidente da Alcântara Madeira S/A, um conglomerado de empresas que iam de metalurgia e celulose à pesquisa clínica. Numa situação dramática, a menina estava sendo mantida refém pelo namorado que a segurava com uma faca encostada em seu pescoço.

Michele não estava entendendo o que aquilo significava até a repórter informar: "...e fontes disseram que a morte ocorreu após a desastrosa ação de um policial da delegacia de homicídios que, agindo contra as orientações da Divisão de Operações Especiais, entrou sozinho no apartamento da vítima, onde ela era mantida sob a faca do namorado, Orlando Ferreira, que, assustado com a invasão, a matou. A reportagem ainda não conseguiu nenhuma declaração da Polícia Civil sobre o caso e nem o que acontecerá com o policial cuja ação resultou no óbito, o agente Jaime Sforza, que..."

Jaime fechou a tela do arquivo. Michele o olhou assustada.

— O que é isso, Jaime?

Jaime se levantou. Era ele que agora precisava de uma bebida.

— Meu monstro no armário — disse simplesmente, enquanto se servia de uma dose de gim.

— Eu sabia do seu passado na polícia, mas por que nunca me contou isso?

— Porque essa é uma página que tento virar há dois anos. Eu fui expulso da polícia por causa disso.

— Mas o que aconteceu?

Jaime se retraiu. Michele colocou a mão sobre a dele.

— As coisas começaram de forma simples. A filha de um homem absurdamente rico e poderoso, Agenor de Alcântara Madeira; uma bela jovem de nome Deborah, com seus poucos 19 anos de vida, que fugiu de casa com o namorado, um traficantezinho de drogas.

— Simples?

— Você sabe que mocinhas ricas e rebeldes não são tão anormais.

— Tá, continua.

— Como eu estava dizendo, infelizmente essa é uma história até comum e que sequer seria motivo para uma grande investigação se a família Alcântara Madeira não fosse, bem, a família Alcântara Madeira. O próprio secretário de segurança do estado se envolveu e uma menina fujona virou a preocupação principal da polícia por uma semana inteira. Claro que um traficante de rua não é exatamente um mestre do crime, então não demorou tanto pra eu encontrar o rastro dele. A menina tinha comprado um apartamento pro cara em Moema, acredita? Eu fui até lá e consegui conversar com ela. Mas ela estava irredutível.

— Do que ela estava fugindo?

— Só ela sabe. Então, voltei pra delegacia e relatei aos meus superiores que tinha encontrado a garota e falado com ela. Disse que achava que, em breve, ela voltaria pra casa e que não tinha visto motivo pra muitas preocupações.

— E não viu mesmo?

Os olhos de Jaime se perderam, e ele relembrou o sonho que tivera pouco tempo antes.

— Era a menina mais assustada que eu já tinha visto. Eu esperava ter a oportunidade de conversar com ela novamente. Mas resolveram usar uma bazuca para matar um pernilongo.

— Como assim, Jaime?

— Fizeram um cerco ao prédio. Tentei argumentar que apesar da importância da família, estávamos lidando com um simples caso doméstico de uma menina que fugiu de casa. Os comandantes da operação, num esforço para parecerem eficientes pro secretário de segurança, que queria parecer eficiente pro Agenor de Alcântara Madeira, preferiram armar todo o circo. Claro que assim que viu a movimentação do lado de fora, o tal Orlando, que já devia estar completamente doido, se apavorou e resolveu fazer a Deborah de escudo humano. Então eu tomei uma decisão.

— Você resolveu agir sozinho.

Jaime deu uma pausa para acomodar os sentimentos que a reflexão exigia.

— Eu vi seis caras da tropa de choque se preparando pra invadir o apartamento com toda a pirotecnia que tinham direito. O sujeito já estava apavorado e apareceu na janela com uma faca no pescoço da menina. Não dava pra imaginar o quanto de crack o cara tinha usado nem se ele estava realmente entendendo o que estava acontecendo. Eu tinha certeza que ia dar merda então dei a volta no prédio, entrei pela garagem e subi pela escada até o apartamento. Eu ia esperar o pessoal de Operações Especiais chegar e dizer que queria tentar controlar a situação antes, mas consegui escutar a conversa dentro do apartamento e saquei que o sujeito estava completamente alucinado. Estava na cara que ia dar merda e a menina ficava implorando pra ele não fazer aquilo. Então mexi na maçaneta, que, por incrível que pareça, não estava trancada. Abri a porta com cuidado e apontei a arma pro Orlando, que me notou em seguida. Ele se virou pra mim ainda usando Deborah de escudo, segurando a faca no pescoço dela.

O ar parecia ter ficado mais denso e Jaime o aspirou como se recordasse o momento que narrava.

— E então aquela menina me olhou, com olhos apavorados; totalmente borrados pelo rímel escorrido. Apesar da roupa, da maquiagem, ela me parecia tão, mas tão frágil. Ela me pediu, por favor, pra não deixar nada acontecer com ela e eu jurei que nada aconteceria. Então senti uma movimentação atrás de mim. A tropa de choque tinha subido. Orlando começou a gritar e os homens atrás de mim também, mas todo esse barulho parecia vir de algum lugar muito longe, como se eu estivesse dentro d'água. Eu só conseguia prestar atenção em Deborah falando que não queria morrer. Ela ainda olhava pra mim quando ele cravou a faca na jugular dela, abrindo um rasgo tão grande que seria impossível salvá-la. A tropa de choque partiu pra cima dele, enquanto eu fui socorrer a Deborah, que ainda gorgolejava segurando o corte que esguichava sangue por entre seus dedos. Tapei também o corte, mas sabia que seria inútil. Tive a impressão de que os olhos dela estavam me acusando de não ter cumprido minha promessa enquanto ela morria.

Jaime fez uma pausa, mas não para si. Ele sentiu que Michele precisava de um respiro.

— Mas pelo jeito o cara ia matar a menina de qualquer forma — observou ela, por fim.

— Não sei mais.

— E o que aconteceu depois?

— Um advogado espertalhão apareceu pra defender o cretino e não permitiu o interrogatório naquele momento, alegando que o cliente estava sob "severo abalo psicológico", e a sessão foi marcada para o dia seguinte. Naquela mesma noite, Orlando se matou na cadeia.

O azul dos olhos de Michele se intensificou sob a luz quando ela os arregalou.

— Eu pedi uma investigação sobre a morte dele, mas foi então que a coisa desandou.

— Como assim?

— Ao invés de me permitirem seguir investigando, me comunicaram que eu enfrentaria um processo interno para avaliar minha conduta na operação. Saquei na hora que ia rodar e não tive dúvida de que o Agenor de Alcântara Madeira tinha pedido minha cabeça; eu não teria a menor chance.

Um silêncio pairou entre eles. Michele olhou para a pasta no computador.

— Por que será que nomearam essa pasta como "CASO ENCERRADO?"?

Conversando com Michele, Jaime havia se esquecido completamente dos outros conteúdos da pasta. Ele a olhou outra vez e clicou no segundo arquivo de vídeo. Era outra reportagem criminal só que de um caso bem mais recente. Na pequena tela, eles acompanharam o desenrolar do caso de duas mulheres, Lídia Nunez e Rebeca Ramos, brutalmente assassinadas em casa, com uma peculiaridade: Rebeca foi encontrada com uma faca nazista cravada no pescoço. O caso chamava atenção por si só, mas quando a investigadora Maya Campos apareceu dando as declarações de praxe, Michele notou o interesse de Jaime redobrar.

— Não é a Maya? — perguntou ela.

Jaime concordou com a cabeça sem tirar os olhos do vídeo. Pegou o mouse e clicou no primeiro arquivo PDF.

— Ei, eu não terminei de ver o vídeo!

— Estamos esquecendo nosso próprio mistério, Michele.

— Do que você tá falando?

— Quem deixou esse pen drive e por quê?

O arquivo PDF aberto continha uma matéria sobre a imensa coleção de armas do industrial Agenor de Alcântara Madeira. Jaime foi passando as páginas e correndo os olhos pelo texto e pelas fotos, tentando encontrar alguma associação com os dois vídeos da pasta. Não demorou muito para uma foto enorme de uma faca nazista tomar a tela. Jaime ampliou a foto e leu o texto ao lado que tratava da raridade daquele artefato, porque além de ser um artigo legítimo, tinha um erro que o tornava único. Na lâmina estava escrito "*Blut und Ehr*". O texto explicava que aquilo estava errado, pois a grafia correta era "*Blut und Ehre*", que significa "sangue e honra".

Imediatamente Jaime abriu o vídeo do assassinato de Lídia e Rebeca. Pausou quando mostraram a faca. *Blut und Ehr*. Ou aquilo era uma coincidência das mais improváveis ou a faca cravada no pescoço da advogada Rebeca Ramos pertencia a Agenor de Alcântara Madeira.

8

O SOL OUTONAL PROPORCIONAVA AQUELE calorzinho agradável que possibilitava caminhadas sem suor. Devido a isso, Gregório resolvera descer do ônibus alguns pontos antes do que normalmente descia no caminho ao escritório. Queria aproveitar o ar matinal e parar na moça que vendia café da manhã na calçada. Gregório sempre preferia a "tia da calçada" a qualquer padaria sofisticada e, para quem perguntasse o porquê dessa preferência, ele sempre tinha na ponta da língua que essas pessoas eram uma instituição paulistana pouco reconhecida. Elas abriam uma mesa na calçada ou o porta-malas de um carro e colocavam à disposição dos fregueses pães, bolos, café, chá e tantas outras coisas maravilhosas a preços módicos, além de que ele não encontrava um bolo de cenoura igual ao da tia da calçada em lugar nenhum da cidade. Gregório era uma pessoa de hábitos simples.

Ele estava decidindo se comeria mais uma fatia de bolo quando o BMW X7 azul encostou no meio-fio. Antes do vidro da janela começar a descer, ele já sabia quem era.

— Entra — gritou o motorista.

Gregório pagou a tia e entrou no carro.

— Vi você de longe. Achei que gostaria de uma carona.

Gregório assentiu. Eram esses pequenos detalhes que serviam de gatilho para criar confusão em sua cabeça. Ele se sentia grato, quase envergonhado, por esses pequenos gestos de gentileza, e se perguntava se as análises da situação que estavam levantando dúvidas a respeito da relação entre os dois não seriam um tanto exageradas.

— Temos um problema — disse Salomão.

— O que foi agora?

Salomão entregou seu celular para Gregório, que leu a notícia na tela.

— Meu Deus. — Gregório ficou genuinamente assustado.

— Por isso não conseguia falar com ela.

— Assassinada? Ela e a namorada?

— Sim. Tem ideia de o quanto isso nos ferra? Ela tem informações de toda a nossa operação lá.

O carro embicou na entrada da garagem de um prédio comercial. Com um toque em um botão, o portão começou a se abrir. O BMW subiu a pequena rampa que levava ao estacionamento de poucos carros. Gregório pensava rapidamente em todas as implicações daquilo.

— A notícia não fala nada do cofre.

— Que cofre, Gregório?

A mente dele funcionava num turbilhão.

— Um tempo atrás, ela estava meio neurótica com segurança então me pediu pra comprar e instalar um cofre dentro de um armário dela. Eu cuidei de tudo.

O carro estava quase totalmente estacionado.

— Pelo que vi na reportagem, eles não encontraram nada.

Gregório olhou para Salomão, que suspirou e disse que nem tudo estava perdido.

— Vá até a casa dela e pegue o maldito computador.

— Não.

Salomão olhou para Gregório faiscando de ódio. Ele não escutara errado: o bostinha o estava desafiando.

— Não?

— Não. Por que deveria me arriscar entrando numa casa que deve estar sendo megavigiada pela polícia se nessa operação eu ganho por serviço feito? Você vai me pagar extra por isso? E, caso pague, fique sabendo que além de poder não aceitar, meu preço será bem mais caro.

Ao fim daquelas palavras, Gregório se perguntou o que havia dado nele para soltar aquilo sem reflexão prévia. As coisas estavam ficando muito confusas em sua mente.

Salomão riu e balançou a cabeça.

— Então é disso que se trata, hein? O garoto quer se sentar na mesa dos adultos.

O sangue de Gregório ferveu. O frio do metal de sua arma na cintura o lembrou que ela estava lá. Mas a quem ele tentava enganar? Jamais faria aquilo.

— Ok. Eu deveria ter começado a dividir os lucros com você há algum tempo. Mas veja pelo lado bom! Agora não tenho mais sócia. Se você fizer essa tarefa pra mim, pra nós, acho que uma sociedade pode ser bem proveitosa.

Um suspiro profundo não passou desapercebido por Salomão.

— E se eu for pego?

— Você não vai ser pego! Tudo o que tinham pra fazer lá já fizeram. Ninguém estará de olho!

— De qualquer forma eu duvido que se alguém encontrar o computador consiga ter acesso a ele.

— Gregório, Gregório. Você é um gênio, nós sabemos disso. Mas deixa eu te contar uma coisa sobre o mundo. Sempre vai ter alguém mais inteligente que você. E é por isso que não vamos nos arriscar, certo?

Gregório assentiu.

— Pois bem, estamos resolvidos?

"Sim, estamos", pensou Gregório. Talvez as coisas não estivessem tão ruins assim como ele pintava para si.

Concordou com a cabeça.

— Ótimo. Vamos resolver logo isso pra que tudo volte ao normal. Suba os vídeos que tem que subir hoje e vá dar um fim nesse problema. E sorria! Você acabou de se dar muito bem. Em breve poderá ter um carro como este aqui.

Gregório até acreditava que sim, mas Salomão jamais entenderia como aquilo não tinha importância para ele. Estava envolvido naquele esquema por ter sido acolhido por alguém que enxergara nele o gênio que era, e não um "retardado esquisitão" que vivia sendo humilhado e machucado pelos outros garotos da comunidade. Tempos atrás, teria feito tudo por Salomão, mas Gregório também começara a compreender o mundo e passava a analisar as razões que fizeram com que aquele homem lhe estendesse a mão.

Salomão escondia outros pensamentos atrás do semblante risonho que mantinha naquele momento. Ele finalmente entendeu que aquele sujeitinho estava querendo ser tratado como um igual e isso era uma coisa que jamais poderia admitir.

9

O CAFÉ CONTINUAVA UMA BELA PORCARIA, MAS o papo com seu Alaor ainda era divertidíssimo. Havia muito para colocar em dia desde a última vez que Jaime fora até ali, mas parecia que nem um dia havia se passado, tão inalterado o boteco estava. Jaime olhou para a estufa e imaginou se os ovos coloridos não seriam os mesmos dos velhos tempos.

— Menino, senti saudades de você! — disse Alaor, colocando mais um cafezinho para Jaime.

— Eu também, seu Alaor.

— Fiquei muito triste quando soube da sua expulsão.

Alaor nunca foi conhecido por ter papas na língua, e Jaime sabia disso muito bem.

— Águas passadas.

— Me contaram aqui por cima o que aconteceu. Puta sacanagem com você, garoto. Você estava tentando fazer as coisas direito.

— Deixa pra lá. Eles que se fodam também.

Alaor pegou um pano que levava no ombro e começou a passar no balcão engordurado e, como Jaime notou, pareceu não fazer efeito algum. Alaor continuou passando o pano enquanto falava.

— Me disseram que você não aceitou muito bem sua expulsão.

Jaime ficou sério e houve um rápido silêncio que logo descambou para uma gargalhada entre eles. Era óbvio que Alaor se referia ao fato de que, assim que seu superior direto, delegado Marcos Antunes, lhe comunicou sobre a expulsão, Jaime deslocou seu maxilar com um soco.

— Não foi por causa da minha expulsão, Alaor. Ele estava merecendo fazia tempo, e, como as coisas já estavam perdidas mesmo, por que não aproveitar o momento?

— O cara é meio seboso mesmo. Vem pouco aqui e já disse que é porque não fica bem pro delegado frequentar boteco, e quando vem parece que fica olhando como se todo mundo fosse merda e ele peidasse perfume.

— Sorte sua que quem vale a pena continua vindo, não é?

Jaime deu uma piscadela para Alaor no momento em que Maya entrou no bar. Ela se sentou na mesma mesa de sempre e pareceu não se dar conta da presença de Jaime no balcão, tão concentrada estava em seu smartphone.

— Alaor, sai um pão na chapa e um café? — gritou Maya sem desviar os olhos da tela do celular. Ela não havia perdido o hábito de morder os lábios sempre que um problema a estava incomodando. Se naquele momento então passasse a mão no sedoso cabelo preto, colocando sua franja atrás da orelha direita, isso queria dizer que ela ainda não chegara à conclusão alguma, independentemente do que estivesse pensando.

Jaime foi em direção a ela e não havia dado dois passos quando... bingo! Franja atrás da orelha.

— Caso difícil? — perguntou Jaime ao se aproximar mais.

— A mesma bobagem de sempre. Não sei por que alguém ainda acha que o endereço de um ex-presidiário continua o mesmo de antes de ele ser pres...

Maya estancou, finalmente tirando os olhos da pequena tela de seu celular, e encarou Jaime. O sorriso que se seguiu carregava um tipo de intimidade que o tempo não diluía.

— Ora, ora. Olha só o que o gato desenterrou!

— Posso me sentar? Tomar café olhando a cara do Alaor está estragando o gosto.

— E precisa da minha cara pra estragar essa merda? — disse Alaor entre risos. — Já vou levar seu pedido, Maya.

Jaime se sentou.

— Como tem passado? — perguntou Maya.

— Levando a vida de um pacato dono de bar.

— E resolveu aparecer porque estava com saudades do Alaor?

— Ele tem seu charme, concorda?

— Não dá pra negar — disse Maya, enquanto Alaor colocava o pão na chapa e o pingado na frente dela. — Pena que ele não me dá bola.

— Meu coração é só da dona Odete, já falei — disse Alaor, se retirando.

— Agora deixa de bobagem, Jaime. O que você tá fazendo aqui?

— Eu não podia te esperar lá dentro da delegacia. E eu tinha a esperança de que seus hábitos não tivessem mudado tanto assim.

Maya concordou com um gesto de cabeça e mordeu seu pão na chapa.

— Então me diga o que quer logo e deixa de enrolação.

— Eu sei que você está investigando um duplo assassinato. Se eu te pagar um drink, a gente pode conversar um pouco sobre isso?

Maya riu.

— No que você se meteu agora?

— Ainda não sei.

Nesse momento, Denis chegou acompanhado do delegado Antunes.

— Por isso deixei de vir aqui, Alaor. Olha o nível da clientela! — disse Antunes.

Jaime encarou Antunes.

— Continua tomando banho com essa loção pós-barba, Antunes?

— Você não sabe de porra nenhuma, Jaime. Com certos clássicos não se mexe.

— Se você quer continuar cheirando a avô, fique à vontade.

— O que diabos você está fazendo aqui? — indagou Antunes, desviando o olhar de Jaime e virando para Maya.

— Vim ver se estão tratando a Maya bem.

— Não se preocupe. Ela está sendo muito bem-tratada — disse Denis. Jaime sorriu e olhou para ele.

— E você é o...

Denis estendeu a mão para Jaime.

— Denis Viriato. Já me falaram muito de você, Jaime. Parece que você serve uma ótima alheira no seu bar. Preciso ir lá um dia desses.

— Ainda bem que se concentraram em minhas qualidades.

Denis sorriu.

— Eu estava entrando na delegacia quando te vi aqui — disse Antunes. Precisava vir ver se você realmente tem a cara de pau de ir onde não é bem-vindo.

— Quanta animosidade, Antunes! Você precisa relaxar um pouco. Toda essa tensão pode fazer você travar o maxilar. Por falar nisso, ele se recuperou totalmente?

O rosto de Antunes ficou vermelho e as veias de seu pescoço latejavam. Mas ele apenas sorriu.

— É delegado Antunes pra você, seu merda. E por que não volta pra sua espelunca? Talvez eu passe lá mais tarde pra tomar uma cerveja.

— Faça isso. Você sabe que polícia tem desconto lá.

Antunes deu dois passos em direção a Jaime.

— Espero que você só tenha vindo mesmo xavecar a Maya.

— E o que mais eu viria fazer aqui?

— Se meter onde não deve.

Antes que Jaime pudesse dizer algo mais, Antunes se virou e foi embora.

Denis colocou as mãos sobre os ombros de Maya.

— Se precisar de algo, me chame — disse Denis.

Maya tirou as mãos de Denis com cara de quem acabou de tomar cachaça de quinta categoria. Ele achou melhor seguir o delegado depois disso.

"Garotos sempre vão ser garotos", pensou Jaime.

— Você e o Denis...

— Pense duas vezes antes de completar a frase.

Jaime deu uma sonora risada. Denis, que ainda não tinha se afastado totalmente, olhou para trás. Jaime deu um tchauzinho, e Denis retribuiu com um sorriso.

— E esse caso que você está investigando? — indagou Jaime.

— Não posso falar, você sabe.

— Deixa de ser besta. Já vi metade do que precisava saber pelo meu celular.

Maya apoiou o rosto na mão direita e deu um suspiro.

— Me paga um café decente?

— Só estava esperando você pedir.

10

ÀS 16 HORAS AQUELE BAR ESTAVA VAZIO, como esperavam que estivesse. Era um local agradável, discreto e com iluminação ambiente; por se localizar dentro de um hotel, ajudava os que queriam beber em silêncio e em paz. São Paulo podia parecer uma metrópole barulhenta e caótica para quem olhava superficialmente, mas tinha bons segredos reservados aos experientes. O jazz que saía macio das caixas de som convidava à reflexão aqueles que não queriam a companhia de ninguém além de si mesmos. Não era o caso de Maya e Jaime, mas todos esses elementos eram para eles mais do que bem-vindos. Os drinks gelados chegaram e Maya sorriu quando a taça de apple martini brilhou esverdeada em sua frente com a ajuda da pequena vela que havia na mesa.

— É bom que esse bar seja meio escurinho, mesmo a essa hora, né? Ajuda a beber sem culpa.

Jaime riu e deu um longo gole em seu dry martini.

— Nunca vou entender por que as pessoas precisam de hora pra beber. Ok, você está em horário de trabalho, mas fora isso, qual a treta?

— Você sempre será uma péssima influência, Jaime Sforza.

Mais um gole e uma piscadela de Jaime para Maya. O jazz ajudava a bebida de Maya a descer bem demais e aveludada demais. Isso sempre era um prenúncio de que ela deveria ficar alerta para não deixar que as coisas ficassem boas demais.

— E qual é esse grande mistério que você se envolveu, afinal?

— Você sabia que a faca encontrada na cena do crime que você está investigando pertence a Agenor de Alcântara Madeira?

Maya quase derrubou seu drink. Olhou em volta como se alguém os espionasse, sem saber bem por que fazia aquilo.

— Você tá falando sério?

— Não, eu te trouxe aqui pra inventar história.

— Para de ser cretino e desembucha, Jaime; que história é essa?

Jaime contou sobre o pen drive deixado para ele em seu bar, o conteúdo e todas as questões levantadas. Maya deu um grande gole na bebida. Balançou a cabeça.

— E você não faz ideia de quem possa ter deixado isso pra você?

— Não.

— Mas existe a possibilidade de essa faca não ser do Alcântara Madeira, concorda? Tipo, não é uma prova categórica.

— Andei fazendo minhas pesquisas. Existem pouquíssimos exemplares dessa faca com esse erro específico no mundo e só se tem notícia de uma no Brasil.

— Bom, isso deixa pouca margem para dúvida de que a faca pertence ao sujeito. Mas eu não consigo ver, num primeiro momento, onde esses dois casos se cruzam.

— É por isso que vou lá conversar com o velho.

Maya riu.

— Jaime, quais as chances de ele te receber? Foi sobre você que recaiu toda a culpa pelo fracasso da operação que fez o homem perder a filhinha amada. Terá sorte se ele não arrancar seu fígado.

— Nunca saberemos se eu não tentar.

— Deixa isso comigo. Você sabe que vou ter que levar o que me contou para as instâncias superiores.

— O Antunes não vai querer importunar o velho rico. Ele se borra de medo de qualquer um com poder.

— Depois disso que você me contou acho que ele não vai ter muito como negar. Só vou precisar pensar em como explicar a forma que cheguei a essa descoberta. Dizer a verdade seria bem complicado.

— Ficaria esquisito, concordo.

— Praticamente tudo nesse caso foi esquisito, diz aí.

— Esquisito é apelido. Tudo nesse caso, desde o momento que a menina fugiu de casa até a morte daquele traficante de merda foi uma sucessão de coisas estranhas — disse Jaime.

— E agora mais essa. O que você acha disso, Jaime?

— Sinceramente, não sei. E me pergunto por que mandaram isso pra mim e não direto para a polícia.

— Será que é alguém que não sabia que você não é mais policial?

— Se sabiam onde era meu bar, com certeza sabem que saí da polícia.

Maya concordou.

— E se a intenção dessa pessoa misteriosa for instigar minha curiosidade, ela conseguiu.

— Jaime, Jaime. Jura mesmo que você vai querer mexer nesse vespeiro?

Jaime deu de ombros.

— Como você disse, Maya. Tudo nesse caso foi esquisito. Tão esquisito que me assombra até hoje.

Maya afastou os drinks e pegou nas mãos de Jaime.

— Você teve que tomar uma decisão, Jaime. Certa ou errada, foi a decisão que você tomou, assumindo todos os riscos. Ela teve consequências? Sim. Você só tem que aceitar isso e tocar a vida. Não tem nada pior do que viver no passado.

— Eu não vivo no passado.

— Mas aposto que remói a ponto de querer se meter nessa merda. Você não é mais da polícia, Jaime. Qualquer investigação que fizer estará a um passo de ser ilegal.

Jaime balançou a cabeça, claramente incomodado.

— Eu preciso fazer isso, Maya.

— Jaime, eu tenho certeza que você ganha hoje bem mais do que ganhava na corporação. Olha como você se deu bem; eu li sobre o seu bar esses dias numa revista semanal que falava dos melhores lugares pra um happy hour! Sua vida está nos eixos e, como sua amiga, eu pergunto: pra que arriscar isso?

— Porque talvez oferecer um dos melhores happy hours de São Paulo não seja tão importante pra mim assim.

— E o que é?

— Talvez o problema seja esse; talvez eu não saiba e esteja me afogando num paliativo sem sentido.

— Enterra o passado que talvez veja as coisas com mais clareza. Pra que estragar as coisas como estão?

— Muito estoico isso.

Maya riu.

— Não é fácil vencer você na argumentação. Deveria ter ido trabalhar no escritório de advocacia do seu pai, Maya.

— Eu não nasci pra trabalhar em escritório.

— Mas tudo na sua vida teria sido mais fácil.

Um semblante pensativo tomou o rosto de Maya.

— Provavelmente.

— Então por que não foi? Por que escolher o caminho mais tortuoso?

Maya sorriu e ergueu a taça para Jaime, em um cumprimento.

— *Touché*.

Jaime pediu outro dry martini.

— E agora, vai me contar sobre o caso? — perguntou ele.

— Me trouxe aqui só para isso mesmo?

— Pra olhar esse seu esplêndido decote também.

Num gesto automático Maya fechou um pouco mais sua blusa.

— Cara de pau.

— Eu já vi bem mais que isso de você.

— Eras passadas. Você perdeu suas prerrogativas comigo há muito tempo.

— O Denis está querendo ocupar esse espaço, pelo jeito.

— Não fale de um espaço que nunca foi seu.

Jaime fez uma careta.

— Essa doeu.

— Você pediu por isso, querido.

Jaime sorriu.

— Falemos de trabalho?

— O que você sabe?

— Só o que foi noticiado. Duas mortes, um espancamento, um esfaqueamento. A faca com a suástica nazista. A mulher que foi morta pela faca era uma advogada que lutava pelos direitos LGBTQIA+, confere?

— Sim — disse Maya, esticando o dedo para o garçom, que logo se aproximou. — Uma porção de ostras, por favor — pediu ela e olhou para Jaime. — Me acompanha?

Jaime não fez nada além de sorrir e consentir.

— Uma advogada muito conhecida por colocar na cadeia agressores de gays.

— Tipo neonazistas — disse Maya.

— Tipo isso.

— A linha de investigação está bem clara aqui, certo?

— E é por aí que vocês vão trabalhar, imagino — disse Jaime.

As ostras chegaram. Maya pegou uma e balançou a cabeça.

— Sim, mas já disse que vou levar essa informação que me trouxe pro Antunes. Isso pode mudar algumas coisas.

Jaime riu e bebericou seu dry martini; depois, pegou uma ostra. Maya ficou observando a intimidade com que ele segurava a taça.

"Beber poderia ser uma arte, afinal", pensou ela.

— Jaime.

— Diga.

— Toma cuidado.

— Preocupada comigo?

— Só não quero que seja eu a pessoa a ter que te prender.

Foi a vez de Jaime levantar a taça em um cumprimento.

— De volta às ruas então, Jaime Sforza?

— Ficar só naquele bar já estava me dando no saco de qualquer maneira.

— Vai dizer que revirar os bueiros da cidade é mais agradável?

Jaime fingiu que não ouviu e levantou a taça. O barman viu e começou a preparar outro dry martini.

— Só espero que a Michele não me infernize muito pelas minhas sumidas do bar.

— O chefe dela é você até onde me lembro.

— Tem mais alguma coisa pra me dizer?

— Que tal pedir outra porção de ostra?

11

As fortes batidas ribombavam em sua cabeça como passos de um mamute. Jaime se virou de um lado para o outro na cama, tentando entender o que era aquele som, de onde vinha e por que tinha que ser ele a ouvi-lo. Sentou-se na cama, sacudiu a cabeça e viu que havia dormido só de calça. Ainda assim, era um progresso: tinha conseguido tirar a camisa. O som ressoou novamente, e Jaime o distinguiu como batidas em sua porta.

"Mas quem é o desgraçado que está batendo a essa hora?"

Mal terminou de formular a frase na sua cabeça, pegou seu celular e só então viu que não era assim uma hora tão inconveniente. Na verdade, estava bem tarde. Ele se levantou, não muito satisfeito, e procurou seus chinelos embaixo da cama. As batidas não cessavam, ficando mais e mais intensas.

— Já vou, porra.

Abriu as persianas da janela e mesmo a pouca luz que aquele dia chuvoso fornecia foi o suficiente para que Jaime esfregasse os olhos em protesto. Ele foi em direção à porta que não parava de exigir atenção e a abriu de supetão.

— O que é?

Do lado de fora estava Michele, com cara de poucos amigos. Ela apontou o relógio de seu celular para Jaime.

— Você sabe que horas são?

— Acabei de descobrir.

Michele invadiu o apartamento fazendo Jaime abrir caminho mesmo que sua vontade inicial fosse de não fazer isso. Ele apenas fechou pacientemente a porta e se pôs ao encalço da invasora que já havia se enfiado na cozinha. Observou-a abrindo um armário e tirando uma lata de café gourmet da Colômbia, mas que possuía apenas café normal mesmo.

— O que você tá fazendo? — perguntou Jaime se recostando no batente da porta.

— Vou fazer um café. Você está fedendo à cachaça.

— Mentira. Não coloquei uma gota de cachaça na boca ontem.

Michele olhou de soslaio para Jaime.

— Eu bebi apenas...

— Dry martini.

— *That's my girl.*

— Está fedendo à cachaça do mesmo jeito.

Jaime puxou a cadeira que tinha junto à pequena mesa da cozinha de seu apartamento enquanto olhava Michele encher a chaleira de água.

— Eu tenho uma cafeteira elétrica.

— O café dessa porcaria não presta. Cadê seus filtros de papel?

— Não sei se tenho.

— Assim você também não ajuda.

Michele ficou fuçando no armário até encontrar uma embalagem de filtro de papel.

— Ufa, ainda tem um. Cadê o coador?

— Não uso há décadas. Olha no fundo da gaveta.

Uma rápida vasculhada nos recônditos da gaveta e um coador de plástico surgiu nas mãos de Michele. Ela o arrumou sobre uma leiteira.

— Onde você se meteu ontem, hein?

— Pesquisa de campo.

Michele deixou cair um pouco do pó de café que colocava no filtro. Encarou Jaime.

— Estava pensando. Você precisa mesmo fazer isso?

— Preocupada com minha segurança?

— Preocupada com a trabalheira que eu tenho quando você me deixa sozinha naquele bar!

Jaime riu.

— Mas também com a sua segurança. Essa história tá muito estranha. Pra que remexer nisso?

A risada sumiu. Jaime indicou com as mãos para que Michele continuasse fazendo o café.

— Você obviamente se lembra do dia em que nos conhecemos — disse ele.

— E como esqueceria?

— Imagina se eu não tivesse me envolvido. E ninguém descobrisse o que aconteceu.

— Eu estaria morta e não daria a mínima.

— Seu cinismo sempre me comove.

A água começou a ferver. Michele a tirou do fogo e começou a coar o café.

— E aí, o que você vai fazer agora?

— Eu pretendia ir falar com o velhão sobre a faca, mas fui convencido ontem a deixar a polícia agir nisso primeiro.

— A polícia? Foi ver a Maya, né, malandro?

— Só negócios, sua enxerida.

— E como ela vai? Ainda irritantemente linda, inteligente e gostosa, para meu próprio desgosto?

Jaime aspirou o cheiro do café fresco sendo coado e respondeu que Maya seguia sendo fonte de admiração e inveja por aquelas exatas razões. Michele não deixou passar a oportunidade de lembrar o quanto ele combinava com Maya, o que fez Jaime querer mudar de assunto. Ele enfatizou que só precisava de Michele em sua vida para cuidar dele.

— Um homem precisa de mais coisas de uma mulher do que de cuidados.

— Você tá bem arisca hoje, hein, mocinha?

— Só quero ver você se ajeitando, é pedir muito? Mas sei que você adora fazer o tipo lobo solitário, então, vamos falar de assuntos mais amenos, tipo a morte de mocinhas ricas? Você acha que do mato do pai dela sai algum coelho?

— Vamos ver se ele vai falar com a polícia primeiro.

— Não sabia que essas coisas eram opcionais.

— Para homens como Agenor de Alcântara Madeira, são.

— Típico cara que no meu antigo ramo de atuação as meninas inexperientes achavam que era uma mina de ouro e as mais experientes tinham certeza que era uma roubada homérica.

Jaime concordou com a cabeça.

— Aproveitando o tópico sobre sua vida pregressa...

Michele olhou para Jaime em censura.

— ...me fala uma coisa. Ainda é normal garota de programa ter cafetão?

— Com todos esses sites? Claro que não.

— Mas você trabalhava numa boate.

— Sim, mas isso não quer dizer que eu tinha cafetão. Os donos de boate sequer ficam com a grana das meninas.

— E ganham dinheiro como?

— Não sei. Talvez com as doses de uísque falsificado a 200 reais?

— Não precisa ser tão irônica.

Michele pegou o café recém-coado e encheu duas xícaras. Colocou açúcar no seu e entregou a outra xícara para Jaime.

— Me passa o açúcar — pediu ele.

— Você não toma sem?

— Preciso de ajuda pra tirar esse gosto de maçaneta de banheiro público da Sé da boca.

— O gim não era do bom?

— Seja Beefeater ou Rock's, depois de oito doses você tá ferrado de qualquer jeito.

Michele empurrou o açucareiro e continuou.

— Tem algumas boates que cobram a saída da menina.

— Como assim?

— Se o cliente quer levar ela pra outro lugar ao invés de ficar na casa, ele paga. Mas, mesmo assim, não dá pra chamar de cafetão.

— Então sair é basicamente a coisa que você nunca deveria ter feito?

— Basicamente.

Michele buscou o aconchego de seu café.

— Sabe — disse ela —, às vezes eu me pergunto o que teria acontecido se você não estivesse no quarto ao lado naquele hotel.

— Você não estaria trabalhando no meu bar — disse Jaime, buscando seu melhor tom de brincadeira.

Eles riram.

— Então essa história de menina drogada e explorada pelo cafetão é balela. Não existe mais?

— Claro que existe. Mas com garotas de um nível bem baixo. Boca do lixo total.

— Uma linda herdeira de uma fortuna, então, seria meio difícil.

— Peraí! A menina se prostituía?

— Como eu te disse, esse caso me incomodou bastante durante muito tempo e dei umas fuçadas aqui e ali. Orlando já havia sido preso por rufianismo.

— O que diabos é isso?

— Exploração da prostituição alheia. Namorado traficante e explorador, menina drogada. Soma um mais um. No mínimo é um caminho a ser explorado.

Michele se convenceu. Jaime levantou.

— Vou descolar uma foto da Deborah. Você consegue fazer umas pesquisas pra mim? — perguntou Jaime.

— Vou ganhar extra?

— Claro que não.

12

Maya entrou na delegacia segurando sua bolsa em uma mão e o guarda-chuva na outra. Não havia sido nada agradável o trajeto molhado do metrô até ali, mas não era isso que a estava deixando com o evidente mau humor logo notado pelos colegas na entrada. Alguns "bom dia" protocolares pelo caminho e ela entrou na sala dos investigadores, onde Denis a esperava.

Ele não deixou de notar os óculos escuros.

— Foi bom o café com o Jaime ontem?

— Não enche, Denis.

— Eu não vou te encher. Quem vai te encher é o chefe. Ele esteve te procurando ontem, depois que você saiu.

— E o que você falou?

13

— Posso saber o que você passou de informação para aquele cretino do Jaime Sforza, Maya? — berrou o delegado Antunes de trás de sua mesa, que contava com pilhas de papéis, além de um telefone e um notebook que já eram velhos quando Maya ainda queria saber o que ia ser quando crescer.

Antunes tentava manter toda a sua generosa barriga no espaço entre a cadeira e a mesa, de forma não muito eficiente, naquela sala pouco espaçosa. O desconforto poderia estar contribuindo com o mau humor, mas Maya tinha a certeza de que a antipatia que ele nutria por Jaime era o relevante ali.

— Eu só saí pra um café, delegado.

— Como se eu não conhecesse você e não conhecesse aquele sujeito. Não me diga que ele está metendo o nariz em algum caso nosso.

Maya pensou que, apesar das peculiaridades que se cruzavam, o caso de Deborah de Alcântara Madeira não estava exatamente ligado ao caso que investigavam. Dessa forma, a sua nem sempre bem-vinda característica de dizer a verdade poderia ser preservada, ainda que não fosse completamente sincera sobre o encontro com Jaime.

— Não que eu saiba.

Antunes encarou Maya duramente. Pequenas gotas de suor brotavam no topo da cabeça, onde seu cabelo começava a rarear, e escorriam pela testa.

— Estou com um pepino nas mãos e você vai ter que resolver.

Maya, que até aquele momento estava de pé, puxou a cadeira em frente à mesa de Antunes e se sentou.

— E trata de tirar esses óculos escuros.

Ela tirou. Tentou ao máximo não deixar que Antunes notasse o incômodo que a claridade criou nela. "Nunca mais vou beber desse jeito", prometeu para si, de novo.

— É o seguinte, deixa tudo o que você está fazendo de lado e se concentra no caso das moças.

— O que houve?

— Estou até o pescoço de gente de tudo quanto é movimento de direitos humanos me enchendo por causa da advogada dos gays.

— Olha o preconceito, chefe.

— Não torra! Até a porra do secretário de segurança pública entrou na história. Acha que temos que mostrar o quanto somos comprometidos com a causa e não deixar passar em branco esse crime de ódio para a comunidade LTDA.

— LGBTQIA+.

— Que seja. Como se eu não tivesse mais com o que me preocupar.

— Muitos indivíduos da comunidade LGBTQIA+ foram mortos em crimes de ódio recentemente, delegado. Não é de admirar que o secretário esteja sendo pressionado.

— Se você é tão simpática à causa, então trate de me trazer resultados!

Antunes olhou para alguns papéis em sua mesa dando a entender que a conversa havia acabado.

— Chefe.

Antunes tirou os olhos dos papéis.

— Você ainda tá aqui?

— Seguinte, tenho uma coisa nova sobre o caso.

— E por que não falou antes?

— Deixei sua fúria passar primeiro.

— Fala logo, menina. Tenho mais o que fazer.

Maya discorreu sobre a faca nazista e inventou uma bela história de que seu pai era colecionador de armas e chamou a atenção dela para o fato de que esta em particular tinha um erro de grafia. Antunes olhou com cara de desentendido querendo saber o que diabos aquilo queria dizer, e Maya soltou a bomba.

— Só quem tem essa faca com esse erro no Brasil é o Agenor de Alcântara Madeira.

O delegado Antunes piscou várias vezes para reagrupar os pensamentos.

— Puta que o pariu.

— Devo ir falar com ele?

O delegado apoiou o queixo com uma das mãos e pensou por um tempo. Passou a mão na área do bigode recém-barbeado para tirar o suor.

— Não sei...

— Delegado, uma faca que pertence a ele foi usada num assassinato.

— Isso não quer dizer muita coisa. Deve haver uma explicação.

Maya bufou.

— Então me deixa investigar, até para podermos obter uma explicação oficial que isente esse anjinho de qualquer ligação com o caso.

— Não gostei da insinuação, mocinha.

— Ele pode ter vendido a faca e nos dar o nome do comprador. Vai saber.

— Sim. Isso sim! Muito melhor. Vai lá, mas nada de mandados, intimações ou o caralho que for. Ligue e peça pra falar com ele extraoficialmente, apenas pra entender como essa faca pode ter ido parar na cena do crime.

— Feito.

— Agora vai beber um isotônico.

Maya saiu da sala de Antunes com passos duros. Denis estava em sua mesa assistindo a uma reportagem em seu computador quando ela se aproximou.

— Você precisa ver isso Maya! Dá pra imaginar que a internet que a gente usa representa mais ou menos 4 por cento de toda a informação da rede e o resto fica oculto? Chamam de deep web.

— Já está pensando onde vai se esconder pra eu não arrancar seu fígado? Por que você tinha que falar pro Antunes que eu tinha saído com o Jaime?

— Você não disse que era segredo.

— E o que você tá fazendo vendo esse troço de internet?

— Tô assistindo uma série de reportagens sobre a Interpol. Eles estão falando sobre tráfico internacional de órgãos. Acabaram de desbaratar um puta esquema enorme que fazia a ponte entre vendedores e compradores na Europa, Estados Unidos e Israel, e toda a transação era realizada via deep web.

— Temos um caso mais mundano para resolver. Pega sua jaqueta e vamos pra rua.

— Deixa só eu terminar aqui.

— Agora, seu linguarudo do caralho.

14

Os primeiros raios de sol não haviam sequer surgido e o celular de Téo já começava a tocar o funk que o acordava. Ele se levantou e esfregou os olhos para espantar os resquícios de sono. Saiu de seu quarto e foi até a cozinha beber um pouco de água. Se assustou ao encontrar Gregório sentado na mesa tomando um café.

— O que você tá fazendo acordado a essa hora? — perguntou Téo.

— Pensando um pouco.

— E precisa sair da cama pra isso?

Gregório riu e seu irmão abriu a geladeira para pegar a garrafa de água.

— E você? — perguntou Gregório. — Tá acordado por quê?

— Fiquei de pegar a Mila na casa da avó e levar ela pra escola. Vou me arrumar e na sequência vou pro trabalho.

— E como estão as coisas na fábrica?

— A mesma merda de sempre. Pelo menos não faço mais turno na fundição.

— Você sabe que não precisa mais trabalhar, Téo. O que eu ganho dá bem pra nós três.

— E eu sou homem de viver encostado?

— O que você acha de eu montar um comércio pra nós?

Téo puxou uma cadeira e se sentou ao lado do irmão.

— Comércio? Do que você tá falando Gregório? Eu lá entendo alguma coisa disso?

— Não é tão complicado.

— Então por que você não abre um comércio pra você? — indagou Téo, dando risada.

— É nisso que eu tô pensando aqui.

Téo achou que não havia escutado bem e puxou a cadeira para ficar mais próximo do irmão.

— Você tá me dizendo que vai deixar o cara na mão? — perguntou Téo.

— Qual o problema?

— Porra, Gregório! O cara te ajudou, te levantou! Você mesmo disse que o trampo que faz pro cara só você pode fazer, tenha um pouco de consideração!

— E eu tenho que ser grato a vida toda pelas migalhas que ele me joga?

— Porra, de novo essa história! Lembra da sua vida antes do cara aparecer? A mãe e o burro aqui nem sabiam o que fazer com você. Você mal falava.

— Você não sabe as coisas que eu preciso fazer pro Salomão.

— Como assim? O que pode ser tão ruim num trabalho de segurança?

Gregório balançou a cabeça. Sustentar a mentira que tinha contado para Téo era a coisa que mais odiava naquilo tudo.

— Eu vou fazer um trabalho pra ele diferente do que faço normalmente. Vamos ver no que dá; se as coisas mudam.

— Irmão, às vezes eu acho que tenho sorte de não ter nascido inteligente como você, porque consigo ficar feliz com o que tenho ao invés de ficar encasquetando com o que eu poderia ter. Porra, graças a você a Mila estuda numa escola particular!

— Vai ver você é mais sábio que eu.

Téo olhou para o irmão tendo a certeza de que não havia entendido aquilo e tinha a certeza de que também não queria entender. Levantou-se da cadeira e espreguiçou-se.

— Bom, eu vou pro banho e tomar meu rumo. E relaxa, Gregório. Nada do que você faz pode ser tão ruim assim.

Téo saiu da cozinha deixando Gregório refletindo sobre o quanto o irmão estava enganado.

15

A MANHÃ AVANÇAVA PARA TORNAR-SE tarde quando Maya e Denis rumaram para o endereço de Agenor de Alcântara Madeira, que havia concordado em recebê-los em sua casa na hora do almoço.

Finalmente encontraram a casa, ou pelo menos o muro dela.

Denis olhou pela extensão do muro verde de trepadeiras.

— Pelo tamanho desse muro é possível que o banheiro dessa casa seja maior que o meu apartamento.

Maya riu e pensou que provavelmente o menor lavabo daquela casa fosse maior que o apartamento de Denis.

Estacionaram em frente, saíram do carro e Maya tocou a campainha. O interfone fez os barulhos característicos ao ser retirado do gancho.

— Pois não? — perguntou a voz no interfone.

— Temos um horário marcado com o senhor Agenor de Alcântara Madeira.

— Quem devo anunciar?

— Maya Campos, Polícia Civil.

Denis olhou um pouco acima da campainha e viu uma pequena câmera virando para apontar em sua direção. Deu um tchauzinho. "Que coisa mais imbecil para se fazer", pensou Maya.

A porta se abriu com um estalo. Eles entraram na casa e se surpreenderam. Tudo era maior do que imaginavam. A porta que atravessaram dava para um terreno aberto e a casa, quase um castelo, estava mais ou menos no meio dele. Ao lado da porta de entrada o guarda na guarita os encarou com cara de poucos amigos, e Maya não deixou de notar que estava armado. Imaginou se haveriam outros seguranças armados andando pela propriedade.

Caminharam por um trajeto marcado com pedras, que passava por um jardim bem cuidado. Aspersores jorravam água em um rodopio incessante, e um lago artificial, no qual peixes exóticos eram visíveis, completava a ornamentação. Uma luz se acendeu na pequena varanda que antecedia a porta da casa, e Maya apressou seu passo imaginando que Agenor, ou algum outro empregado, estava prestes a abrir a porta. Puxou Denis, que olhava hipnotizado para o lago artificial.

Agenor abriu a porta. Usava uma calça cáqui e um pulôver sobre uma camisa em tom pastel claro; seu rosto era duro, difícil de ser decifrado. Também era difícil precisar quantos anos tinha. Os cabelos grisalhos e as rugas sugeriam uma idade, mas os olhos atentos que, para Maya, remetiam a uma raposa, sugeriam outra, bem mais avançada.

— Senhor Alcântara Madeira, obrigado por nos receber. Sei que é um homem bastante ocupado.

Maya apertou a mão de Agenor.

— Vamos entrar — disse ele.

O bom gosto do exterior se estendia ao interior. Logo que a porta foi fechada, Maya e Denis se viram caminhando por um tapete de um tipo que ela tinha certeza que não se vendia em lojas de departamento. Passaram por uma cristaleira. "Quem, afinal, precisa de uma cristaleira?", pensou Denis, para, logo em seguida, chegar à conclusão de que uma das provas de que se tem dinheiro é o hábito de ter coisas sem uma razão prática totalmente compreensível. Apesar de toda a pujante riqueza que o mobiliário e, mais importante, os pequenos detalhes mostravam, a casa estava mergulhada num silêncio solene, dando a impressão de que um véu de melancolia fora colocado sobre a existência daquele local.

Numa ampla sala, que seria aconchegante se não fosse pela atmosfera melancólica, Agenor indicou um sofá aos dois, enquanto se sentava numa poltrona em frente.

— Muito bem, do que se trata? — perguntou Agenor, deixando claro que não haveria papo furado.

— Bem, senhor — começou Denis —, como expliquei para sua secretária pelo telefone, um caso que estamos investigando teve um desdobramento que pode ou não envolver o senhor, então...

Maya sacou da bolsa que carregava a faca nazista envolta em um saco plástico etiquetado como evidência e a esticou para Agenor, fazendo com que Denis calasse a boca.

— Por acaso essa faca pertence ao senhor?

Agenor colocou seus óculos e segurou o saco plástico, examinando seu conteúdo como a peça única que era.

— Meu Deus — disse Agenor, quase em um sussurro.

— Devo entender então que o senhor reconhece essa faca como sua? — indagou Maya.

Agenor tirou os óculos e olhou para os policiais, impressionado.

— Onde encontraram isso?

— Foi usada em um homicídio — explicou Maya.

Agenor de Alcântara Madeira murmurou a palavra homicídio como se o gosto fosse azedo e olhou para Maya em busca de mais explicações.

— Senhor Alcântara Madeira...

— Me chame de Agenor.

— Senhor Agenor. Quando foi a última vez que viu essa faca?

— Faz muito tempo. Ela foi roubada.

— O senhor deu queixa?

— Não. Quem a roubou foi minha filha.

Antes que Maya seguisse aquele raciocínio, o barulho de alguém se aproximando chamou sua atenção, fazendo-a olhar para a entrada da sala. Uma mulher velha, vestindo um tailleur bege, com o cabelo tradicionalmente armado, cheio de laquê, olhava a conversa com um sorriso divertido nos lábios. Se apoiava numa bengala e o rosto estava tão maquiado que ela lembrou a Maya uma boneca de cera.

— O que quer, Alva?

— Nada, irmãozinho. Ouvi vozes e vim ver quem estava acordado nessa casa.

"Acordado?", pensou Denis. "Já passa do meio-dia."

— Senhores, esta é minha irmã, Alva.

— Bom dia, queridões — disse Alva.

— Eles são da polícia, Alva — esclareceu Agenor por entre os dentes cerrados.

Maya sentiu um leve revirar no estômago.

— Bom dia — disse ela.

— Ouvi um pouco da conversa de vocês. Ainda é a Deborah, Agenor? Toca a vida pra frente, irmãozinho.

— Será que você pode nos dar licença, Alva?

— Claro. Claaaaro — disse Alva. — Vou preparar um drink. Prazer, senhores. Não deixem que meu irmão os seduza com esse seu olhar melancólico. Isso nunca acaba bem.

Alva se afastou dando uma sonora risada. Agenor se recompôs e olhou para Maya.

— Família nunca é uma coisa fácil — disse ele.

— Ninguém disse que era — comentou Maya, pensando que também não tinha necessidade de ser tão *freak*. Equilíbrio, gente! — Então, continuando. O senhor disse que sua filha roubou essa faca.

— Sim. Mas não adianta querer falar com ela, imagino que saibam...

A voz dele embargou. Maya deu a ele um tempo para se acalmar. Agenor vacilou por mais alguns poucos segundos.

— Bem, é isso. Ela a roubou.

— Por que ela a roubaria? — perguntou Denis, enquanto Maya fazia o registro mental de que o mandaria ficar mais calado da próxima vez.

— Ela se envolveu com pessoas que não deveria e eu cortei o dinheiro quando soube com o que ela gastava. Então esse tipo de problema começou. Garanto-lhes que não foi a única coisa que ela roubou. Agora, se não há mais nada que queiram tratar, vou pedir para que se retirem.

Maya concordou com a cabeça e se levantou, seguida por Denis.

— Me perdoem por não os acompanhar, mas vocês mexeram em velhas feridas, o que me faz considerar se deveria mesmo tê-los atendido.

— Mas estamos investigando um crime, senhor, então não acho que...

Denis teve a frase interrompida quando Agenor de Alcântara Madeira o agarrou pelo pescoço e o empurrou contra uma estante de livros, fazendo com que alguns volumes fossem ao chão. Maya não soube o que fazer, e Agenor começou a vociferar:

— Eu estou cagando para o que você, sua amiga ou qualquer um esteja investigando. Foi por um erro de gente da sua laia que a minha filha não está aqui agora para responder o que fez com essa maldita faca.

— Senhor... — disse Maya, aterrorizada.

Denis tentava articular alguma frase, mas a mão do velho impedia qualquer formulação e ele só conseguia pensar em como aquele cara era forte para a idade dele. Dois seguranças apareceram sem que Maya pudesse dizer de onde tinham vindo e estavam de prontidão para qualquer ordem que recebessem, fosse qual fosse.

— Agora caiam fora da minha casa.

Agenor soltou o pescoço de Denis, que ficou vermelho. Ele tossia ruidosamente. Um dos seguranças o ajudou a se levantar ao mesmo tempo em que o conduzia para fora da sala, enquanto o outro indicava o caminho para Maya.

Foi só ao ouvir o portão ser fechado atrás de si que Denis conseguiu se recuperar por completo.

— Acho que deu tudo certo, hein? — disse ele.

Maya balançou a cabeça e revirou os olhos, começando a caminhar pela calçada arborizada, enquanto Denis ia atrás dela.

De repente, ela estancou.

— A faca! Nós deixamos a faca!

Denis fez uma careta.

— Quer que eu vá buscar?

— Duvido que ele vá deixar você entrar.

Voltaram a andar. Maya refletiu que não haviam avançado muito na investigação. Afinal, baseado no que lhes fora dito por Agenor, aquela maldita faca poderia ter ido parar nas mãos de qualquer um, até mesmo de um neonazista que a tivesse comprado de uma menina drogada. Então, oficialmente, não tinham nada. Extraoficialmente, porém, ela sabia que quem mandou o pen drive para Jaime tinha consciência de que as coincidências envolvendo a faca, Deborah de Alcântara Madeira e seu amigo Jaime Sforza eram grandes demais para serem ignoradas.

16

JAIME USAVA O ESPLÊNDIDO PÃO FEITO ALI mesmo para pegar a grande azeitona preta que brilhava sobre o prato junto com os outros antepastos que eram gloriosos em sua simplicidade. "Não há nada mais difícil do que o simples", pensou Jaime, ao passar o pão no azeite que restara no prato. Nunca gostou de ir a restaurantes caros; muita pompa e ostentação para o que no fim poderia ser simples. Disseram-lhe uma vez que as pessoas que vão a restaurantes que custam fortunas estão atrás de experiências e não apenas da comida. Nunca compreendeu aquilo muito bem. Afinal, se você está com bons amigos, em meio a uma boa conversa e degustando de boa comida, não é um menu degustação que custa a média salarial de um brasileiro que vai melhorar isso. E se essas coisas não forem suficientes para alegrar o dia de alguém, novamente, não seria a "experiência" com alguma gororoba flambada com redução de alguma coisa que impediria a pessoa de se sentir uma merda.

— Já quer pedir, Jaime? — perguntou o garçom, que, por sua vez, também era o dono daquela pequena cantina no Bixiga.

— Estou esperando uma pessoa, Giuseppe.

Giuseppe foi atender outra mesa. Jaime refletiu um pouco sobre o porquê de Maya tê-lo chamado para almoçar. Colocou um pouco de berinjela sobre o pão e olhou o relógio; Maya estava prestes a se atrasar. Porém, antes que os segundos desaguassem no horário combinado, dois comensais de uma mesa próxima se cutucaram daquele jeito masculino meio deprimente que indicava que uma mulher, que inconscientemente eles sabiam que jamais teriam coragem de convidar para jantar, havia entrado em seu campo de visão, e Jaime viu Maya atravessando o salão rumo a mesa na qual ele estava.

— Você é um homem de hábitos, Jaime Sforza — disse Maya enquanto se sentava.

— Quem mandou deixar eu escolher o restaurante?

Giuseppe imediatamente virou o prato de Maya para cima e perguntou o que ela ia beber; contrariando a sugestão de Jaime de pedir um vinho, ela pediu apenas água com gás.

— Conta — pediu Jaime.

— Falei com o Agenor de Alcântara Madeira.

— Olha! E como foi?

— Ele não foi exatamente cordial.

— Então foi tudo dentro dos conformes.

— Odeio esses caras que se acham acima da lei.

— Deixa eu te contar, Maya. De acordo com os seus chefes e os chefes dos seus chefes, esses caras estão, sim, acima da lei.

— Mas não foi pra discutir os problemas da segurança pública que eu te chamei aqui.

Jaime estava curioso sobre a reação do velho ao ver a faca e queria ter estado lá para analisar as pequenas nuances que seu rosto provavelmente entregou, mas sabia que Maya também era excelente em notar esse tipo de coisa. Por isso, frustrou-se um pouco com a constatação dela de que Agenor de Alcântara Madeira ficara realmente surpreso com o fato de sua faca ter sido usada em um homicídio; ela achava difícil que Agenor tivesse algo a ver com os assassinatos, mas nutria uma pequena esperança de que talvez tivesse algo a ver com o pen drive.

— A explicação dele de que a faca foi roubada pela filha torna totalmente plausível a possibilidade de ela ter sido adquirida nas ruas por um neonazista assassino — disse Jaime.

— É essa a posição do Antunes, e é por aí que eu vou — comentou Maya, enchendo a boca de pão com sardela.

— E veio me dizer isso por que...

— Porque você recebeu a porra de um pen drive de uma pessoa misteriosa que indicou a procedência da faca e eu nunca gostei de coincidências absurdas.

— O que você quer de mim?

— Nada, além do que você já iria fazer, mas que me mantenha informada se encontrar alguma ligação entre o caso de Deborah de Alcântara Madeira e os homicídios de Lídia Nunez e Rebeca Ramos.

— Essa via terá de ser de mão dupla.

— Combinado.

Jaime refletiu um pouco.

— Fala logo — disse Maya.

— O quê?

— O que você quer falar. Conheço essa sua cara.

Jaime sorriu. Era bom estar com Maya novamente.

— Você nunca achou muito conveniente o Orlando ter se matado na cadeia na mesma noite que foi preso?

— Do que você tá falando, Jaime?

— Estava pensando sobre a pasta que continha os arquivos do pen drive. O nome era "CASO ENCERRADO?". Será que não tem mais coisa envolvendo a morte dele?

— Você acha que podem ter "suicidado" ele? — Maya fez as aspas com os dedos.

— Não seria a primeira vez, concorda?

Sim, Maya sabia que não teria sido a primeira vez, principalmente com alguém que pode ser alvo de uma vingança.

— Acha que o Alcântara Madeira pagou pela morte? — perguntou Maya.

— Me surpreenderia se não tivesse pagado.

— Quer que eu cheque isso?

— Não. Vai levantar muita lebre pro seu lado, e eu me preocupo com a integridade desse seu belo corpo.

Maya jogou o guardanapo de papel, que havia transformado em uma bolinha, em Jaime.

— Pedi pra Michele levantar mais sobre o Orlando e a Deborah no meio das boates de prostituição. Isso pode me dar um rumo para averiguar com mais cuidado — disse Jaime

— Explorando sua pobre funcionária! Você não tem vergonha, Jaime Sforza?

— Só pedi pra ela fazer uma visita aos velhos amigos.

— Pode sair alguma coisa disso, tenho que admitir. Não faz nada ilegal que sigo fingindo que não sei de nada. De qualquer forma, eu não poderia gastar tempo com isso agora. Tenho que apresentar algum resultado rápido pro Antunes sair um pouco do meu pé.

— Já tem alguma ideia?

Maya deu uma piscadela para Jaime.

— Você sabe que sim, querido.

17

Denis abriu a porta do carro, entrou e entregou à Maya o café duplo sem açúcar que ela havia pedido. Eles estavam parados num estacionamento aberto que dava para ver a rua com facilidade. Denis tamborilou no volante do carro.

— Me explica de novo que ainda não entendi. O que diabos estamos fazendo aqui?

Maya apontou com o dedo para o muro do outro lado da rua.

— Tá vendo aqueles cartazes?

Denis olhou o muro cheio de cartazes. Aquela era uma rua tranquila durante o dia, mas com uma vida noturna tão agitada que chegava a ser quase impossível enxergar a cor do muro de tantos cartazes informando festas, baladas, bares recém-inaugurados e algumas outras coisas. Maya estava mostrando uma das outras coisas.

— Não tô vendo nada que me chame atenção — disse Denis.

— Não está mesmo vendo os cartazes escrito "Hitler vive"?

Denis apertou os olhos.

— Caralho. Essa porra não é proibida?

— Até é. Mas o que me interessa é que tem alguns desses cartazes rasgados, tá vendo?

— Sim.

— Um rabino passou aqui ontem e rasgou alguns. Ele fez um vídeo desafiando quem os colou a mostrar a cara e colar novamente.

— É por isso que estamos aqui há três horas?

— Tem alguma ideia melhor?

Denis bufou.

— Maya, primeiro: quem garante que o porra que colou esses cartazes vai vir aqui por causa do desafio do rabino? E depois, quem garante que ele conhece o cretino que a gente tá procurando?

— Qual é a última fofoca do grupo de whatsApp da Polícia Civil?

Denis estreitou os olhos.

— O que isso tem a ver?

— Fala logo.

Denis pensou um pouco.

— Parece que um cara da antissequestro foi pego jogando num cassino clandestino pela Federal.

— Que mais?

— Uma moça da proteção à infância e à adolescência estava traindo o marido com um colega.

— Olha só! Você sabe de tudo isso, e eu garanto que tem mais policiais que neonazistas nesse estado.

Denis olhou impressionado para Maya, que sorriu.

— Mas eu ainda acho meio difícil nosso cara aparecer aqui por causa de um desafio idiota.

Denis mal havia terminado a frase quando um jovem, que devia ter seus 18 anos, mas que aparentava menos, se aproximou do muro e começou a colar novos cartazes com os dizeres "Hitler vive". Denis olhou impressionado para Maya.

— Nunca subestime a estupidez de um garoto obviamente pardo que está pregando sobre supremacia branca.

Denis riu, balançou a cabeça e saiu do carro indo em direção ao garoto.

18

SENTADO NO BANCO DA AGRADÁVEL praça que ficava em frente à casa, na qual ocorreram os assassinatos de Rebeca e Lídia, Jaime apertou "enviar" em seu celular, mandando a foto de Deborah para o celular de Michele junto com a frase "não consegui foto melhor, o Facebook dela era fechado".

"Gata, hein?", foi a mensagem que recebeu de volta.

Jaime sorriu e olhou a entrada da casa; o sorriso desapareceu.

19

Michele riu da mensagem que acabara de mandar para Jaime. Mas o comentário não havia sido de todo uma brincadeira. Deborah era realmente muito bonita, com os olhos puxados e outros traços orientais, mas com a pele morena. "Uma mistura inusitada", pensou ela. "Talvez a mãe fosse oriental."

Michele abriu a torneira, molhou as mãos e as passou pelo rosto. Se lembrou de todas as vezes que fez aquilo para continuar sua jornada de trabalho e uma sensação estranha, quase um saudosismo, lhe passou pelo peito. Uma garota de programa entrou no banheiro e olhou desconfiada para Michele, provavelmente achando que era uma nova concorrente.

Michele não deu bola, secou o rosto com uma toalha de papel e saiu do banheiro da boate. Encontrou Josué sentado num dos sofás com um copo de uísque nas mãos, porém não sozinho como ela o havia deixado. Duas garotas estavam ao lado dele resolvendo alguma coisa e se afastaram quando ela se aproximou.

— Problemas? — perguntou Michele.

— Ah, Mi, o de sempre. "Posso ir embora mais cedo?"; "Preciso de um empréstimo para colocar silicone"; "Não quero sair com aquele cliente hoje, mantém ele longe de mim, blá-blá-blá" — falou Josué, imitando voz de mulher.

Michele riu. As coisas não haviam mudado.

20

A ESCURIDÃO ERA QUASE PALPÁVEL. A casa fechada há dias fez com que o pó pairasse no ar de forma quase estática. A parca luz que entrava pelas janelas revelava as partículas dançando num leve movimento que sugeria certa ordem no caos. Um ruído na porta não alterou essa realidade, mas, quando esta se abriu, uma lufada de ar tirou a harmonia daquela dança e onde havia ordem agora era só caos. Jaime entrou na casa.

Ficou satisfeito consigo mesmo ao constatar que não perdera a habilidade de arrombar uma porta rápido e praticamente sem barulho. Fechou a porta com cuidado e acendeu uma lanterna. A sala continuava como a equipe da perícia havia deixado. Era hora de afastar todas as ideias pré-concebidas, construídas pelas palavras de Maya e por tudo o que tinha assistido e lido sobre o caso, e deixar que o local do assassinato de Rebeca e Lídia lhe contasse seus segredos.

Ele caminhou pelo carpete com cuidado, questionando o motivo de alguém ainda colocar carpetes em casa; os ácaros deviam ser de matar. Olhou para o desenho no chão, que fora feito em volta do corpo de Rebeca. Viu as manchas de sangue. Nisso também o carpete não ajudava, pois a visão dele manchado era horrenda e pútrida.

Jaime se abaixou e olhou o local do último suspiro de Rebeca. Pensou um pouco. Notou o rastro de sangue que havia até o local onde ela morreu e entendeu que, na realidade ela fora atacada um pouco mais próximo à porta da cozinha, de forma que caíra e se arrastara até onde tinha sido morta. Jaime fez o caminho contrário ao da última jornada dela. Seu pé pisou em algo. Olhou para o chão e pegou um pedaço de vidro quebrado. Olhou para o lado e viu os destroços do armário com portas de vidro.

Analisou o que havia sido quebrado quando o armário caiu. Alguns pratos pintados e alguns suportes. Os pratos pareciam do tipo que não se usa no dia a dia. Finos, meticulosamente pintados, caros. Na verdade, eram do tipo que não se usava para nada a não ser colecionar. Essa ideia passou pela cabeça de Jaime e foi rapidamente corroborada pelo resto do que havia ali. Pequenas estátuas de anjo, algumas quebradas e outras não. Alguém considerou a possibilidade de latrocínio? Se sim, o que teria sido roubado? Jaime foi até a cozinha e analisou o quadro. No chão, sangue de Lídia. Ele olhou a porta da cozinha que dava para os fundos da casa.

Um barulho atrapalhou sua reflexão e o fez prender a respiração. Olhou da cozinha para a sala e viu que a porta estava sendo aberta. Alguém entrava na casa. Não era possível dizer quem, por causa da iluminação que vinha de trás e fazia do visitante apenas uma silhueta escura. O recém-chegado fechou a porta. Jaime se escondeu atrás da porta da cozinha. O sujeito era rápido, mas não muito silencioso. Jaime o ouviu andando pela casa com uma desenvoltura que entregava que o sujeito conhecia o local. O estranho subiu as escadas. Jaime pensou na estupidez que havia cometido de não ter levado uma arma.

21

— Mas me conta, gata. O que você quer além de matar sua incontrolável saudade de mim?

— Seguinte, preciso saber se você conhece essa moça aqui.

Michele mostrou a foto de Deborah em seu celular. Josué soltou um assovio.

— Se eu tivesse essa menina aqui, nunca teria deixado ela ir embora!

"Homens."

22

Jaime saiu de trás da porta da cozinha e, pé ante pé, subiu as escadas. Ouviu barulhos no andar de cima; era como se a pessoa estivesse procurando algo. Deteve-se quando quem estava lá em cima saiu de um quarto e caminhou, pisando duro, em direção a outro.

Jaime se recostou na parede da escada, que estava completamente nas sombras e o manteria pouco visível para quem quer que estivesse ali. Ao menos, ele torcia para que estivesse bem pouco visível. O estranho parou no meio do caminho e olhou para as trevas. Jaime segurou a respiração. O tic-tac de algum relógio da casa pareceu se tornar mais e mais sonoro enquanto segurar a respiração estava se tornando mais e mais difícil. O vulto olhava fixamente para a escuridão no exato local que Jaime estava. Jaime não conseguiria segurar a respiração nem por mais trinta segundos. Por fim, a pessoa seguiu seu caminho para outro quarto e Jaime soltou, muito lentamente, o ar que prendia. Terminou de subir a escada o mais silenciosamente possível. Olhou para dentro do quarto e viu o homem abrindo um armário embutido. Dentro havia um cofre. Jaime não deixou de notar que a senha foi digitada sem nenhuma hesitação. O cofre foi aberto e algo, retirado de dentro. O homem deu uma olhadela para a porta e Jaime se colocou fora do campo de visão. Sons de um computador sendo ligado ecoaram. Aparentemente, o homem misterioso não estava mais tão preocupado em fazer pouco barulho. A luz da tela do computador iluminava parcamente o quarto. A porta estava entreaberta e Jaime olhou pela fresta das dobradiças. Vislumbrou o homem, cuja fisionomia ainda era impossível identificar, sentado na cama do quarto com um notebook no colo, teclando furiosamente.

23

O carro de Maya avançava a menos de vinte quilômetros por hora por uma das ruas daquela região periférica de São Paulo. O cinza do asfalto contrastava com o colorido de algumas casas e pichações. Nos portões, mulheres conversavam sobre a vida.

Jovens namoravam. Algumas pessoas colocavam cadeiras nas calçadas e se sentavam para papear. Botequins pequenos se espremiam entre uma casa e outra com sua clientela cativa, que fazia com que esse tipo de bar tivesse praticamente leis próprias.

— Vai mais devagar que eu não tô conseguindo enxergar o número das casas — pediu Denis.

— Se eu for mais devagar, eu paro o carro — disse Maya.

— Cuidado com os meninos aí na frente.

Na rua, alguns metros à frente deles, um grupo de uns cinco meninos empinavam pipa. Maya desviou. Impressionante. Tudo aquilo parecia uma cidade do interior mesmo estando a questão de minutos do centro de uma das maiores cidades do mundo.

— Que número estamos procurando mesmo? — perguntou ela.

— 398.

Numa curva, onde o asfaltamento acabava e se transformava em terra, o número 398 apareceu, pintado numa parede de chapisco.

— Vou te falar. Isso pra mim já é um esconderijo.

— Para de reclamar, Denis. Não faz nem duas horas que conseguimos esse endereço.

Maya parou o carro e eles olharam para a casa de muro branco e portão de garagem cinza descascado. Uma música extremamente pesada parecia vir de dentro.

— Bom, vamos falar com o cara — disse Maya.

Ela e Denis checaram suas armas, colocaram-nas nos respectivos coldres e saíram do carro. Se aproximaram da casa e tiveram certeza de que a música hardcore vinha lá de dentro mesmo.

— Poucas dúvidas de que é aqui — disse Denis.

Maya pareceu ignorar e bateu no portão. Nenhuma resposta. A música não parou. Sequer diminuiu.

— Não devem ter ouvido — disse Denis.

— Jura?

Maya bateu consideravelmente mais forte e de novo não houve nenhuma movimentação que indicasse que alguém os atenderia.

— Estou começando a ficar de saco cheio — disse Maya.

Denis empurrou de leve o portão e viu que o cadeado não estava fechado.

— Por que a gente não entra de uma vez?

— Eu não deveria precisar explicar os problemas legais envolvidos, né, Denis?

— Olha onde a gente tá, Maya. Podemos falar que ouvimos um grito vindo lá de dentro e não vai ter um aqui pra contestar.

Maya deu de ombros.

— A gente tem que falar com esse cretino de qualquer jeito, mesmo.

Tirando sua arma do coldre, Maya empurrou o portão da casa com o pé. Entrou seguida por Denis, que tirou a trava de segurança de sua arma. Eles entraram numa garagem cheia de caixas e com um fusca todo arrebentado, de faróis quebrados e diversos focos de ferrugem que eram mais predominantes que o desbotado vermelho da tinta do carro. O lugar estava precisando de uma bela faxina. Poeira e teias de aranha se acumulavam, além de vasos de plástico com terra ressequida. Do lado esquerdo do fusca, um pouco mais à frente de onde Maya e Denis estavam, havia uma porta aberta. A música que eles ouviam vinha dali. Denis tomou a dianteira de Maya e empurrou um pouco mais a porta que dava para um corredor apertado. Denis e Maya avançaram. Um forte cheiro de maconha permeava o ar. A cada passo a música ficava mais e mais alta. O fim do corredor dava numa porta fechada e em outra aberta no lado direito. Maya olhou com cuidado para a porta aberta e viu uma sala onde dois homens com não mais de trinta anos estavam sentados num sofá esfarrapado fumando maconha. Eram carecas e usavam calças camufladas e regata branca. A sala estava abarrotada de pacotes, e alguns que estavam abertos revelavam o conteúdo: cartazes nazistas. Maya olhou os caras e pensou neles como dois clichês ambulantes. Apontou a arma.

— Vocês podem abaixar o volume, por favor?

Os carecas tomaram um tremendo susto e antes que Denis ou Maya tivessem tempo de reagir, um deles deu um chute na mesinha de centro, e ambos saíram correndo.

— Que ótimo — disse Maya, partindo ao encalço dos dois. Denis a seguiu, passando por uma cozinha imunda por onde os dois tinham disparado, e viu quando saíram por uma porta que dava para um minúsculo quintal. Os carecas subiram no muro colado à casa ao lado.

Maya subiu no muro também. Os dois carecas não tinham se arriscado a descer no quintal da outra casa, preferindo andar sobre o muro até onde ele alcançava a casa vizinha e subiram no telhado. Ao quase perder o equilíbrio, Maya entendeu porque eles correram por cima. Um cão enorme de uma raça que era uma mistura de rottweiler com pastor alemão latia nervosamente para ela, soltando baba no ar. Maya caminhou sobre o muro num equilibrar concentrado, ignorando os latidos e o bafo quente que mesmo naquela altura ela conseguia sentir.

Tomando impulso, pulou no telhado e partiu atrás dos carecas. Denis tentou subir no muro, mas não conseguiu. Com suas mãos menos arranhadas que seu ego, saiu da casa e começou a correr pela rua tentando adivinhar o caminho que tanto os carecas quanto Maya estariam fazendo pelos telhados.

24

MICHELE JÁ ESTAVA FICANDO DE SACO cheio das piadinhas de Josué e não via a hora de voltar para o bar. Ela gostava de Josué e se lembrava dele com carinho, mas o mundo em que ele vivia, e que já havia sido o dela, carregava um ranço que a fazia se sentir pesada, como se o ar tivesse ficado estagnado tempo demais.

— Apesar de você não a conhecer, por um acaso chegou a ouvir algo sobre uma garota de programa que morreu na mão do namorado drogado? — indagou Michele, querendo encurtar a conversa.

Josué olhou para ela e não precisou falar nada para que o "me poupe" fosse entendido.

— Ok, ok. E sobre a filha do ricaço que virou puta pra encher o saco do papai?

— Opa, aí tem material pra trabalhar — disse Josué. — Não tem muitas histórias assim deste lado do atlântico.

— Junta as duas narrativas. A menina drogada morta pelo namorado e a filhinha de milionário que virou puta, garanto que alguma coisa surge. Você pode dar uma checada aqui ou ali?

— E o que ganho com isso, amoreco?

— Minha gratidão eterna?

— Uma noite de sexo com você?

— A gente transou quando você fez o teste drive pra eu entrar aqui, não lembra?

— Ah, teste drive não vale.

— Claro que vale. Vai me ajudar ou não?

— Eu não resisto a esses seus olhinhos. Mas vai ter de tomar um uísque comigo e me arranjar uns dois mil se eu encontrar algo que ajude.

25

JAIME TENTOU OLHAR PARA DENTRO DO quarto onde estava o homem misterioso de um ângulo que conseguisse ver o rosto dele. Aproximou-se um pouco mais da exígua fresta e procurou outra posição para conseguir enxergar melhor. Deu um pequeno empurrão na porta, que se abriu um pouco mais. Olhou para o vulto sentado na cama, compenetrado no computador. Naquele momento, porém, o celular de Jaime vibrou e, por menor que fosse o barulho, naquela casa mergulhada em trevas e silêncio, foi o suficiente para que o vulto olhasse para a porta.

Jaime não conseguiria dizer por quanto tempo o homem olhou para ele; se lembraria apenas da adrenalina que percorreu seu corpo quando o momento foi quebrado. O vulto na cama disparou quatro vezes. Jaime teve sorte de a primeira bala ter atingido o batente da porta, forçando uma reação imediata de se proteger atrás da parede, o que impediu que as outras três o atingissem. Mal teve tempo de se recuperar do susto antes que o homem misterioso atravessasse a porta correndo. Jaime se jogou sobre ele, fazendo com que ambos fossem de encontro ao corrimão de madeira, que não suportou o ataque e quebrou, levando-os bruscamente para o andar térreo.

Jaime sacudiu a cabeça. Piscou várias vezes e demorou para entender que estava deitado no chão. Foram necessários alguns segundos para que sua mente reagrupasse as ideias e compreendesse que havia caído sobre seu atacante e rolado para o lado. O homem misterioso lutava para conseguir respirar. Sem sua lanterna, perdida em algum momento, Jaime não conseguia ver direito, nem seu agressor, nem seu entorno. Tonto, se levantou e se apoiou numa parede. Seu pé chutou um notebook, que só podia ser o que o homem misterioso tinha em mãos ao cair. Abaixou-se para pegá-lo e foi agarrado pelo ombro e atingido por uma joelhada na barriga. O cara tinha se recuperado o suficiente para causar estragos.

Achando que estava com a briga ganha, o homem abriu a guarda e foi surpreendido por um cruzado de direita que o acertou em cheio no queixo, afastando-o do notebook, que Jaime tratou de pegar rapidamente. Sons de sirene chamaram a atenção dos dois. O homem misterioso se jogou sobre Jaime, levando-o ao chão. Num movimento desesperado, Jaime conseguiu acertar um soco na orelha de seu oponente. O homem ficou atordoado e Jaime conseguiu se desvencilhar.

Ouviram batidas violentas na porta, seguidas por palavras de ordem e pelo ruído dos policiais mexendo na maçaneta. Claro que o visitante misterioso não a trancara. Assim que a luz da rua inundou a casa, o atacante de Jaime viu sua arma caída no chão. Pegou-a e disparou contra os policiais, atingindo um deles na cabeça e o outro no ombro, derrubando-o.

Jaime aproveitou o momento, segurou firmemente o notebook e disparou para a cozinha, dando um chute na porta dos fundos. Foi necessário outro chute para que a porta abrisse, e Jaime saiu correndo pela viela lateral.

Na porta da frente, o homem misterioso passou por cima do policial morto e olhou para o policial ferido que segurava o ombro com uma expressão terrível no rosto. A bala provavelmente destroçara sua articulação e a dor devia ser excruciante. Gregório encarou o policial, que, apesar da dor, o encarava com dureza e determinação. Atirou bem entre os olhos dele e fugiu em seguida.

Jaime correu e correu até seu peito queimar. Olhou para trás e constatou que o homem que ele enfrentou ou fora preso ou correra para outro lado. Ele acreditava mais na segunda opção. Recuperou o fôlego e pegou seu celular. Viu a chamada perdida na tela, aquela que despertou a atenção de seu atacante na casa. Era de Michele. Ele retornou.

— Alô, Jaime? Porra, eu liguei faz meia hora, quero saber se posso prometer dois mil pra um informante se ele conseguir uma boa dica da tal Deborah.

Jaime respirou fundo e manteve na garganta as palavras que queriam explodir.

26

AINDA EM PERSEGUIÇÃO, DENIS DEU um encontrão com um homem que amolava a tesoura de uma senhora num daqueles grandes amoladores de rua que apenas cidades pequenas e periferias ainda tinham. O homem xingou o quanto pôde, enquanto Denis se levantava e se punha novamente a correr. Viu Maya pulando de um telhado a outro. Deu um pique e contornou a esquina. As casas terminavam ali, e ao lado havia um terreno baldio. Eles teriam que descer. Os carecas lá em cima chegaram à mesma conclusão e se viraram para Maya, que estava há pouco mais de dez metros deles.

— Podemos conversar agora?

— O que você quer, sua vaca? — gritou um.

— Primeiro, um pouco de educação.

— Enfia a educação no cu — berrou o outro.

O que falou por último pulou para a calçada seguido pelo comparsa. Caíram ao atingir o chão. Denis, que os esperava embaixo, chutou a cara de um e apontou sua arma para o outro.

— Vocês são tão imbecis quanto o modo como se vestem.

Maya desceu do telhado pelo terreno baldio e foi se juntar a Denis.

— Nossa, achei que estava em melhor forma — disse ela e olhou para os dois carecas.

— Muito bem, quem de vocês é Almiro dos Santos Veiga?

Os dois se entreolharam.

— Tá falando do Rato? — perguntou um deles.

— Que seja — disse Maya.

— Ele não tá em casa, não.

Maya balançou a cabeça.

— Nenhum de vocês é ele?

— Não foi o que eu acabei de dizer, caralho?

Maya olhou para Denis e sorriu. Socou a cara do careca.

— Isso foi por ter me chamado de vaca.

O careca que levou o soco passou a mão na boca, da qual um filete de sangue escorria. O telefone de Maya tocou.

— Alô?

Maya ouviu atentamente o que estava sendo dito do outro lado da linha. Seu semblante ficou mais e mais sério.

— Que foi? — perguntou Denis.

— Pega esses dois imbecis e vamos voltar pra delegacia — disse ela enquanto guardava o celular.

27

O PORTÃO DO BAR DE JAIME ESTAVA fechado e uma placa dizendo que eles não abririam naquele dia fora fixada do lado de fora. Nada parecia indicar que havia alguém ali, mas lá dentro os ânimos estavam acirrados com uma discussão que não levaria a lugar algum.

— E eu tinha como saber que você estava espionando um cara, porra? — disse Michele quando puxou uma lasca de madeira que estava alojada na palma da mão de Jaime. Ele grunhiu de dor, mas a reclamação mais efusiva veio quando ela passou álcool.

— Dá pra ser mais cuidadosa?

— O álcool vai arder mesmo se eu passar de leve, deixa de ser besta.

Jaime estava sem camisa e seu dorso tinha marcas roxas e vermelhas, além de arranhões por todos os lados. Michele estava cuidando dos ferimentos enquanto Jaime segurava uma bolsa de gelo contra a cabeça.

— E esse tal de Josué. Você acha que ele vale esses dois mil? — Jaime tirou um pouco a bolsa da cabeça e enxugou uma gota de água que escorreu.

— Só vai valer se trouxer alguma coisa que preste, mas ele conhece bem mais gente na noite do que eu. Era isso ou transar com ele.

— O quê?

Michele riu, segurou a mão dele com o saco de gelo e a recolocou onde estava antes.

— Achei que essa parada seria bem mais leve — disse Michele.

— Eu também.

— Você acha que foi o cara que matou as moças que te deu esse cacete?

Jaime explicou para Michele pela terceira vez que ele não havia tomado um cacete e que tinha certeza que o outro cara saíra bem mais machucado.

— Mas vou te falar que a coisa começou a ficar mais interessante.

Michele deu uma boa olhada para o corpo arrebentado de Jaime e questionou qual seria o critério dele para coisas interessantes.

Batidas metálicas assustaram os dois, que olharam para o portão de enrolar fechado.

Em silêncio, Jaime pegou uma faca e se aproximou do portão.

— Quem é? — gritou Jaime.

— A porra da mulher que te avisou pra não fazer nada ilegal — berrou Maya do lado de fora.

28

GREGÓRIO CHEGOU OFEGANTE NO escritório. Como tudo deu tão errado? Estava fora de forma, essa era a verdade. Tanto tempo trabalhando naquele esquema controlado, com apenas a parte de sequestrar o alvo dando mais trabalho, tinha deixado ele relaxado. Talvez até preguiçoso. Mas também não esperava encontrar alguém na casa, principalmente um casca-grossa que sabia o que estava fazendo; então não era culpa dele o que tinha acontecido. O olhar do policial o encarando-o antes de ser assassinado apareceu como um flash em sua mente. Gregório correu até o banheiro e vomitou. Sua cabeça girava. Lavou o rosto e escovou os dentes. Precisava reagrupar seus pensamentos, analisar todas as variáveis e traçar os próximos passos.

O celular vibrou. Ele balançou a cabeça, preocupado. Esperava ter um pouco mais de tempo antes de ter que se explicar, mas obviamente aquilo não seria possível. Sacou o aparelho e viu a mensagem: "Encontrou?"

Seus dedos tinham dificuldade em digitar naquela maldita tela de tanto que tremiam, mas se esforçou mesmo assim. Afinal, não poderia ser tão difícil escrever "Não". Ou talvez fosse.

O breve silencio foi quebrado com uma nova vibração do celular, mas dessa vez por conta de uma ligação.

— Alô — disse ele com sua voz rasgada e rouca, em meio a qual era possível discernir uma vergonha tímida.

— Como assim não encontrou? — perguntou Salomão do outro lado da linha.

— O computador estava no cofre e eu o peguei, mas aconteceu uma coisa.

Uma pequena pausa.

— O quê?

— Tinha outra pessoa lá e acho que ele conseguiu pegar o computador.

Silêncio. O silêncio duro e constante que antecedia a explosão. Respirou fundo para ouvir o que viria sem emitir uma resposta que o fizesse se arrepender depois. Pensou novamente se todo o dinheiro que ganhava valia aquilo. A respiração do outro lado da linha foi ficando mais e mais pesada. Ele ia falar alguma coisa, mas Salomão enfim rompeu o terrível silêncio.

— Do que você tá falando, seu imbecil? — berrou Salomão.

Ele segurava o celular contra a orelha direita e com a mão livre massageava a têmpora esquerda, mantendo os olhos fechados.

— Eu estava olhando o computador quando um cara surgiu não sei de onde. Atirei nele, mas estava escuro. A gente brigou, e ele conseguiu pegar o computador. Eu consegui escapar e voltei pra casa.

— Espera aí. Você disse que atirou?

— Sim. Levei uma arma por garantia.

— Me fale que isso foi a pior coisa que aconteceu.

Gregório mordeu um dedo com força até conseguir tremer menos.

— Eu matei dois policiais.

Do outro lado da linha Salomão balançou a cabeça. A irritação se transformava em algo que fazia seus lábios tremerem.

— Você tem ideia da merda que fez? — perguntou, com exasperação.

— Eu precisei! Eles chegaram lá do nada. Eu ia ser preso.

— Que fosse!

— Seria bem interessante eu ser pego sabendo tudo o que sei, não é?

Gregório só teve consciência de suas palavras após elas terem sido proferidas. Tentou consertar, pediu desculpas, mas Salomão não falou nada.

— E esse cara que estava lá, tem ideia de quem era? — indagou com uma calma que fez o estômago de Gregório queimar.

— Não.

— Bom, estamos completamente ferrados então.

— O computador tá criptografado.

— Tá o quê? — perguntou Salomão, com interesse renovado.

— O computador tá criptografado. Eu mesmo fiz isso pra ela. Tem que ser muito bom pra conseguir acessar.

— Menos mal. Mas mesmo assim é possível que exista esse alguém muito bom, não é?

— Eu sei como localizar o computador.

— Por que não disse logo?

— Mas ele tem que estar conectado à rede.

— Resumindo, não tem como alguém acessar o computador e você só consegue localizá-lo se alguém entrar nele. Você pode ser um gênio, mas tem hora que acho que essa avaliação foi malfeita.

Salomão desligou. Gregório chutou um cesto de lixo com tanta raiva que o destroçou contra a parede.

29

JAIME ABRIU A PEQUENA PORTA NO portão de enrolar e Maya entrou como um touro.

— Você está ficando louca?

— Louco está você por ter invadido aquela porra de casa. Caralho Jaime, você acha que não sei que você foi fuçar lá?

— Sabe como?

— Quem mais iria? Eu deveria prender você!

— O que você deveria mesmo é se acalmar um pouco. Michele, dá uma vodca pra essa doida.

Michele puxou uma Stolichnaya de entre as garrafas na parede.

— Com ou sem gelo? — perguntou.

Maya olhou para Michele, fuzilando-a com os olhos, e pensou se aquela pirralha estaria de brincadeira com ela.

— Com — respondeu; afinal, brincadeira ou não, ela precisava de uma dose. — Agora me fala o que você foi fazer lá.

Michele entregou o copo para Maya, que bebeu um grande gole antes de olhar para Jaime.

— Acho melhor você me dizer. São duas mortes nas suas costas.

— Eu não sei do que você está falando — disse Jaime, apesar de ele ter uma excelente ideia do que se tratava.

— Dois policiais militares. Foram chamados porque os vizinhos ouviram uma barulheira numa casa que não deveria ter ninguém. Isso refresca sua memória?

Jaime se serviu de uma dose de uísque.

— Ambos estão mortos. O que você tem a ver com isso?

Jaime não sabia como responder àquela pergunta. Não havia sido ele quem atirou nos policiais, mas também não conseguira fazer nada que impedisse os tiros e sequer sabia quem era o autor dos homicídios.

— Nada — respondeu ele.

— Você estava lá, não estava?

O coração de Michele martelava ante o silêncio sepulcral que se estabeleceu enquanto Jaime mexia as pedras de gelo em seu uísque numa lentidão irritante. Maya não pareceu se importar e o encarava, num misto de expectativa e cansaço.

— Sim, eu estava.

Michele soltou um suspiro e só naquele momento percebeu que havia segurado a respiração.

— Mas espero que não ache que fui eu que atirou nos policiais.

— Então quem foi?

— Caralho, Maya!

— O que aconteceu, Jaime?

— Eu tinha que começar a investigação de algum lugar.

Maya revirou os olhos.

— Você me disse que mandaria a Michele checar a menina, caralho!

— Achei que podia agir em duas frentes.

— Nós já tínhamos investigado a casa, Jaime!

— Não sob a ótica que eu estou trabalhando. O que eu procurava ali era culpa, não explicações.

— Do que diabos você está falando?

— E se o ponto em que os dois casos convergem for Lídia e Rebeca terem alguma relação com Deborah? E se...

— E se, e se... Eu posso te prender por isso.

— Você não tem prova alguma além dessa conversa. Então, se a senhorita parar de me interromper...

— Outra vodca, Maya? — ofereceu Michele.

Maya levantou o copo e Michele o encheu.

— Quando eu estava lá um outro cara entrou.

— Outro cara? Como assim? Como ele era?

— Não consegui ver. Como você sabe, eu estava invadindo a casa, então, não acendi as luzes.

Maya pegou um gelo em seu copo e tacou nele. Michele sorriu.

— Então eu o segui até o segundo andar. Ele abriu um cofre no armário e o vi mexendo num notebook. Tudo ia dar certo se... — Jaime olhou para Michele.

— ...se eu tivesse olhado na minha bola de cristal e visto que não podia ligar pra ele naquela hora — disse Michele.

— O celular te entregou — disse Maya.

— Sim. E aí, o cara atirou em mim.

— Ele atirou em você?

— Quatro vezes. Minhas vidas estão se esgotando. Mas, no escuro, não conseguiu me acertar. O sujeito tentou fugir e eu tentei impedir. Nós caímos do segundo andar e nos batemos um pouco até a polícia... — Jaime piscou e cerrou os dentes, deixando as palavras escaparem num sibilar. — ...infelizmente, chegar.

Maya concordou com a cabeça.

— Jaime — Maya começou.

— Eu sei! — gritou ele. — Se eu tivesse ficado quieto como você e a Michele falaram; se eu não tivesse me envolvido, esses dois policiais estariam vivos! Eu sei, caralho!

O barulho de uma das geladeiras de cerveja se fez presente a ponto de o ruído ficar irritante. Uma mosca no teto girava ao redor de uma lâmpada, chamando uma atenção que não lhe era devida.

— Na verdade eu ia perguntar o que aconteceu com esse notebook que você falou.

Jaime suspirou e tirou o notebook de trás do balcão, fazendo os olhos de Maya brilharem. Ela, porém, recuperou a seriedade rapidamente.

— Não tem o que eu possa fazer com isso sem envolver você — disse Maya.

Michele mordeu os lábios. Será que ela deveria beber alguma coisa também? Jaime, por sua vez, concordou com um aceno de cabeça e já se preparava para o pior.

— Por isso, acho melhor você ficar com ele por enquanto — completou a investigadora, depois de uma pausa.

Michele concluiu que definitivamente deveria beber, então, ela pegou uma dose de vodca para si e virou-a num gole só.

— Como você saiu de lá?

— Fugi pela porta dos fundos.

— E o filho da puta abriu o caminho dele à bala — disse Maya.

Jaime concordou.

— Encontramos o lugar onde o nazista que jurou Rebeca de morte se escondia. Ele não estava lá.

— Não sei o que dizer. Mas o cara que eu enfrentei não me pareceu um retardado cheio de ódio. Ele conhecia a casa, sabia do cofre e sabia a senha.

Maya refletiu um pouco.

— Olha Jaime. Se eu falar pra alguém o que aconteceu lá, terei que te levar preso, e não posso seguir outra linha de investigação que não a oficial, porque pra isso eu teria que contar o que ouvi de você.

— E me levar preso.

— Isso. Então, se não for pedir muito, para de dar tanta bandeira. A sua sorte é que os vizinhos da casa em frente viram o sujeito que matou os policiais e a descrição dele nem de longe parece com a sua.

— Ainda somos amigos?

— Não. Só volto a ser sua amiga quando esse caso terminar. — Maya se levantou, sorveu o gole que restava da vodca em seu copo e piscou para Michele. — Então, Jaime Sforza, trate de não me atrapalhar, ou arrume algo que eu possa usar. Por que não aproveita que não posso usar esse notebook e liga pro seu velho amigo Big Louis? Ele é de longe o melhor hacker que eu já vi; não tem ninguém do nível dele na crimes cibernéticos.

— Pra que eu precisaria daquele cretino?

— Porque, se o senhor não entende de computadores, saiba que esse modelo que você tem em mãos pede impressão digital para ser acessado.

Jaime abriu o notebook, que imediatamente se iluminou. Em seguida, apareceu na tela o pedido para que o usuário colocasse o dedo numa tecla de reconhecimento biométrico do teclado.

— Manda um beijo pro Big Louis — disse Maya, indo embora em meio ao leve brilho que a vodca havia lhe proporcionado. Jaime ficou olhando aquela mulher gingar rumo à saída, tão hipnotizado que Michele teve de trazê-lo de volta à Terra.

— Corpão que essa aí tem, hein?

— Não enche, Michele.

Jaime pegou o notebook e colocou seu dedo no reconhecimento biométrico, que negou o acesso e pediu uma senha numérica. Ele olhou para Michele.

— Você não achou que seria tão fácil, achou?

30

O MOTOR DO BMW X7 AZUL ROSNOU como se não quisesse ser desligado. Salomão gostava daquele som; soava a dinheiro. Por fim desligou o carro, pegou sua pasta e se dirigiu até o elevador. Parou no térreo para pegar algumas correspondências, coisa que ele achava terrivelmente inconveniente, mas havia uma regra do condomínio que não permitia funcionários enfiando coisas por debaixo da porta dos moradores.

Seu prédio era parte de um conjunto de quatro dentro de um enorme e murado condomínio. Era idílico, praticamente uma realidade paralela. Salomão pensava nele como uma ilha de luxo e ordem em meio ao caos. Ali ele deixava de fora um mundo sórdido, sujo e vil, condenado a ser assim por causa de pessoas que não tinham a coragem dele de tomar as rédeas da própria vida. Qual era a dificuldade dessas pessoas em sair de sua zona de conforto e galgar os degraus do poder? Era algo que Salomão não compreendia, mas nem por isso tinha pena delas. Ele chegou aonde chegou por mérito próprio, afinal, fora ele, e somente ele, que havia farejado aquela oportunidade de negócio que agora o permitia subir pelo elevador privativo daquele edifício e dormir em sua cama com lençóis de seda. Sentia-se satisfeito por estar ganhando o dinheiro que lhe permitia desfrutar daqueles luxos, ao mesmo tempo em que promovia a justiça no mundo. A justiça no mundo. Salomão riu. Pensou no dinheiro que a tal justiça lhe rendia. Sim, sua profissão legal também lhe dava um bom rendimento, mas foi seu trabalho escuso que fez dele um homem rico.

Chegou em seu andar e o elevador abriu para o pequeno hall que dava apenas para a porta do seu enorme apartamento. Colocou o dedo na fechadura eletrônica e, após sua digital ser reconhecida, a porta se abriu. Entrou em casa. Nesse tempo, refletiu sobre os percalços em sua trajetória. O pior havia sido o suicídio de sua esposa, sem dúvida, e ele sofrera muito com aquilo. Mas ela não compreendia a amplitude de seu empreendimento e não ficou feliz nem mesmo quando ele prometeu criar uma fundação ou o que fosse para ajudar pessoas em situação de vulnerabilidade para compensar as atrocidades que cometia. Atrocidades; foi assim que ela se referiu ao que ele fazia. Era uma pena que ela não tivesse a possibilidade de olhar pelas magníficas janelas daquele apartamento. Teria mudado de ideia, Salomão tinha certeza. Ou não; tem gente que nunca está satisfeita com o que lhe é oferecido.

Ele jogou sua pasta sobre o sofá e foi até o bem abastecido bar. Serviu-se de um single malt e engoliu o líquido aveludado. Seu estômago se aqueceu e ele relaxou. A vida era boa e seu dinheiro lhe dava luxo e segurança. Deixou o copo sobre o bar e foi até a cozinha. Sua empregada provavelmente deixara o lixo cuidadosamente separado entre recicláveis e não recicláveis, conforme suas ordens expressas. "É importante ter esse tipo de consciência", pensava, por isso fazia questão de levar ele mesmo o lixo para fora e depositar cada saco na lixeira certa. Desde que a faxineira já tivesse feito o trabalho sujo, claro; afinal, não ficava bem para um homem em sua posição ficar metendo a mão na imundície. Salomão abriu a porta da cozinha, que dava para o corredor de serviço, pegou um saco em cada mão e saiu. Voltou para a segurança de seu apartamento, pegou o copo de uísque que havia deixado na pia e foi até a sala. Foi só naquele momento que olhou para o sofá e viu algo que não tinha notado antes. Gregório estava sentado ali, encarando-o. Demorou para processar o que via, pois além de estar cansado de ver Gregório, tinha a sensação de que algo estava totalmente deslocado. Para Salomão, Gregório sentado em seu sofá não fazia o menor sentido.

— O que você tá fazendo aqui?

— Precisamos ter uma conversa.

— Você ficou louco? Se quer falar comigo me liga ou espera pra me ver no escritório! Quem você pensa que é pra vir até a minha casa? Cai fora daqui agora.

Gregório apontou uma arma para Salomão, que ficou quieto.

— Senta.

Salomão obedeceu.

— Como você sabe onde eu moro?

— Não faça perguntas estúpidas, Salomão.

Salomão concordou naquele ponto. Para alguém como Gregório, uma descoberta daquela era um passeio no parque. Mas ele nunca achou que precisaria se preocupar com aquilo. Sua percepção de que tinha total influência sobre o rapaz estava se mostrando terrivelmente errada. As coisas estavam fugindo do seu controle. Por que as crianças precisam crescer?

— Não pense que achei legal descobrir quem você realmente é. Eu sou uma cria sua, Salomão, não sou? Eu o tinha como ídolo. E nunca é agradável quando se descobre que o ídolo tem pés de barro.

Salomão deu de ombros.

— Muito bem, corta a enrolação. Sou todo ouvidos.

— Eu quero que você faça, agora, uma transferência para mim referente ao serviço que realizei indo pegar o computador.

Salomão encarou Gregório uns poucos segundos antes de explodir numa gargalhada.

— Mas do que você está falando, Gregório?

— Eu só estou querendo sacramentar o que conversamos. Se agora serei seu sócio, quero ser recompensado adequadamente pelos meus serviços.

Salomão se levantou mesmo sob a mira da arma, e Gregório pareceu não acreditar que ele fazia aquilo. Sua mão tremeu.

— E tem que invadir minha casa? Fazer todo esse drama? E você ainda por cima perdeu o computador! Esqueceu de onde você veio e quem te resgatou de lá, seu merda? A quem você deve tudo? O que tá acontecendo com você, moleque?

Gregório se levantou e desferiu um soco na altura do estômago de Salomão, fazendo-o tombar no chão, atordoado de dor e incredulidade. Ele se arrastou para subir no sofá e se deitou.

— O... que... foi... isso?

— As coisas vão mudar daqui pra frente, Salomão. Durante todo esse tempo eu fiz o trabalho pesado e só ficava com as migalhas que você me jogava.

— Sou eu que arrumo os clientes, Gregório.

— E do que adianta os clientes se você não tiver ninguém pra prestar o serviço?

Salomão se sentou no sofá. Seu abdômen ainda doía e sua dignidade estava abalada, mas mesmo assim esticou a mão para Gregório.

— Sócios?

Gregório apertou a mão de Salomão.

— Sócios. E quero que saiba que isso não tem nada a ver com o dinheiro. Não vou mentir, Salomão, sou muito, muito grato por tudo o que fez por mim e suportei muitas injustiças em função disso. Mas agora você depende de mim mais ainda e não vou admitir que fale comigo de novo como você falou em nossa última conversa. Não sou uma criança.

Salomão concordou com a cabeça. Gregório olhou para o bar do apartamento.

— Posso tomar um conhaque?

Salomão anuiu com a mão enquanto mantinha a outra sobre a barriga. Gregório foi até lá e pegou um Rémy Martin XO, cuja garrafa custava mais de mil reais. Encheu um copo longo e perguntou se tinha limão. Salomão disse que ele podia pegar limão à vontade na geladeira. Havia certo amargor em seu olhar quando viu Gregório espremendo limão em seu copo de conhaque e dando um gole.

— Que porcaria de conhaque. Não tem nenhum Domecq aí não?

— Infelizmente vou ficar devendo — disse Salomão.

Gregório deu de ombros, virou o copo e caminhou em direção à porta.

— Vou seguir tentando localizar o notebook, e sei que mais cedo ou mais tarde vou encontrá-lo. Você pode confiar em mim. Então, finalmente tudo vai se acertar e poderemos voltar ao trabalho como antes. Garanto a você, inclusive, que consigo fazer a parte dela sem grandes problemas. Então deixa essa parte comigo e começa a prospectar alguns clientes.

Salomão respondeu ao tchau de Gregório e ficou olhando a porta se fechar. Não precisava sequer ter questionado como o garoto havia conseguido entrar em seu apartamento. Ele era de longe a pessoa de maior QI que já havia encontrado. Um aspecto erroneamente negligenciado durante muito tempo nas análises sobre o intelecto humano era aquele que versava sobre a importância da inteligência emocional mesmo em pessoas de assombroso raciocínio lógico. Era na inteligência emocional que Gregório era deficiente e não precisava ser um especialista para saber que ele não compreendia que as coisas jamais poderiam voltar a ser como antes.

No elevador, descendo, Gregório talvez não tivesse a real amplitude de quanto as coisas mudariam, mas havia dado o passo que tinha planejado e estava satisfeito consigo mesmo. Ainda assim, não conseguiu segurar as lágrimas que escorreram durante a descida. Amadurecer nunca foi um processo fácil.

31

A BRISA QUE VINHA DO LAGO ERA MAIS DO que bem-vinda. Aquela manhã estava especialmente quente e Maya havia quase desistido de sua corrida matinal. Mas reconsiderou ao imaginar o frescor das árvores e resolveu suar um pouco. A agradável sensação do vento que lhe soprava o corpo mostrou que ela não estava de todo errada. Cruzou com um homem de meia-idade bufando com uma ridícula faixa na testa ensopada de suor e que mesmo naquela postura pouco máscula não se furtou a dar uma generosa olhada nos seios de Maya, apertados contra a camiseta de corrida. Assim que o sujeito passou, Maya teve a certeza de que ele havia virado a cabeça e olhado para sua bunda. Por que as pessoas precisavam ser tão óbvias? Apertou um pouco mais o passo e pensou em quanto a obviedade em alguns momentos pode ser enganadora. Ela tivera certeza de que os assassinatos de Rebeca e Lídia haviam sido crimes de ódio; no entanto, outras variáveis, sobre as quais somente ela e Jaime sabiam, desmontaram suas certezas. O que realmente poderia estar acontecendo? Será que Jaime estaria num caminho mais acertado em sua investigação do que a polícia? Será que por ela ter ido com tanta certeza na solução mais clara coisas importantes teriam sido deixadas para trás?

As questões e conclusões levantadas pelas descobertas de Jaime eram difíceis de refutar, mas tornavam tudo tão mais complicado que ela teria que considerar recomeçar a investigação toda, e não sabia nem como abordar isso com o delegado Antunes. A música em seus fones de ouvido começou a diminuir, interrompida por uma chamada em seu smartphone. Ela odiava quando isso acontecia e vivia dizendo que compraria um simples mp3 para correr. Ninguém deveria ter sua música vetada junto com um barulho chato que chamava você de volta para a realidade. Ela parou de correr e atendeu.

— Atrapalhei alguma coisa? — perguntou Denis do outro lado da linha.

— Só minha corrida.

— Ah, tá!

— Vá a merda, Denis. Que foi?

— Localizamos o Rato.

Maya tomava um gole de água em sua garrafa e quase se engasgou.

— Onde?

— Uma das dicas daqueles dois imbecis deu resultado. A loja de tatuagem no centro.

— Me encontra na delegacia.

— Já estou aqui.

32

"LIDIA".

Jaime tentava adivinhar a senha para o computador. Não funcionou. Tentou "Rebeca & Lídia". Nada.

Michele olhou por sobre o ombro dele, que falou sem olhar para ela:

— Preciso descobrir a data de nascimento delas.

— Pra ver se a senha é o aniversário? Larga de ser besta, Jaime! Você vai ter que chamar alguém pra entrar nisso daí.

— Eu sei. Só estava passando o tempo.

Jaime deixou o notebook de lado. Michele sacou seu celular para tirar uma foto dele.

— Deixa eu fotografar você com essa cara de frustração e mandar pro Big Louis, dizendo que você vai fazer as pazes com ele se ele conseguir entrar no computador.

— Eu não vou fazer as pazes com aquele cretino.

— Às vezes você consegue ser uma criança tão mimada que me dá vontade de te dar uns tabefes.

Michele se concentrou na tela de seu celular e fez uma careta.

— Que foi? — perguntou Jaime.

— Esqueci que essa droga de câmera não tá funcionando direito. Antes era só o vídeo, mas parece que não tô conseguindo tirar foto também.

— Liga pro Big Louis que ele conserta. Aproveita e pede pra ele entrar nesse computador aqui.

Michele mostrou a língua para Jaime. O telefone dela tocou.

— Quem pode ser a essa hora da manhã? — perguntou Jaime.

Michele olhou a tela, mostrando que o número era restrito. Depois, atendeu.

— Alô? Oi! Tudo.

Jaime ficou observando Michele responder uma sequência de "Mesmo?", "Legal!", "Jura?", "Tá brincando!", e achou que aquele papo estava demorando bem mais do que deveria.

— Tá, vou dar um pulo aí — disse Michele por fim.

Ela desligou diante dos olhos inquiridores de Jaime.

— Era o Josué.

— Ele acorda cedo agora?

— Ele provavelmente nem foi dormir, Jaime. Mas, então, aparentemente ele encontrou alguma coisa que pode ajudar você, sobre a filha do velho.

— O quê?

— O tal do Orlando se meteu em um rolo uns tempos atrás porque estava vendendo cocaína num inferninho no centro.

— Não sabia que eles eram puritanos nesses lugares.

— Puritanos, não, o problema foi a qualidade da cocaína. Alguns clientes reclamaram, descobriram que era mais batizada do que o aceitável pelo controle de qualidade do lugar e o Orlando apanhou que nem gente grande.

— E no que isso me ajuda?

— Bom, quem impediu que matassem o cara de tanta porrada foi uma travesti bem conhecida por aquelas bandas. Não sei se o

Orlando era bofe dela ou o quê, mas foi ela que levou o Orlando embora, e o Josué sabe onde ela mora. Deve saber alguma coisa.

Jaime segurou a cabeça de Michele e deu um beijo estalado na bochecha dela.

— Vou lá falar com o Josué então — disse Michele.

— Não, deixa que eu vou. Fica aqui e liga pro Big Louis.

— Você que tem que fazer isso!

— Eu tenho dificuldade pra fazer as pazes de forma tão direta. Chama ele aqui e quando eu chegar a gente se xinga, se abraça e jura nunca mais brigar.

Michele balançou a cabeça pensando no porquê de os homens sempre manterem resquícios de sua adolescência de forma tão vigorosa.

33

O SOM MECÂNICO DA ESCADA ROLANTE antiga, que funcionava aos trancos, estava deixando Maya nervosa. Denis olhava algumas camisetas de banda numa loja, aparentemente alheio a tudo, mas Maya sabia que ele estava alerta. Tinha diversas críticas a Denis, mas seu empenho em uma investigação não estava entre elas. Eles estavam no segundo andar da galeria, que tinha diversas lojas de CDs, mas que agora vendiam primordialmente camisetas e outros badulaques para os fãs de rock e congêneres. Havia policiais no primeiro e no terceiro andar de prontidão. Maya e Denis, que se encarregaram de ficar de olho no estúdio de tatuagem onde Rato havia sido visto, estavam na loja que ficava exatamente em frente, separada do estúdio pela grande abertura oval de onde era possível olhar todos os andares acima e abaixo.

Maya bufou e foi até um pequeno bar que havia ali pegar uma água. Denis a seguiu.

— Tá um pé no saco isso — disse Maya.

— Por que a gente não entra logo e dá uma intimada?

— Porque, se por acaso ele não estiver lá, vamos denunciar que sabemos onde o cretino se esconde e podemos perder ele de novo, seu gênio.

— Eu sei. Só estou querendo manter uma conversa.

Maya riu e pegou sua água.

Aquele pequeno bar infiltrado entre todas as lojas tinha espelhos entre as prateleiras nas quais ficavam dispostas as bebidas e também atrás do caixa, numa tentativa clara de fazer o local minúsculo parecer maior. Quando Maya estava pagando, viu o reflexo de um careca com a suástica tatuada na cabeça passando pela entrada, provavelmente indo em direção ao estúdio de tatuagem.

Calmamente Maya se virou para Denis e indicou Rato passando atrás dele. Denis o olhou de canto de olho entrando no estúdio de tatuagem. Ele acenou levemente para Maya e se pôs a seguir o alvo.

Denis entrou no estúdio a tempo de ver Rato indo para os fundos através de uma passagem ocultada por um biombo. Denis sorriu para a moça de cabelo vermelho com raízes pretas e uma quantidade de piercings no rosto que deveria equivaler a metade do peso dela.

— Posso ajudar? — perguntou a moça com uma amabilidade que não correspondia à sua figura.

— Pode sim. Esse estúdio tem uma saída pelos fundos?

A pergunta foi feita de forma tão direta que a menina não conseguiu entender a razão e num impulso deu a resposta que Denis queria ouvir.

— Não. Por quê?

Denis sacou seu distintivo.

— Porque eu quero que você vá chamar aquele rapaz que entrou aqui antes de mim.

O piercing no lábio da moça começou a tremer de leve e ela tentou passar naturalidade.

— Não sei de quem você está falando.

— Sabe, sim, e espero que você o chame agora. Ninguém aqui quer problemas.

A menina se levantou e sumiu atrás do biombo. Maya, que até aquele momento estava na porta do estúdio, entrou e ficou ao lado de Denis. Eles ouviram uma movimentação atrás do biombo e em seguida a menina e um cara alto, careca e tatuado apareceram. Passaram pelo balcão e se colocaram diante de Denis e Maya. O careca os olhava de cima a baixo numa atitude insolente que fez Denis rezar para que o sujeito dissesse alguma bobagem.

— Pronto, tá aqui o cara — disse a menina.

— Esse careca não nos serve — disse Maya. — Queremos o que tem a suástica tatuada na cabeça.

Ela mal terminou a frase e o cara alto e tatuado foi empurrado em direção a eles, enquanto o Rato saiu em disparada porta afora.

O cara alto aproveitou seu encontrão em Denis e o segurou num abraço monstruosamente forte que expeliu todo o ar dos pulmões do policial, fazendo-o se debater. Sabendo que mesmo os homens mais fortes têm seu ponto fraco, Maya chutou com toda a força a lateral do joelho do cara, que urrou de dor e soltou Denis. Ele desabou no chão, e Denis chutou o rosto do careca. A menina dos piercings estava encolhida num canto xingando a tudo e a todos. Não havia tempo para ela agora, e Denis e Maya saíram ao encalço de Rato.

Maya correu até o parapeito do vão livre no centro da galeria a tempo de ver Rato empurrando pessoas e correndo em direção à escada rolante. Denis foi atrás dele. Rato pulou e se sentou no corrimão, escorregando por ele até o andar de baixo e repetindo a mesma coisa até chegar ao térreo. Ele olhou para cima e viu Maya parada apontando para ele, vendo-o escapar. Rato não resistiu e mostrou o dedo médio a ela quando estava prestes a ganhar a calçada, e por isso não viu de onde veio o braço que enganchou seu pescoço, interrompendo sua corrida de forma tão brusca que as pernas e o tronco tentaram seguir seu caminho mesmo com o pescoço e a cabeça sendo contidos. Rato foi ao chão e o policial que o parou não perdeu tempo, sacando sua arma. Rato se contorcia de dor. Denis, esbaforido, chegou até o policial e olhou para o rapaz, que soltava lamúrias entre lágrimas.

Lá de cima, Maya olhou toda a cena e sorriu satisfeita.

34

O LUGAR NÃO ESTAVA ABERTO, AFINAL, era cedo demais para as atividades que aconteciam ali. Jaime bateu diversas vezes até que uma mulher com o peso da vida marcado em seu olhar abriu a porta. O cheiro acre de suor e bebida invadiu o nariz de Jaime. A mulher portava uma vassoura e um saco de lixo que Jaime preferiu nem tentar intuir o que continha.

— A casa está fechada. — disse a mulher, querendo fechar a porta.

— Vim ver o Josué.

— Acho que ele já foi embora.

— Pode conferir pra mim, por favor?

A mulher sumiu em meio às trevas da boate. Jaime apreciou um pouco mais o ar puro e o sol que tocava sua pele. Josué surgiu e seus olhos protestaram contra a claridade pouco íntima.

— Tá bom. Quem é você?

— Jaime Sforza.

O rosto de Josué entregava que ele estava processando a informação de forma mais lenta do que o normal.

— Ah! O cara que me roubou a Michele! Vamos entrar. Tá muito claro aqui fora.

Jaime adentrou o breu. Josué usava uma calça social barata com uma camisa amarrotada. Estava descalço. Ele se sentou num sofá redondo, com uma mesa no centro. O sofá estava puído, a mesa descascada e tudo cheirava a azedo. Mesmo assim, poucas horas antes, muitos homens estavam ali pagando bem mais do que pagariam se tivessem ido, por exemplo, ao bar de Jaime, para beber uísque falsificado e ter a ilusão de que são desejados por mulheres que só são deslumbrantes enquanto as luzes neon estão piscando. O preço da ilusão é caro e sempre terá quem esteja disposto a pagar.

Josué fez menção para que Jaime se sentasse.

— Se não se importa, estou com um pouco de pressa.

— Ótimo. Também quero ir logo pra casa. A Michele falou da grana, certo?

— Me passe a conta e transfiro agora.

Josué ficou em silêncio encarando Jaime. Passou a mão no rosto, que em breve precisaria ser novamente barbeado.

— O preço subiu.

Jaime expressou que não havia entendido.

— Eu prometi que seria dois mil, sim. Mas isso eu combinei com a minha loirinha.

Sorrindo, Jaime se sentou ao lado de Josué e deu um tapinha no joelho dele para limpar uma sujeira imaginária.

— E de quanto estamos falando?

— Dez. A mocinha que você está investigando vale bem mais que isso.

— Valia — disse Jaime.

Josué concordou, pegou um copo de uísque que estava na mesa e deu um gole.

— Mas já adianto — disse Josué. — A sujeira ali é da grossa. A menina era bagaceira total, padrão muito abaixo da minha loirinha, por exemplo.

Jaime cerrou os dentes. Josué percebeu.

— Até onde descobri, a garota chupava qualquer um por cinquenta reais que fosse. A Michele me disse que a mina é filha de milionário. Desculpa, mas não acredito.

— Por quê?

— Porque eu já vi meninas mimadas querendo provocar o papai. Essa garota, pelo que me falaram, se degradava além do que seria necessário pra escandalizar a família. Ninguém odeia tanto um papai cheio da grana assim.

— E o que você entende de ódio?

— Ahn?

Jaime agarrou a mão direita de Josué.

— Ei, cara, que isso?

— Eu, no caso, não te odeio — disse Jaime, que agora segurava o pulso de Josué com a mão esquerda e com a direita segurava seu dedo mindinho.

— Larga meu dedo, seu merda. Quem você pensa que é?

— Eu sou um cara que, como te disse, não te odeio, e mesmo assim...

Um puxão violento e o barulho do mindinho de Josué quebrando foi tão alto quanto o grito que ele deu.

— Isso foi por ficar chamando a Michele de "minha loirinha".

— Você é pai dela, por acaso?

Outro grito de Josué quando o dedo anelar foi quebrado.

— Isso foi por querer me extorquir. Imagina o que vou fazer com você se não usar os dedos que te restam pra escrever o endereço que eu quero.

Josué cuspiu em Jaime.

— Eu sou canhoto, filho da puta.

— Que ótimo.

O dedo médio se partiu. Outro grito. A mulher que havia atendido Jaime apareceu, mas olhou a cena e achou que não valia a pena se envolver. Ela já tinha problemas demais.

— Tá bom, tá bom! Tem um caderninho roxo no balcão do bar. O endereço tá anotado lá!

Jaime soltou Josué, que desabou sobre a mesa, segurando a mão ferida. Foi até o balcão do bar e encontrou o caderno roxo. Na última página usada estava o endereço anotado.

— A Michele transfere o valor acordado hoje ainda. Tenha um bom dia.

Jaime voltou para a rua, que naquela hora da manhã ainda mantinha o cheiro de suor, bebida e sexo que parecia impregnar até mesmo o concreto das paredes e das calçadas. O lixo nas ruas era quase o resto de um ritual pagão celebrado ao luar, deixado ali, entre paredes pichadas e fios elétricos, como oferenda. Apesar do sol, o clima tinha esfriado, então Jaime levantou o colarinho de seu sobretudo e rumou em direção ao metrô, cruzando em seu caminho com trabalhadores, estudantes e todo tipo de cidadão que caminhava por aquele reduto e que ignorava voluntariamente os propósitos daquele local à noite, ainda que alguns desses cidadãos fossem eles mesmos frequentadores assíduos.

35

O BARULHO EXCESSIVAMENTE ALTO DAS teclas do WhatsApp de Maya, que teclava numa velocidade constante, estava deixando os nervos de Rato em frangalhos. Ele estava sentado diante dela na minúscula sala de interrogatório da delegacia, e ela começara a mexer em seu celular na primeira vez que ele disse que não tinha nada a ver com os assassinatos de Rebeca e Lídia. A investigadora não perguntou mais nada desde então.

— A gente vai ficar aqui até quando? — perguntou Rato enfim.

— Ahn? — Maya respondeu, levantando o olhar da tela do celular.

— Até quando a gente vai ficar aqui com você nesse telefone?

— Tá te incomodando?

— Um pouco, sim.

— Bom, eu queria mesmo era ir embora logo. Interrogar você e ir direto tomar uma garrafa de vinho porque estou precisando. Você gosta de vinho?

— Importa o que eu gosto?

— Claro. Mas eu acho que vamos acabar ficando muito tempo aqui. Eu e você.

— Porra! Por quê?

— Porque eu não saio dessa sala até que você me fale alguma verdade.

— Que verdade? A que você quer, porra?

O delegado Antunes e Denis, escondidos atrás do vidro espelhado, mantinham o olhar fixo em Maya.

— Eu não vou falar uma coisa que não fiz só pra você achar que resolveu alguma coisa e ir pra casa tomar a merda do seu vinho.

Maya sorriu.

— Então por que você estava se escondendo naquele estúdio de tatuagem?

— Quem disse que eu tava me escondendo? Eu conheço todo mundo lá. Direto passo um tempo lá. Não tenho a menor ideia disso que você tá me falando. Eu nem lembrava mais quem era a advogada daquele traveco.

Maya olhou para Rato e seu apelido lhe pareceu muito adequado.

— E você também resolveu fugir porque achou que éramos assaltantes e ficou com medo?

— Eu incomodo muita gente.

— Tenho certeza disso. Um pernilongo também incomoda bastante.

— É preciso mais do que um tapa pra se livrar de mim.

Maya revirou os olhos. Aquela conversa já estava cansando.

— Vamos supor que eu acredite nisso — disse Maya. — Mas tem uma coisinha que está me incomodando e você vai precisar me ajudar nisso.

— Fala.

— Onde você estava na noite do crime? E também, onde você estava anteontem à noite?

Rato caiu em um silêncio sepulcral.

— Porque vou te falar — continuou Maya —, alguém entrou na casa de Rebeca anteontem e estava procurando uma coisa. E não sei por que eu acho que era você.

— Mas o que eu ia querer na casa dela?

— Por que não me diz?

— Porque não tenho nada pra dizer.

— Então por que não me diz onde estava nessa noite?

— Eu não tenho que te dizer nada.

Maya riu e pensou que não era possível estar ouvindo aquilo.

— Você não acha que já tá complicado o bastante pro seu lado?

Rato suspirou. Encarou Maya e seu rosto pareceu passar por uma transformação. Em poucos segundos, o rosto de moleque assustado deu lugar ao de um homem que não estava mais a fim de brincadeira.

— Escuta aqui — disse ele.

— O que disse?

— Eu disse: escuta aqui. Você fica bancando a policial fodona, mas eu sei que só tá fazendo isso porque não tem porra nenhuma que me liga à morte dessas vagabas.

Maya controlou a raiva apertando tanto a mão que os nós dos dedos ficaram brancos. Rato notou a fúria contida.

— Isso mesmo. Tô cagando pro que aconteceu com aquela cretina. Por causa dela fui parar na cadeia.

— Tem certeza que não foi porque espancou uma pessoa que você foi pra cadeia?

— E desde quando traveco é gente? Vocês podem ficar com esse papinho de aceitação, empoderamento e o caralho, mas a verdade é que vocês também não suportam gente assim. Senão, cadê eles trampando aqui nessa delegacia? Vai dizer que não tem traveco querendo ser polícia. — Rato riu. — O que vocês não entendem...

— Vocês quem? — perguntou Maya, com enorme dificuldade em segurar sua fúria.

— Vocês da dita sociedade — Rato disse "sociedade" com os dedos simbolizando aspas. — Vocês — continuou ele — são preconceituosos, elitistas, homofóbicos, racistas. Mas ficam com esse verniz de civilidade, bancando os superiores, mas só conseguem fazer isso porque existe gente como eu pra expurgar suas reais vontades.

Maya deu um sorriso.

— Expurgar. Não imaginava que você soubesse o que isso significa.

— Desdenha mesmo. Mas a verdade é que eu presto um serviço que você não tem estômago pra prestar.

— Eu acho mesmo é que você é o que você é.

— E o que é isso?

— Antes de responder, me diz uma coisa. Por que você odeia tanto homossexuais?

— Eu não odeio. Eles só não fazem parte de uma sociedade sadia.

— Então sua preocupação é toda com a sociedade. Você quer o bem dela?

— Claro.

— E em que se constitui essa sociedade?

— Como assim? — perguntou Rato.

— Quem é essa sociedade que você quer tanto proteger? Ela inclui os negros?

Rato olhou duramente para Maya e se manteve calado.

— E os judeus? Eles estão incluídos? Ou essa sociedade só inclui gente igual a você?

— Uma sociedade só é forte quando não há mistura de raças. Leia mais e você vai ver. Estuda um pouco antes de falar merda.

— Você busca uma sociedade pura então. Mas... — Maya perscrutou Rato antes de complementar a frase. — ...tá vendo essa cicatriz no seu ombro?

Rato olhou para o ombro esquerdo, no qual uma grossa e alta cicatriz rosada se destacava.

— O que tem?

— Esse tipo de cicatriz alta se chama queloide e tem mais pré-disposição de aparecer em pessoas negras, asiáticas e em menor grau hispânicas.

Os olhos de Rato inflamaram de ódio.

— O que você está querendo insinuar?

— Eu não estou insinuando. Estou afirmando que se você não tem um japonês na família, a chance de ter um africano na sua árvore genealógica é enorme.

— Você não tem ideia do que eu sou.

— Você é, na melhor das hipóteses, um babaca que acha que pode dizer como as pessoas devem viver suas vidas e, na pior, um covarde que usa um escudo de ódio para tentar esconder a bosta que sabe que é.

— Eu sou o que vocês não contam que são. Eu sou o alívio de vocês.

— Alívio, pra mim, é não ouvir mais essas suas babaquices.

Maya se levantou, sendo seguida por Rato.

— Onde você pensa que vai? — perguntou ela.

— Como eu disse, você não tem nada contra mim.

— Você disse que travesti não é gente e isso configura crime de injúria, e depois você chamou as mulheres assassinadas de vagabundas e isso configura dano moral reflexo.

— Que porra é essa de dano moral reflexo?

— Quando você calunia um morto, no caso, duas, e um terceiro se ofende.

— E quem se ofendeu, caralho?

— Eu — disse Maya dando uma piscadinha para Rato e saindo da sala. Do lado de fora, Denis e o delegado Antunes olharam para ela num misto de estupefação e receio.

— Você não pode fazer isso — disse o delegado.

— Esse imbecil não sabe — respondeu Maya com prazer.

36

O CHEIRO NAUSEABUNDO INVADIU AS narinas de Jaime assim que ele abriu a porta detonada daquele prédio que, na concepção de qualquer pessoa razoável, deveria estar condenado. Não que o cheiro lá fora fosse dos melhores, emanando das grandes quantidades de lixo acumulado nas calçadas e nas ruas. Homens, mulheres e crianças circulavam por ali como zumbis. Uma região degradada que, convenientemente longe dos olhos da maioria da população, servia como depósito daqueles cujo cérebro estava tomado por diferentes tipos de droga, mas que tinha no crack sua principal fonte de destruição. Ainda assim, o cheiro dentro do prédio conseguia ser diferente. Mais rançoso, azedo. O cheiro que a indignidade deve ter.

A porta não estava trancada e bastou um leve empurrão para que se abrisse por completo. No hall de entrada, corpos humanos espalhados pelo chão dormiam ou apenas olhavam para algo que não estava lá, em um transe hipnótico que não permitia dizer se havia algo que ainda funcionasse dentro dos crânios. Cobrindo o nariz com as mãos, Jaime entrou no prédio e, pé ante pé, tomou o caminho direto para a escada, porque tinha certeza de que se o elevador estivesse funcionando usá-lo o tornaria tão louco quanto os outros que ali estavam.

Os degraus rangiam a cada passo dado e mais uma vez Jaime agradeceu sua prudência de pelo menos dessa vez ter trazido uma arma. Olhares curiosos acompanhavam a figura de Jaime, tanto de pessoas nos corredores quanto de gente de dentro dos apartamentos que abriam rapidamente suas portas para ver quem era aquele que tanto se diferenciava dos habitantes usuais daquele inferno particular.

Jaime parou de subir quando chegou ao terceiro andar. Sacou a folha de papel que tinha arrancado do caderninho roxo de Josué e olhou os números dos apartamentos. Encontrou o que procurava. Se aproximou para bater, mas se deteve ao ouvir gemidos característicos de uma relação carnal, que na conjuntura do local o encheram de asco. Jaime se resignou ao silêncio e ficou pensando no que deveria fazer. Olhou em volta. O corredor era tão decrépito quanto o resto do prédio. Havia latões de lixo cheios até a boca e que deviam estar assim desde a Proclamação da República. Voltar mais tarde estava fora de questão, afinal, ele não sabia se seu estômago aguentaria outra incursão por aquele lado equivocado do mundo. Procurando o que fazer, Jaime observou a porta em frente àquela de onde saíam os sons. Estava toda descascada, manchada e rabiscada. Nomes, datas, xingamentos. Um deles chamou a atenção de Jaime. Era um nome e um xingamento, sulcado na madeira com alguma lâmina e se destacando dos demais: "ORLANDO ARROMBADO".

Jaime coçou a cabeça. Será que aquele era o apartamento de Orlando? Se fosse, ele cortaria um enorme caminho na investigação. Uma rápida mexida na fechadura e se deu conta que se uma coisa ficou simples não necessariamente o resto também ficaria, pois a porta estava trancada. Jaime parou e pensou nas possibilidades que tinha. Ele poderia tentar abrir a fechadura, embora não tivesse as ferramentas necessárias; ou poderia simplesmente arrombar a porta. Ninguém provavelmente chamaria a polícia.

Olhou de um lado para o outro e desferiu um potente chute na porta, que sentiu o golpe, mas não deu indicação alguma de que gostaria de ceder.

Outro chute e a mesma resiliência hercúlea.

— Você quer acordar o prédio todo mesmo?

Em um sobressalto, Jaime olhou para trás e teve o sangue frio de conter a expressão diante do susto maior que teve ao ver a imagem parada na porta que antes ele pretendia bater. Com um sorriso de canto, um homem com cabelo comprido, ensebado, e barba desgrenhada olhava Jaime com indolência. Mas não era o aspecto sujo do cabelo e a barba do sujeito que assustara Jaime, e sim o fato de ele ter seios, usar um espartilho e uma calcinha que parecia ser de cetim e que mal conseguia conter o pênis dentro.

— Estou com um cliente e não quero essa bagunça aqui fora, se você não se importar — disse o homem.

— Desculpe interromper, mas, aproveitando, me disseram que você conhece um sujeito chamado Orlando de Almeida?

O homem deu um suspiro resignado e entrou apartamento adentro. Jaime se preparava para outro chute quando ele retornou.

— Eu tenho a chave, bofe — disse o homem, passando por Jaime e enfiando a chave na fechadura.

Sem saber exatamente o que dizer, Jaime apenas se pôs de lado e esperou enquanto a porta era aberta.

— Você é o dono do apartamento? — perguntou Jaime, sem saber exatamente por quê.

O homem riu.

— Pode-se dizer que sim.

O homem abriu a porta e deu passagem a Jaime. Antes que pudesse entrar, o sujeito lhe estendeu a mão.

— Me chamo Kendall.

— Belo nome.

Kendall riu novamente.

— Não é o nome que está nos meus documentos, e meus clientes podem me chamar do que quiserem, mas serve.

— Imagino que você conhecia bem o Orlando pra ter a chave da casa dele.

— Aquele vagabundo? Conheci tanto que por isso tô cagando pro que você vai fazer aí dentro. Pode deixar a porta encostada que eu tranco depois, tenho que voltar pro trabalho.

Kendall deu uma piscadinha para Jaime. "Às vezes a gentileza vem em estranhas embalagens", pensou o ex-policial.

Jaime entrou e logo constatou que não havia eletricidade ali. Sacou seu celular e acendeu a lanterna. Varreu o cubículo com a parca luz do aparelho. O lugar já não seria convidativo se estivesse inundado de luz e, iluminado só com a claridade da lanterna, o sentimento tétrico era intenso. Mas por que estaria tão escuro? Jaime olhou para as janelas e viu que todas tinham os vidros cobertos com jornal. "Típica casa de viciado", pensou.

Jaime continuou perscrutando o local pouco mobiliado. Havia apenas um sofá de móvel. O resto do espaço era ocupado por caixas e mais caixas com roupas e toda sorte de objetos, além de revistas e jornais empilhados em cima de um colchão imundo. Jaime mexeu em uma das caixas. O espirro em função do pó levantado foi inevitável. Havia porta-retratos, cachimbos de crack, cortador de unhas etc. Nada que fosse útil naquele momento. Uma outra caixa chamou sua atenção por ele ter tido a estranha sensação de que ela se mexera de leve. Um arrepio atravessou seu corpo. A experiência de Jaime já havia lhe mostrado que quando a situação é escrota ela tende a piorar. Foi até a caixa e jogou luz sobre ela. Nada. Ele resolveu fuçar para ter certeza de que não tinha imaginado coisas.

Ali também pouca coisa lhe chamou a atenção, tirando um jogo de tabuleiro "Detetive" que ele considerou por meio segundo levar para casa, mas rapidamente afastou a ideia. Esse meio segundo bastou para que um corpo volumoso saltasse de dentro daquela caixa num movimento rápido, mas desordenado. Jaime saltou para trás e instintivamente protegeu o rosto quando o enorme gato preto que saiu de debaixo dos objetos da caixa se colocou em posição de ataque, arrepiado, com as orelhas para trás e rosnando. Como num duelo, Jaime se manteve parado encarando o gato que também se mantinha estático, ambos esperando o menor movimento do outro para atacar. Logicamente a fera atacou primeiro. Por sorte Jaime estava usando seu sobretudo de couro, que conseguiu conter de leve as presas e unhas do gato quando este atacou seu braço, mas mesmo assim ele sentiu sua pele sendo ferida. O gato se agarrou num aperto poderoso e Jaime aproveitou para arremessar o animal para bem longe, em um movimento brusco com o braço. O bicho podia ser feroz, mas não era estúpido, então aproveitou a brecha para escapulir porta afora.

Jaime tirou seu sobretudo e olhou o braço machucado. Por sorte as presas e as unhas não entraram muito graças ao couro, mas não seria má ideia sair de lá e limpar aquilo. Vestiu novamente o sobretudo e procurou o celular que tinha ido parar em algum canto daquele muquifo. Encontrou-o próximo à parede. "Que ótimo, quebrou a tela. Essa bosta já está me dando prejuízo demais", pensou.

Enquanto elucubrava bobagens, Jaime reacendeu a lanterna que por sorte ainda funcionava. A luz iluminou a bagunça que o gato fizera ao sair de seu esconderijo de dentro da caixa, espalhando parte do conteúdo no chão. A princípio não havia nada de muito diferente das outras caixas: roupas e quinquilharias. Mas os olhos de Jaime se fixaram num envelope que parecia destoar do resto.

Era um envelope de uma clínica psiquiátrica, sujo e rasgado. Apanhou-o e abriu, esperando que estivesse vazio. Porém, ali dentro havia uma ficha de internação. Estava em nome de Deborah. Não era grande coisa, mas era uma pista. Olhando para a manga furada e rasgada de seu sobretudo Jaime agradeceu aquele maldito gato.

37

Jaime saiu do prédio dizendo a si mesmo que precisava de um antisséptico e de uma cerveja, não exatamente nessa ordem. A luz do dia o fez cerrar os olhos. Não havia passado tanto tempo assim dentro do prédio, mas as trevas ali eram tão densas que o deixaram desacostumado com a claridade. Deu alguns passos, quando dois homens se aproximaram e o pegaram pelos braços.

Jaime não se apavorou nem resistiu. Não precisava sequer especular muito o que aquilo significava, e, se havia alguma dúvida sobre o que estava acontecendo, ela foi sanada quando os homens que o levavam o jogaram dentro de um carro caro demais para estar passeando pela Cracolândia à toa.

Durante todo o trajeto, os homens no carro permaneceram em silêncio, até que pararam em frente a uma casa cuja porta de aspecto barato apresentava indeléveis marcas do tempo. Botaram-no para fora do carro e um homem enorme e usando um terno preto saiu com ele e bateu na porta. Estava fechada e, em conjunto com a parede azul descascando, era uma visão triste.

— Essa roupa que você está usando. Existe algum lugar que vocês compram de baciada? Tipo "Loja de roupas para seguranças indiscretos"? — disse Jaime enquanto o homem batia de novo na porta, aparentemente ignorando-o. As pessoas que caminhavam pela calçada não davam a mínima atenção a seu drama momentâneo.

Finalmente a porta se abriu e um sujeito oriental baixinho vestindo um quimono branco imundo olhou para Jaime com um sorriso de orelha a orelha.

— Por favor, eu gostaria de falar com o senhor Agenor de Alcântara Madeira; ele está me aguardando — disse o segurança.

O oriental baixinho balançou a cabeça em concordância e se afastou, dando espaço para que Jaime e o segurança entrassem na casa. E que casa era aquela? Jaime caminhou por entre aquários com peixes grandes demais no que parecia um depósito com caixas e mais caixas de vários outros tipos de alimentos não perecíveis e alguns freezers. O oriental parou numa entrada diante da qual uma cortina de contas fazia a função de porta e a abriu para que os homens passassem ao outro ambiente, que parecia um salão de restaurante fechado. Algumas mesas e cadeiras recolhidas, um balcão que não parecia ser usado há tempos e, no meio disso, uma mesa na qual Agenor Alcântara Madeira e uma mulher muitos anos mais jovem se sentavam. Havia ainda uma terceira cadeira vazia.

— Pode ir, Gonçalo.

O segurança saiu sem fazer barulho.

Jaime se aproximou da cadeira vazia, mas sem que ele sequer percebesse, o oriental baixinho colocou uma quarta cadeira na mesa e indicou que deveria se sentar nela.

— Senhor Jaime Sforza, como vai o senhor?

— Convidar educadamente as pessoas para um encontro deixou de ser hábito pra gente rica faz quanto tempo?

Agenor sorriu, evidenciando as rugas em seu rosto. Jaime achou que ele envelhecera muito pouco desde que o vira pela última vez. E na última vez a filha tinha acabado de ser morta.

— Isso está longe de ser um convite cordial, Sforza.

— Posso beber alguma coisa? Esse papo de vilão de filme de espionagem me deixou com um pouco de sede.

Jaime se levantou, ignorando o olhar fulminante de Agenor; foi até uma geladeira horizontal que havia ali, a abriu e sorriu ao ver uma variedade de cervejas artesanais. Pegou uma e voltou ao seu lugar na mesa.

— Lugar esquisito esse. Parece estar abandonado, mas tem todos esses mimos.

— Essa cidade supre as necessidades de todo tipo de gente, senhor Sforza.

— Sei bem — disse Jaime, abrindo a garrafa com seu chaveiro.

— Vamos encurtar a conversa. Por que está remexendo no caso da minha filha?

— Andou me vigiando?

— A polícia bateu na minha casa com uma faca que me pertencia, encontrada numa cena de crime, e, como o seguro morreu de velho, resolvi averiguar os dois agentes que foram me ver. Qual não foi minha surpresa ao ver o quanto você e a investigadora Maya Campos são amiguinhos.

— Você é sempre tão neurótico assim?

— Quem o contratou?

Jaime sorriu.

— Eu não estou trabalhando pra ninguém, se é isso que quer saber.

— Então por que está fazendo isso?

— Por quê? — Jaime deu uma risada.

— O que é tão engraçado, posso saber?

Jaime findou a risada e assumiu um semblante reflexivo. Agenor mantinha um olhar duro, como se estivesse vendo através dele.

— Pois bem, por quê? — disse Agenor.

— Por causa de uma promessa que fiz.

Foi a vez de Agenor rir.

— Promessa? Promessa pra quem?

— Pra sua filha.

As veias da têmpora de Agenor começaram a pulsar tão forte que se ele tombasse naquele momento devido a um ataque cardíaco não seria surpresa para ninguém.

— Minha filha está morta por sua causa, seu merda.

— E você pretende me matar, agora? Ter feito eu ser expulso da polícia não foi o suficiente?

— Do que você está falando?

Antes que Jaime tivesse a oportunidade de seguir naquela discussão, o oriental baixinho se sentou na cadeira vaga e colocou sobre a mesa uma tábua e uma faca de sashimi. No chão, pousou um balde com um peixe vivo.

— Um momento, Sforza. Deixe Tatsuya começar a preparação. Acho que será uma lição interessante.

Jaime deu de ombros. Afinal, o que era mais uma bizarrice para um dia como aquele?

Tatsuya pegou o peixe e o colocou sobre a tábua. Olhou para ele como se fosse um brinquedo. A moça que estava com Agenor esboçou um certo nojo, mas mais enojado ficou Jaime com a cara de prazer de Agenor ao olhar o peixe que se mexia em espasmos, abrindo e fechando a boca.

— Isso que chamo de sashimi fresco — disse Jaime, se arrependendo no segundo seguinte.

— Esse método se chama ikizukuri. Não existem muitos sushimen por aqui que o preparam, e me foi apresentado pelo Tatsuya — disse Agenor, dando um tapinha de leve em Tatsuya, que aumentou ainda mais seu sorriso.

Ele enfiou a faca na barriga do peixe e tirou os intestinos, jogando-os no chão.

— É uma experiência única comer o peixe assim.

— Assim como?

Agenor tomou um gole de saquê tão grande que babou um pouco, limpando o líquido de sua boca com a manga da camisa.

— O talento do sushiman aqui é cortar o peixe tomando o máximo cuidado para não atingir o coração. E assim sendo...

Antes de Agenor terminar a frase, Tatsuya colocou um prato diante dele com o peixe inteiro, cortado em forma de sashimi, mas sem separar totalmente os pedaços do corpo. Jaime viu que o coração ainda estava batendo. Olhou para a cara do peixe, que não parava de mexer a boca como se pedisse socorro. Agenor pegou um sashimi do peixe vivo e enfiou na boca. Fechou os olhos e apertou o maxilar num prazer exultante.

— Você deveria experimentar, Sforza. A vida sem novas sensações é enfadonha e pouca coisa se compara a comer algo ainda vivo.

— Cara, se for necessário comer bicho vivo pra combater o tédio, eu tô começando a achar que ter muita grana realmente é um problema. Já pensou em fazer algo de útil na vida?

Agenor sorriu. Aparentemente a refeição o deixou de bom humor.

— E o que seria algo de útil, Sforza? Sou um titã do mercado, emprego milhares de pessoas e doo para caridade mais dinheiro do que você vai ver na vida.

— E é boa? A sensação de fazer caridade?

Agenor olhou para Jaime com desconfiança. Não entendia aonde ele queria chegar.

— Sim, me sinto bem ajudando os que estão nos níveis mais baixos.

— Pra mim o que você gosta mesmo é de ficar na beira do buraco jogando restos pra quem está lá na merda, se sentindo o máximo por não estar com eles. Você é muito pobre.

— Eu? Pobre? — Agenor gargalhou.

Jaime deu de ombros.

— "Não é pobre quem tem pouco, mas sim quem deseja mais". Se lesse mais Sêneca talvez não estivesse aqui comendo peixe vivo pra vida ter alguma graça.

A mulher que estava com Agenor riu. O rosto do velho ficou vermelho de ódio. Jaime se perguntou por que pessoas como Agenor sentem tanto ódio. Por fim, seu rosto relaxou e mudou para algo que parecia o esboço de um sorriso.

— Você tem coragem, Sforza, eu admiro isso. Mas é hora de encerrarmos aqui. Me entregue esse envelope que está com você e pare de remexer no passado que talvez a vida fique mais fácil pra você daqui pra frente.

— Você sabe o que tem nesse envelope?

— Não, mas você não o teria pegado se não fosse importante, não é?

Jaime refletiu um pouco.

— Do que você tem medo afinal?

— Medo? Lave sua boca antes de me acusar de ter medo, Sforza.

— Olha todo esse teatro que você está fazendo só pra me intimidar. O que você tem medo que eu descubra?

— Você se acha realmente importante, não é?

— Vamos fazer o seguinte. Me responda uma pergunta e eu deixo o envelope aqui sem problemas.

— Meus homens arrancariam de você antes que eu pedisse.

— E é isso que nós chamamos de problemas. Que tal agirmos de forma civilizada?

Agenor tamborilou os dedos na mesa.

— Pergunte.

— Você mandou matar Orlando?

— O que você acha?

— Eu acho que é o tipo de coisa que você faria.

— Então abrace suas conjecturas, Sforza.

Jaime se deu por satisfeito com aquela resposta evasiva; era óbvio que uma raposa experiente como Agenor jamais responderia diretamente num caso como aquele. Ele colocou o envelope que havia encontrado no apartamento de Orlando sobre a mesa e o empurrou para o campo de visão de Agenor.

— Um envelope de uma clínica psiquiátrica — disse Agenor retomando o personagem a que estava acostumado. Passou outra fatia de sushi no shoyu. De alguma forma o coração do peixe continuava batendo.

— Mais do que isso. A clínica de reabilitação onde sua filha foi internada.

Agenor pareceu refletir sobre algo e quando olhou para Jaime não eram mais os olhos de um bêbado que o fitaram. Apesar de embriagados, agora tinham a malícia de uma raposa.

— Vai saber o que sua filha andou falando para um terapeuta, né?

Agenor começou a respirar de uma forma cadenciada e rápida.

— O senhor não quer que eu acredite que aquele lixo do Orlando internou Deborah — disse, por fim.

Era receio o que Jaime detectou na voz de Agenor?

— Não há nada aí que diga quem a internou. Vai ver ela quis por si mesma se recuperar do vício e sei lá o que mais que ferrava a cabeça da menina.

— Está insinuando algo?

— Eu? De forma alguma!

Jaime se levantou.

— E também, quem sou eu pra imaginar o que leva uma pessoa que nasceu com dinheiro suficiente pra alimentar um país inteiro a passar seus dias se arrastando atrás de algo que faça sua vida ter algum significado?

Agenor balançou a cabeça no que parecia uma tentativa de fazê-la funcionar no tranco. Encarou Jaime duramente.

— Nunca mais fale assim da minha filha!

— Quem disse que eu estava falando dela?

— Caia fora antes que eu peça a Tatsuya para usar a faca de uma forma que você não vai gostar, Sforza. E, por favor, tome um banho, você está fedendo.

Para Jaime, falar em fedor naquele lugar era de uma falta de noção tremenda e ele sorriu de forma tão forçada que a moça que acompanhava Agenor acabou rindo. Mas isso não era um problema agora. O verdadeiro problema para Jaime era a aversão a sushis, sashimis e afins que ele acabara de adquirir.

38

A porta do metrô se abriu e Jaime sentiu que, se relaxasse um pouco, a multidão poderia levá-lo para fora sem que ele fizesse qualquer esforço. As estações de metrô perto das 18 horas eram de uma concentração humana tal que o movimento das pessoas lembrava um rio seguindo seu fluxo com diversas confluências. Jaime se deixou levar e passou pela catraca, subiu as escadas e ganhou a rua. A noite se aproximava em meio àquele calor agradável que convidava para uma cerveja, então Jaime se apressou, pois queria, talvez precisasse, tomar uma em seu bar antes que os clientes começassem a chegar. O portão de enrolar estava meio aberto. Michele já devia estar abrindo. Jaime se abaixou, passou pelo portão e viu que havia alguém sentado junto ao balcão, conversando com Michele.

Ao notar sua presença, Maya se virou e sorriu.

— Se acha que chamei você aqui pra beber de graça pode tirar o cavalinho da chuva — disse Jaime.

— Cavalheiros, por onde eles andam?

— Nunca imaginei que viria tão rápido — disse Jaime, passando para o lado de dentro do balcão.

— E eu já dei uma dose de uísque pra ela, por conta da casa — disse Michele.

— Não tem medo de ser mandada embora não, menina?

— Claro que não. Você não sabe nem fazer a registradora funcionar sem mim.

Maya riu. Jaime pegou uma grande caneca de cerveja e começou a enchê-la em uma das chopeiras do balcão.

— A Michele me disse que até agora não teve nenhum sucesso em conseguir acessar o computador.

— Estou trabalhando nisso.

— O que houve com você? — perguntou Maya.

— Termina sua dose primeiro.

Ele se concentrava em sua cerveja, medindo a espuma. Maya o observou em sua compenetração e notou que havia um amargor atípico nas palavras de Jaime, que ele tentava esconder com ironia.

— Não me diga que você descobriu alguma coisa.

Jaime deu de ombros.

— E vocês começaram a correr atrás do próprio rabo, imagino — retrucou ele.

— Eu estou com um pepino nas mãos, Jaime, então não me enrola. Encontramos o tal do Rato e levamos ele pra um interrogatório. Ele nega qualquer conhecimento do assassinato das duas e não temos nada que realmente o coloque na cena do crime.

— Ele tem algum álibi?

— Não nos deu nenhuma explicação sobre isso, mas o Denis conseguiu tirar de uma menina que parece ser namorada dele que eles estavam comprando metanfetamina naquela noite.

— E ele?

— Depois de uma prensa, confirmou.

— Dureza vai ser checar isso. O que vocês vão fazer? Bater no contato dele e perguntar se ele realmente estava lá?

— Está se oferecendo?

Jaime riu. Pegou um pedaço de salame, colocou sobre o balcão e começou a cortar em fatias.

— E então, vai me contar ou não? — indagou Maya.

— Não sei se devo.

— Mas do que você tá falando?

— Sabe como é, Maya, segredo profissional.

A cara de Maya fez com que Jaime desistisse rápido de continuar aquele embate que ele mesmo não pretendia levar a sério.

— Encontrei uma ligação entre Deborah e uma clínica de desintoxicação.

— E o que isso tem de excepcional?

— Isso, nada. Eu ia dar uma fuçada nessa clínica pra ver se descobria mais alguma coisa, mas a grande treta foi constatar o quanto a ideia de Deborah ter falado com um terapeuta assustou Agenor de Alcântara Madeira.

Maya estreitou os olhos.

— Como assim? Você falou com o velho?

Jaime confirmou com a cabeça e narrou para Maya, com Michele ouvindo, tudo o que havia acontecido desde que fora até o apartamento de Orlando.

— Esse porra mandou me seguir?

— Yeap.

— Esse sujeito tem muita coisa escondida.

— Ah, vá! — disse Michele voltando da cozinha enxugando um copo. Jaime e Maya olharam para ela ao mesmo tempo.

— Deixa eu participar, porra.

— Você tem certeza disso, Jaime?

— Tanta certeza quanto sei a posição que você...

— Mais uma palavra e eu atiro no seu joelho.

Michele riu e se afastou diante daquela dica.

— Deu pra ver o quanto ele ficou desconcertado quando eu levantei a ideia de que ela estava vendo um terapeuta.

— E contando coisas que ele preferia deixar escondidas.

Jaime assentiu. Maya pensou alguns segundos. Jaime comeu um pedaço de salame e tomou um grande gole de cerveja para ajudar a descer.

— Eu já falei minha parte, agora me fala a sua.

— Que parte?

— O que você vai fazer agora que te contei isso?

— Me arruma outro uísque? — pediu Maya.

Jaime pegou a garrafa de Red Label.

— Puta que pariu, Jaime!

Ele bufou e pegou a de Black Label. Colocou uma generosa dose no copo de Maya. Sem gelo. Ele adorava aquela mulher.

— Agora fala.

— Nada — disse Maya após o primeiro gole na nova dose, enquanto limpava a boca que havia sido exageradamente molhada por ela ter ido com tanta sede ao pote.

— Como nada?

— Não vou fazer nada. Repito: se eu levar isso adiante, teremos que envolver você na história e isso não vai ser uma boa pra ninguém; além do mais, você pode acabar ficando sem ter o que fazer e eu acho isso tenso.

Jaime abriu os braços, indicando o bar. Maya sorriu e continuou:

— Se você ficar sem ter o que fazer além de embebedar os outros, nós teremos que assumir a investigação e os esqueletos no armário do velho irão feder tanto que ele vai mexer os pauzinhos pra se livrar de nós. E como você bem sabe, ele é bom em se livrar dos outros. Todos saem perdendo.

— Estou começando a achar que ele não teve nada a ver com a minha expulsão.

— Tá falando isso por quê?

— Eu toquei no assunto e foi visível como ele ficou confuso. Parecia que realmente não sabia do que se tratava.

Maya ficou em silêncio durante e depois da narrativa, e Jaime se perguntou no que ela estaria pensando.

— Me faz um favor? Levanta o que tiver sobre essa clínica? — pediu Jaime, afinal.

— Duvido que vá ter muita coisa.

— O que tiver. E, por favor, mantenha o que te contei entre nós.

— Jaime...

O celular de Maya começou a tocar; ela atendeu e começou a ficar exasperada. Jaime não entendia direito o que era falado, mas sabia que tinha algo a ver com o tal do Rato. Ela desligou e voltou até o balcão.

— Tenho que ir embora — disse Maya pegando a bolsa.

— O que houve?

— Encontraram o traficante de quem o Rato estava comprando a metanfetamina e o cara confirmou que estavam juntos na noite dos assassinatos.

— E por que a pressa?

A expressão de Maya era a união perfeita de estupefação com saco cheio.

— Vão soltar o cretino hoje.

— Por quê?

— Porque não houve flagrante na compra das drogas e, como ele foi preso por causa de uma investigação do DHPP e não do Denarc, não estão achando necessário manter a detenção.

— É bom saber que as coisas andam as mesmas por lá.

— Não enche Jaime. Quanto menos pessoas como o Rato nas ruas melhor.

— Você se surpreenderia com o quanto os Ratos são abundantes.

Maya se dobrou sobre o balcão e deu um beijo estalado na bochecha de Jaime.

— Não esquece do que pedi — disse ele.

— Ok. Mas isso vai te custar alguma coisa.

— Tipo?

— Tipo, faz tempo que você não me leva para jantar.

— Fechado.

— E não vale me levar no Estadão.

— Você adora lá!

— Comprei um vestido novo e estou esperando uma oportunidade pra usar. Beijinhos.

Maya foi embora. Michele saiu da cozinha do bar e olhou a porta semiaberta por onde Maya se contorcia de leve para passar.

— Você acha mesmo que o velho tem alguma coisa a ver com a morte da filha?

— Eu não posso falar mais nada com muita certeza.

— Será que a Maya vai fazer alguma coisa com o que você contou?

— Provavelmente não.

— Como assim?

— Que prova ela tem? Para a justiça tudo o que existe aí é a conversa mole de um dono de bar amargurado.

— E o lance da clínica?

— Mesmo se falassem com alguém da clínica, acho bem difícil que conseguissem arrancar algo.

— Por quê?

— Sigilo médico-paciente. E a Maya sabe que não seria fácil convencer um juiz a obrigar a clínica a quebrar isso pra no fim descobrir apenas que o pai...

— Fez algo que tenha jogado a menina naquela vida.

— Sim, Michele, e isso ainda estaria longe de ser o suficiente pra sequer causar um incômodo pra alguém que tenha o dinheiro e o poder que Agenor de Alcântara Madeira tem.

Um arrepio percorreu a espinha de Michele.

— Que mundo de merda — disse ela.

Jaime puxou Michele para si e ela o abraçou forte. Ela sorriu, um sorriso melancólico, e segurou o rosto de Jaime com as duas mãos olhando fixamente nos olhos dele. Ficou na ponta dos pés e lhe deu um beijo na testa.

— Ainda bem que o mundo tem gente como você — disse a garota.

Jaime se desvencilhou das mãos dela quando um aperto no peito lhe embaçou a visão e procurou algo para fazer. Michele sorriu ante a forma desajeitada que Jaime tentava esconder as palavras não ditas. Jaime, por sua vez, foi até o portão de enrolar e o abriu completamente. Mal estava terminando quando um homem alto e corpulento, com um cavanhaque grisalho e bandana na cabeça, se aproximou.

— Eu só vim aqui porque adoro a menina — disse o cara.

— Vá a merda, Big Louis.

— Vá a merda você, seu bosta. Não pensa que eu esqueci o que você me aprontou!

— Eu aprontei? Você que começou a ficar um escroto porque não concordava que *Ladrões de bicicleta* é o melhor filme do neorrealismo italiano!

— Cala a boca, seu bosta. Eu disse que *Ladrões de bicicleta* é o melhor filme do neorrealismo italiano e você ficou todo melindrado.

— Vocês dois estavam concordando que esse é o melhor filme do neorrealismo italiano, mas estavam tão bêbados que achavam que estavam discordando — gritou Michele da cozinha.

Eles se encararam em fúria. Big Louis foi o que resistiu menos e começou a rir, prontamente seguido por Jaime.

— Filho da puta! — disseram ao mesmo tempo e se abraçaram.

39

O DELEGADO ANTUNES ESTAVA EM UMA ligação e fez sinal para que Maya voltasse depois, mas ela não fez menção alguma de fechar a porta. Ele continuou falando, tentando ignorá-la, mas as rápidas olhadas que dirigia a ela mostravam seu incômodo crescente. Mesmo assim, Maya não arredou o pé. Enfim ele desligou.

— O que foi? — bufou, irritado.

— Você não tinha mesmo como segurar aquele bosta aqui mais tempo?

— Entra e fecha a porta.

Maya entrou, fechou a porta e se sentou diante do chefe.

— Eu ia segurar o nazi por quê? Tá mais do que claro que não foi ele que matou as moças, porra. Vou arrumar treta com o Denarc pra quê?

— Não sei se concordo com isso, mas você é o chefe.

— Tá falando isso por quê?

— Não sei. *Feeling*.

— Se eu fosse prender alguém por *feeling* não ia sobrar muita gente lá fora.

— Antunes.

— Quê?

— Me diz uma coisa: de quem foi a decisão de expulsar Jaime da polícia?

— Que conversa é essa agora, Maya?

— Custa me responder?

Antunes pegou uma pastilha numa gaveta, enfiou na boca e tomou um gole de água de um copo que estava sobre a mesa.

Soltou um arroto de leve.

— Partiu do próprio secretário de segurança.

— E você não achou isso estranho?

— Claro que foi aquele porra do Agenor de Alcântara Madeira que pediu. Me dá no saco esse povo que age como se a polícia e as instituições fossem extensões das merdas das empresas deles.

— Ajudaria se não falássemos amém quando eles falam grosso.

— Não abusa da sorte, garota.

— O que foi alegado? A morte da menina?

— E o que mais seria?

Maya ficou olhando para Antunes. Ele achou que ela estava pensando no que ele disse, mas a verdade é que ela estava considerando tudo o que Jaime lhe contara e tentando ver se Antunes sabia mais do que estava falando. Jaime estava convicto de que Agenor ficara surpreso quando foi acusado de ter causado a expulsão. Maya seguiu olhando firme para o delegado. Antunes suspirou.

— Olha, Maya, ok que teve uma possibilidade de ligação do Agenor de Alcântara Madeira com o caso das mulheres assassinadas, mas isso já foi descartado, então não começa a procurar chifre em cabeça de cavalo. O assassinato da filha do velho é caso encerrado.

— E ainda por cima o assassino dela morreu na cadeia pra encerrar mais ainda.

— Falou e disse. O sujeito se matou na cadeia. Caso encerrado.

— O senhor não achou tudo isso muito estranho?

— Maya, você não chega na minha idade e na minha posição questionando a estranheza das coisas.

— Amém.

Antunes baixou os olhos.

— Pra que vir tocar nesse assunto, Maya? Só pra foder minha úlcera?

— Não. Outras razões.

— Do tipo?

— *Feeling*.

40

AINDA NÃO ERAM SEIS HORAS DA TARDE e as proximidades da estação de trem já estavam apinhadas de gente, a maioria chegando em casa após o trabalho no centro. Mas "centro" para aquelas pessoas se referia a uma área bem maior do que o centro oficial da cidade de São Paulo. Era gente que gastava uma média de três horas para ir e três horas para voltar de suas ocupações, e, quando chegavam ao seu destino, se deparavam com uma cidade que não se parecia em nada com a que haviam deixado para trás, apesar de ser a mesma. Ambulantes vendendo eletrônicos, cigarros avulsos e todo tipo de comida e bebida gritavam suas ofertas numa miríade de sons que parecia ter vida própria. Junto a um rapaz que grelhava churrasquinho em espetos num barril de latão cortado ao meio, Téo tomava uma cerveja para engolir os corações de frango assados na grelha improvisada. Pegou um pouco de pimenta de um pote engordurado e pincelou os corações, exagerando um pouco na dose apesar do vendedor dizer que aquela era da brava.

Vindo da multidão que saía da estação de trem, Gregório se aproximou de Téo.

— Fala.

— E aí, Gregório, beleza? Quer um churrasquinho?

— Nem. O Salomão me chamou pra jantar hoje num restaurante no Jardins.

— Opa! Que chiqueza! As coisas melhoraram entre vocês então?

— Acho que agora ele entendeu que daqui pra frente somos iguais.

Téo balançou a cabeça.

— Que foi? — perguntou Gregório.

— Nada não. Você vai pra casa agora?

— Sim, vou tomar um banho e me arrumar.

— Dá um tempinho que a Mila tá vindo me encontrar aqui.

— Ela não é muito nova pra pegar trem sozinha?

— Ela estava na casa de uma amiguinha. A mãe tá trazendo.

Mal Téo havia terminado de falar e uma menininha com duas marias-chiquinhas e um dente da frente faltando correu até eles, deixando uma mulher de meia-idade que a levava pela mão para trás. Téo acenou calorosamente para a mulher, que gritou que precisava voltar para casa e que Mila havia se comportado muito bem. Mila pulou em Gregório.

— Tio Gregório!

Gregório levantou Mila no ar e a jogou para cima.

— Como está minha sobrinha linda?

— Posso comer um espetinho também? — Mila perguntou para Téo, que concordou de imediato e sacou uma nota de cinco reais do bolso.

Após pegar o espetinho misto de carne e linguiça, os três se afastaram da profusão de gente em frente à estação e tomaram o rumo de casa.

— Você estava na casa de uma amiguinha da escola? — perguntou Gregório.

Mila fechou a cara, e Téo respondeu.

— Não, ela estava brincando com a filha da Fátima.

— Fátima?

— A lavadeira, tio Gregório.

Andaram em silêncio um pouco até Gregório não conter mais a pergunta que queria fazer.

— Por que você não gosta das amiguinhas da escola?

— Porque elas me zoam.

Téo pegou Mila no colo, que o abraçou muito forte.

— Ela é a única da sala que mora na periferia — disse Téo.

Gregório mexeu a cabeça em concordância.

— Será que é o caso de a gente ir morar em outro lugar? — perguntou Gregório. — Você sabe que eu tenho condições.

— E afastar ela das amiguinhas que tem aqui? — Téo abaixou a voz como se não quisesse que Mila ouvisse o que ia falar para Gregório. — E você acha mesmo que se a gente se mudasse pro Jardins as crianças na escola mudariam o jeito que tratam ela? Só acho que ainda devemos manter a Mila nessa escola porque isso pode dar um futuro melhor pra ela.

Gregório se viu obrigado a concordar. Naquele momento, começou a refletir sobre o que realmente significava o convite de Salomão para aquele jantar.

41

JAIME OBSERVAVA BIG LOUIS DIGITANDO velozmente num notebook prateado tão bem cuidado que parecia recém-comprado e que estava conectado ao notebook que precisava ser descriptografado. A única luz no escritório do bar provinha das telas dos computadores. A noite caíra durante o tempo em que eles começaram os trabalhos e o escurecer da sala sequer foi notado. Big Louis esfregou os olhos.

— Isso aqui tá treta. Quem criptografou sabia muito bem o que estava fazendo.

— Mas você consegue entrar?

— Sim, mas vai levar um tempo. Tô rodando um programa aqui e vai demorar pra caralho.

— Tipo a noite toda?

— Tipo a noite toda — confirmou Big Louis, se espreguiçando.

— Vem, eu te pago uma cerveja.

— Não tem rabo-de-galo?

— Nós acabamos de fazer as pazes, vê se não fode.

42

A ÁGUA QUENTE ESCORRIA POR seu corpo, relaxando as tensões daquele maldito dia. Maya pegou o shampoo, colocou um pouco nas mãos e massageou os cabelos. Estava torcendo para que ainda tivesse uma garrafa de vinho na despensa. O banheiro estava envolto em vapor, e ela se ensaboou mais uma vez levando a mão à virilha. Um sorriso satisfeito ante uma promessa agradável se formou em seu rosto; não custava nada dar uma relaxada. Maya fechou a água e apanhou a toalha. Parou em frente ao espelho embaçado e abriu a porta do armário que ficava embaixo da pia. O instrumento fálico que procurava estava no fundo, convenientemente oculto por potes de creme, desodorante e todo tipo de coisas normais de se encontrar num banheiro. Maya o pegou e o olhou. Mordeu de leve o lábio inferior e olhou para cima como se pedisse ao cérebro uma permissão inconsciente para a decisão que estava prestes a tomar. Ela merecia um relaxamento apropriado, afinal de contas.

43

O TÁXI DEIXOU GREGÓRIO EM FRENTE ao endereço pedido. Depois de ele questionar duas vezes se era ali mesmo, pagou e desceu do carro.

— Posso ajudá-lo? — perguntou um recepcionista do restaurante, ainda na calçada.

Gregório parou diante do homem que havia posto a mão na frente da porta de forma educada, mas com a clara intenção de impedir sua entrada.

— Estão me esperando aí dentro.

O homem olhou Gregório de cima a baixo e sorriu de forma pouco convincente.

— E qual é o nome da pessoa que está lhe esperando?

— Salomão.

— Salomão de quê?

Gregório balbuciou palavras ininteligíveis. Será que deveria dar o nome verdadeiro do homem? Salomão não tinha explicado como deveria proceder. Sua mão começou a ficar molhada de suor.

— Olha, rapaz. Melhor você dar meia-volta e cair fora, não é? Ninguém quer problemas.

A raiva irracional que havia permeado grande parte da vida de Gregório aflorou outra vez. Sua pulsação subiu e ele começou a massagear a têmpora direita.

— Cara, cai fora antes que a gente bote você pra fora daqui.

— Eu estou na calçada.

— Na calçada do restaurante.

O maxilar de Gregório já estava dolorido de tanto apertar.

Era melhor ir embora. Uma confusão ali só complicaria tudo.

Ele se virou para ir embora.

— Isso, se agiliza. Aqui não é lugar pra você.

Gregório se voltou para o recepcionista pronto para agarrá-lo com as duas mãos, no intuito de quebrar seu pescoço. Porém, antes de conseguir se aproximar dele, a porta do restaurante se abriu e Salomão apareceu.

— Gregório! — exclamou, jovialmente. — Estava te aguardando!

O recepcionista olhou para Salomão inicialmente espantado; em seguida, adotou o olhar dos cães arrependidos.

— Desculpe, senhor, mas....

— Nada de "mas". Esse rapaz é meu sócio e eu o estava esperando. Sorte que o vi pelo vidro.

Gregório seguiu Salomão salão adentro, não antes de dirigir um olhar que praticamente rosnava para o recepcionista, que seguiu olhando para frente como se não fosse com ele.

Enquanto Salomão o conduzia pelo restaurante, Gregório percebia os olhares dos outros clientes, que pareciam questionar o que ele fazia ali. Se Salomão também havia notado, ele não deixou transparecer. Gregório, por sua vez, se sentia mais e mais como um animal exótico em exibição. Eles se sentaram.

— Por que me trouxe aqui? — perguntou Gregório assim que se acomodaram.

— Não estou entendendo.

— Esse restaurante. Por que me trouxe aqui?

— Ora Gregório. Você disse que éramos sócios. Iguais! Só estou te tratando como um sócio e um igual te trazendo pra jantar num local que frequento.

Gregório olhou em volta e tentou ignorar os olhares e os cochichos reais e imaginários que via.

44

Michele atendia alguns clientes e a algazarra característica do bar já havia se estabelecido, deixando ao fundo o som leve do jazz que saía das caixas de som apenas como um murmúrio agradável. Big Louis sorveu até a última gota do rabo-de-galo. Devolveu o copo à mesa e encarou Jaime, que estava sentado em sua frente.

— Estava uma merda.

— Rabo-de-galo é uma merda, grandalhão.

— Então aprende a fazer a merda direito! Agora, diz aí; puta troço esquisito esse que você foi se meter.

— Tá aí uma coisa que não dá pra contradizer.

— Cara, pra eu relembrar. Até aqui tem um duplo assassinato no qual uma faca nazista foi encontrada e até agora não foi totalmente explicado como ela foi parar lá. A faca pertencia a um bilionário que afirma que a filha a roubou; filha que se envolveu com prostituição e drogas e acabou morta por um trafica de quinta categoria, enquanto você tentava salvá-la, e esse trafica ainda por cima se matou na cadeia. E não vou nem tocar nos neonazistas, porque parece que eles no fim não têm nada a ver com o babado. Cara, pica a mula dessa merda.

Jaime arqueou as sobrancelhas. Tomou um gole de seu uísque.

— Quero ver até onde vai a toca do coelho.

— Tá mais pra gruta do diabo — Big Louis gargalhou.

Jaime ria quando sentiu seu celular vibrar.

45

"VOCÊ AINDA ME DEVE UM JANTAR", FOI a mensagem que Maya, sentada no sofá, mas ainda enrolada numa toalha, mandou para o celular de Jaime.

Os segundos que se seguiram à visualização e à falta de uma resposta imediata fizeram Maya ter vontade de roer uma unha, mas ela não fazia mais isso com tanta frequência.

46

"AGORA?", FINALMENTE PIPOCOU NA tela.

"Tá fazendo alguma coisa melhor?", escreveu Maya.

"Bom, na verdade, tô no bar, e aqui tem comida e vinho."

— Você às vezes consegue ser bem imbecil, Jaime Sforza — disse Maya para si mesma, enquanto digitava um impropério.

"Quanto tempo?", surgiu na tela antes de Maya apertar o "enviar" com os xingamentos.

"Vem já."

Um emoticon dando uma piscadela veio em seguida. Maya se levantou e foi se arrumar.

47

JAIME SE LEVANTOU E PEGOU SUA JAQUETA pendurada no encosto da cadeira.

— Tenho que dar uma saída.

— Porra, achei que você ia ficar me fazendo cafuné enquanto espero o programa quebrar a criptografia — disse Big Louis.

A caminho da porta, Jaime apontou para Michele.

— Ela tá aqui pra isso.

Michele mostrou o dedo do meio para Jaime sem olhar para ele, seguindo compenetrada em seus afazeres.

48

SALOMÃO ESTAVA EM SUA SEGUNDA taça de vinho e Gregório sequer tocara em sua primeira. Ele comia com um cuidado exagerado, de ombros encolhidos e de olhos baixos, ao contrário do olhar satisfeito de Salomão.

— Está gostando do lagostim? — perguntou Salomão.

Gregório deu de ombros.

49

UMA DUCHA RÁPIDA, UM BARBEAR cuidadoso e a tentativa de encontrar uma camisa não tão amassada. Jaime pensou se não era hora de levar uma vida um pouco mais adulta e começar a passar suas roupas. Encontrou uma aceitável e que combinava com seu paletó. "Acho que é minha noite de sorte", pensou.

50

Big Louis esfregou os olhos e bocejou. Não dava para negar que as tagarelices de Jaime ajudariam naquele momento. De qualquer forma, ele estava em um bar lotado de bebidas e tinha bastante gente lá se ele cismasse de jogar conversa fora. Só precisava terminar mais uma fase da descriptografia e poderia sair daquele muquifo que Jaime chamava de escritório. Big Louis se levantou e abriu a porta.

— Michele, qual é a senha do wi-fi aqui? — gritou ele.

Michele estava atarantada segurando duas canecas de chope vazias e enchendo uma terceira.

— Desde quando você precisa disso? — berrou ela de volta sem tirar os olhos do líquido cintilante que enchia a caneca.

— Ah, não fode, menina. Já tenho coisa demais pra quebrar aqui. Me passa a porra da senha.

Michele riu e gritou os números e letras. Big Louis fechou a porta abafando a animação lá fora à qual ele em breve se juntaria. Só iria conectar o notebook à internet para rodar outra fase do programa e poderia voltar para o bar e tomar mais uma cerveja por conta da casa.

51

O CELULAR DE GREGÓRIO VIBROU enquanto ele observava Salomão correr os olhos pelo cardápio de sobremesas. Olhou a tela com surpresa.

— O notebook acabou de acessar a rede — disse Gregório.

Salomão levantou os olhos do cardápio sem entender direito o que aquilo significava.

— Alguém conseguiu desbloquear nosso computador!

Olhares inquiridores se dirigiram a ele. Salomão mexeu a mão para que ele falasse mais baixo.

— É para me preocupar? — perguntou Salomão.

— Não se eu agir rápido.

Gregório se levantou e fez menção de sacar a carteira.

— Hoje é por minha conta, Gregório. Espero que tenha achado a noite agradável.

Gregório meneou a cabeça e foi embora. Salomão conseguia intuir o alívio que aquele garoto assustado estava sentindo ao se afastar dali. Não demorou muito para que o recepcionista que havia barrado Gregório fosse até a mesa.

— Foi tudo conforme esperava, senhor?

Salomão sacou uma nota de cem reais e entregou ao homem.

— Melhor do que eu esperava.

— Se o senhor quer saber, eu o barraria de qualquer maneira.

Salomão sorriu cordialmente para o recepcionista.

"O garoto foi disciplinado", pensou Salomão.

Aquela noite estava saindo melhor do que esperava e agora não apenas um, mas dois problemas pareciam estar chegando ao fim.

52

A CAMPAINHA DO APARTAMENTO DE MAYA tocou. Ela estava pronta havia pelo menos meia hora, mas deixou para passar batom no último minuto. Abriu a porta. O vestido preto que usava era bonito e discreto, mas o tule na altura do colo dos seios, de extremo bom gosto, tinha a capacidade de ocultar e instigar ao mesmo tempo com a pouca visão que proporcionava. Jaime fingiu não notar. Maya fingiu que não percebeu que ele notara.

— Está pronta?

— Num minuto.

Ele entrou e fechou a porta. Maya foi em direção ao quarto.

— Fica à vontade. Só preciso terminar de passar batom.

Jaime se sentou no sofá. De onde ele estava, conseguia ver Maya em frente à porta do armário de seu quarto, que era espelhada, passando o batom. Vermelho. A última vez que vira Maya usar aquela cor, ele mesmo foi responsável por retirá-la de seus lábios. Maya guardou o batom em sua bolsa e olhou para Jaime. Sorriu.

— Vamos?

53

O RESTAURANTE HAVIA SAÍDO DE moda, mas ainda se mantinha cheio. Apesar de relativamente grande, sua construção e iluminação criavam um clima intimista, principalmente nas mesas para dois. Uma pequena vela estava entre Jaime e Maya.

— Fazia tempo que eu não vinha aqui — disse Maya.

— Não vai me dizer que a última vez foi comigo.

Maya sorriu.

— Não tanto tempo assim.

— Você adora partir meu coração.

— Deixa de ser dramático, Jaime.

— Bom, seja com quem for que você tenha vindo, tenho que agradecer por ter te ensinado a gostar de escargot.

— Era um preconceito bobo.

— Você se arrepiava toda quando eu pedia e dizia que nunca comeria lesma.

As bebidas chegaram, assim como a porção de escargot.

— Não precisa ficar me lembrando desse detalhe. Eu experimentei, gostei e pronto.

— O mundo seria mais divertido se mais pessoas se despissem de seus preconceitos assim, não acha?

— Ah, sim, mas a maioria não quer largar deles. É mais confortável viver num mundinho fechado.

— Concordo. Mas está dizendo isso por alguma razão específica?

Maya pensou um pouco. Pegou a pinça de segurar a concha do escargot, segurou uma e introduziu o pequeno garfo lá dentro.

— Olha o babaca que eu prendi, o Rato. Ele tem um ódio tão grande do que é diferente, na concepção dele, que eu fico quase com pena de tanto medo que esse cara deve ter de tudo.

Jaime deu um gole em seu vinho.

— Pena? Por favor, Maya.

— Tô falando sério! O raciocínio dele é tão simplista, tão reducionista que eu até entendo ele temer o diferente. Um cara com o grau de ignorância dele sempre vai achar que gays e travestis são uma ameaça.

— É natural temer o que não se compreende, nisso eu concordo com você. Mas ser ignorante não é justificativa pra ódio.

— Não justifica, mas explica. Por isso cada vez mais eu acho que o grande problema do mundo é a ignorância.

— Nem todo mundo tem coragem de abandonar sua ignorância e ver a amplitude do mundo. Isso assusta muita gente.

— E que círculo vicioso se cria, não?

— Ninguém disse que somos perfeitos.

— E que saco seria se fôssemos, não? — disse Maya dando uma piscadela.

54

"A NOITE CAMINHA PARA SUA CONCLUSÃO", pensou Michele, enquanto servia uma caneca de cerveja inglesa para o homem solitário sentado na mesa de canto que não queria muito papo com ninguém. Coração partido, problemas no casamento ou no trabalho. Possivelmente mais de uma alternativa. Michele sabia que os solitários de bar tendiam para a falta de originalidade.

"Tomara que queira ir pra casa antes que eu tenha que pedir pra ele ir."

Michele odiava ter que mandar as pessoas embora, mas a noite para os que não estão se esbaldando pode ser terrivelmente cansativa. Porém, o olhar triste do homem a comovia e ela não se importaria em lhe servir mais uma bebida se ele precisasse.

Como o bar estava quase vazio, ela se sentou na mesa de Big Louis e o encarou com um olhar maroto.

— Vai, desembucha logo o que você quer — disse Big Louis, virando aquela que devia ser a décima cerveja da noite, fora as marias-moles que ele havia feito Michele preparar.

— Então, a câmera do meu celular tá com defeito e já que estou sendo tão boazinha com você essa noite será que não rolava de você dar uma olhada?

Big Louis deu um longo gole encarando Michele. Depositou a caneca na mesa e deu um suspiro.

— Tudo isso pra eu pensar que você está considerando? Larga a mão de ser besta, Big Louis! Não existe a menor possibilidade de você sair desse bar sem consertar meu celular.

Big Louis riu e limpou a barba molhada de cerveja com a manga da camisa numa passada de braço.

— Existem guardanapos pra isso — disse Michele.

— Eu gosto das minhas roupas cheirando a cerveja. Para de história e vai pegar seu celular.

Michele se levantou da cadeira num pulo satisfeito que a fez aparentar sua idade real. Big Louis suspirou. Gostava de ver a inocência que tinha sido brutalizada e enterrada mesmo que em alguns lampejos. Michele disparou para trás do balcão onde seu celular estava carregando. Antes de retornar deu uma olhada nos poucos gatos-pingados que restavam no bar. Ainda bem que só havia o homem solitário e um casal que já estava discutindo porque a mulher queria ficar e o homem queria ir embora.

Com o celular em mãos, Michele se sentou novamente e o entregou para Big Louis. Ele o pegou, esticou as mãos e inclinou a cabeça um pouco para trás. Olhou como se estivesse avaliando o preço que daria em uma joia.

— Precisa de óculos, tio? — perguntou Michele.

— Não só de óculos. Não vou arrumar esse troço sem minhas coisas. Segura aí.

Big Louis se levantou e foi até o escritório de Jaime pegar sua mochila. Pegou-a e aproveitou para checar como estava indo a descriptografia. Se espreguiçou satisfeito ao ver que havia sido concluída.

55

— VAMOS DIVIDIR? — DISSE MAYA.

Jaime sorriu, pegou seu cartão de crédito e entregou ao garçom. Maya sorriu e entregou o cartão dela mesmo assim.

Jaime balançou a cabeça. Era melhor não discutir.

— Vamos pegar um táxi só? — propôs Jaime.

— Pode ser.

Na calçada eles esperaram pouco pelo táxi chamado. Ele abriu a porta para Maya e se sentou com ela no banco de trás. Ela deu seu endereço assim que o táxi começou a andar.

— Vou ficar primeiro, pode ser?

Jaime apenas concordou. Numa curva os braços se encostaram e ele sentiu o calor da pele dela. Em seguida, algo vibrou dentro da jaqueta de Jaime. O ruído chamou a atenção de Maya.

— Meu marca-passo. Não tenho mais a mesma idade — disse Jaime.

Maya deu um soquinho nele, rindo, enquanto Jaime pegava o celular que demandava atenção. Maya deu uma espiadela na tela.

— Big Louis? Que bom que fizeram as pazes!

— Depois explico — disse Jaime levantando, o dedo indicador para pedir licença e atender a ligação. — Diga lá, grandão.

Big Louis respondeu do outro lado da linha.

— Acabou aqui.

— Deu certo?

— Não, tô te ligando pra dizer que explodi seu bar.

Jaime balançou a cabeça em concordância. Havia sentido falta daquele imbecil, não dava para negar.

— O computador é esquisito. Puta potência, mas só tem um programa de gerenciamento de fluxo de caixa.

— Ótimo. Pede pra Michele levar o notebook com ela, não quero deixar isso no bar. Explica pra ela o que tem aí pra depois ela me mostrar.

— Beleza — disse Big Louis e desligou.

O táxi encostou em frente ao prédio. Maya desceu e Jaime a seguiu. Ela se virou para ele.

— Onde você vai?

— Como assim?

A cara consternada de Jaime fez Maya rir.

— Preciso acordar amanhã cedo, Jaime. A noite foi ótima, mas preciso ir para cama.

"Eu também, porra."

— Nem um café?

Maya beijou a bochecha de Jaime.

— Boa noite.

Jaime olhou para ela boquiaberto e observou enquanto Maya abria a porta do prédio antigo, que resistia a ter um porteiro. Ela se virou, olhou para Jaime e piscou. Jaime não esperou uma segunda dica e correu até a entrada do prédio. A porta estava quase se fechando quando ele a segurou, abriu e entrou. Maya o agarrou e eles se beijaram sofregamente. Tomaram um susto quando ouviram fortes batidas na porta do prédio. Pelo vidro lateral, viram o taxista muito irritado. Jaime apertou o botão ao lado da porta e a abriu.

— Você pediu o carro pra pagar pessoalmente e não pelo aplicativo!

Maya riu e avisou a Jaime que o esperaria no apartamento, enquanto ele ia até o táxi para encerrar a questão. Como acontecia com certa frequência, o elevador do prédio estava enguiçado. Maya tirou os sapatos de salto e subiu as escadas.

56

— Seu chefe pediu pra você levar isso pra casa — disse Big Louis colocando o notebook sobre o balcão, com a tela aberta. — Mostra pra ele esse arquivo aqui. Vou deixar aberto. Me descola mais uma maria-mole enquanto eu vejo esse seu celular.

Michele estava recebendo o pagamento do casal, que havia finalmente parado de discutir. Ela olhou para o homem solitário que acabara de ficar ainda mais solitário naquela conjuntura e decidiu que a volta do funcionamento da câmera do seu celular era o limite de tempo para ele ficar ali.

— Quer mais alguma coisa? — perguntou ela na esperança de que ele se tocasse. O homem, porém, ergueu seu copo de cerveja de forma contundente.

Mais uma Red Ale que Michele esperava ser a última. Colocou o copo na mesa diante do homem que sequer olhou para ela. Para deixar mais claro quais eram suas intenções, Michele foi até a entrada do bar e baixou a porta. Não era possível que o cara não entenderia que ela estava fechando.

Voltou para a companhia de Big Louis.

— E aí?

— Nada que eu não consiga resolver — disse Big Louis, religando o celular. O brilho do aparelho voltando a funcionar refletido nos olhos de Big Louis foi como um bálsamo para as preocupações de Michele sobre ter ou não que comprar outro. Ela abraçou o pescoço largo de Big Louis, soltando um gritinho de satisfação. Ela apontou o celular para ele e tirou uma foto.

— Está perfeito!

Big Louis foi até o notebook, que permanecia aberto sobre o balcão, e apertou uma tecla para ele sair do modo de descanso.

— Não esquece disso aqui — disse ele.

Michele virou o celular para o notebook e tirou uma foto.

— Não é pra fotografar, loirinha! Tô falando pra não esquecer de levar isso pra casa e amanhã mostrar esse arquivo para o Jaime.

Michele riu da bobagem dela e achou melhor colocar o celular para carregar um pouco.

57

Maya entrou em seu apartamento. Jogou o sapato de salto no chão e a bolsa no sofá. Foi até a cozinha e pegou o vinho que tinha deixado à mão. A campainha tocou. Ela deixou o saca-rolha do lado da garrafa e foi abrir a porta. Uma arma a encarava. O homem, mascarado com uma balaclava, vacilou por meio segundo, que foi suficiente para Maya tentar bater a porta, mas ele enfiou o braço adentro e a segurou. Com força, ele a abriu novamente. Maya aproveitou a confusão e socou o rosto mascarado. Ela sabia que era arriscado demais tentar ir atrás de sua arma, por isso pulou em cima dele e o derrubou, tentando tirar a arma de suas mãos. O homem deu uma joelhada na barriga dela e a tirou de cima dele.

Lá embaixo, a máquina de cartão do taxista tinha finalmente conseguido se conectar à rede e processado o pagamento de Jaime.

O homem mascarado se levantou, enquanto Maya ainda tentava recuperar o fôlego. Respirando pesado, ele apontou a arma para ela, que, sem perder tempo, chutou o joelho dele fazendo com que o tiro pegasse no chão. Ela se levantou e correu para a cozinha. Abriu a gaveta para pegar uma faca e odiou o fato de que aquele tinha sido o dia que sua faxineira limpara a casa. A maioria das facas estava no escorredor. Um engano de poucos segundos, mas quando se tem um maníaco homicida em casa isso pode ser fatal. E lá estava ele na porta da cozinha levantando a arma para ela. Maya fechou os olhos à espera da dor e do fim. Abriu os olhos ao ouvir o som de algo se quebrando.

Jaime havia entrado no apartamento e jogado um abajur no homem mascarado, que se virou e transformou o recém-chegado no novo alvo. Jaime não deu tempo para ele entender o que havia acontecido nem quem chegava. Correu para ele, segurou a arma e começou a socá-lo. O homem era forte e absorvia bem os impactos. Ele conseguiu se desvencilhar de Jaime mas, sem espaço para apontar a arma, o socou. Jaime aproveitou e segurou a mão com a arma. Maya veio por trás e enfiou o saca-rolha no pescoço dele. O homem gritou, e Maya rasgou mais o pescoço dele, que soltou um urro de dor intenso como o sangue que escorria de seu pescoço. Ele a empurrou, atirou a esmo e saiu correndo do apartamento. Jaime estava se pondo em seu encalço quando viu que o tiro havia atingido Maya. Ela se sentou pressionando o ombro.

— Vou pegar uma toalha.

Jaime foi até o banheiro e trouxe uma toalha molhada. Pressionou-a contra o ferimento. Maya gemeu de dor.

— Eu sou atingida e tudo o que você diz é que vai me trazer uma toalha?

— O tiro foi de raspão no ombro, Maya. Não tem órgãos vitais aí.

Ela riu apenas o pouco que a dor deixou.

58

Big Louis fechou sua mochila, esfregou os olhos e deu o último gole em sua maria-mole. Michele parecia alheia a tudo, compenetrada em seu celular consertado.

— Já vou indo, loirinha — disse Big Louis se levantando.

— Aham — respondeu Michele sem tirar os olhos da tela.

— Quer que eu espere você fechar o bar? — perguntou Big Louis, notando o homem solitário que só tinha olhos para seu copo de cerveja quase vazio. — Michele!

O tom incisivo de Big Louis tirou Michele de seus devaneios com o smartphone.

— Quê?! — exclamou ela, assustada.

— Quer que eu espere você fechar o bar? — perguntou e indicou o homem na outra mesa com um aceno de cabeça.

— Ah, se puder esperar eu agradeço.

Michele se levantou e foi até o caixa do outro lado do balcão.

— Amigo — disse ela.

O homem solitário não se manifestou.

— Ei, cara — Big Louis falou com sua voz grave.

O homem olhou para Big Louis com olhos injetados e amargos.

— Falou comigo?

Michele girou os olhos. Tudo o que ela não precisava naquela noite era que o último cliente desse rolo.

— Sim, falei. O estabelecimento já vai fechar.

O homem desviou o olhar de Big Louis para Michele, que conversava ao mesmo tempo em que curtia fotos no Instagram. O homem deu um longo gole no que restava de sua cerveja e deu de ombros, resignado.

— Então é hora de ir embora.

Big Louis balançou a cabeça numa concordância séria e se voltou para Michele, que calculava a conta.

— Mas eu realmente esperava que você tivesse ido embora mais cedo — disse Gregório às costas de Big Louis.

Não houve tempo de reação antes do disparo que atingiu Big Louis. A bala atravessou sua cabeça por trás, abrindo um horrendo e enorme buraco em seu rosto, dando um banho de sangue em Michele, que gritou histericamente. O homem apontou a arma para ela e disparou, mas Michele conseguiu se abaixar milésimos de segundos antes do puxar de gatilho fatal. O tiro fez com que garrafas se estilhaçassem. Gregório olhou por cima do balcão e imediatamente uma caneca de chope pesada foi arrebentada em sua cara. Ele gritou enquanto segurava o nariz quebrado, que sangrava numa torrente. Um grande corte no supercílio liberava mais sangue.

Michele saltou sobre o balcão e saiu correndo em direção à saída do bar, que ela havia fechado. Ela não tinha trancado e o homem atrás dela ainda gritava com as mãos no rosto. Não havia dúvida que ela conseguiria levantar o portão antes que aquele homem se recuperasse. Segurou firme a fechadura da porta e a levantou numa tacada só. O barulho do metal sendo enrolado foi mais retumbante do que o normal em seus ouvidos assustados. Já havia espaço suficiente para ela sair. Deu um passo, mas suas pernas não obedeceram.

Na rápida confusão mental que lhe atingiu, pensou, numa fração de segundo, que podia ser o pavor ou alguma outra reação em função da adrenalina que circulava por seu corpo. Mas nunca chegaria a saber que suas pernas não a obedeciam, porque enquanto seus ouvidos escutaram o som do portão sendo enrolado, eles ignoraram o estampido seco do disparo que lhe acertou o meio da coluna, inutilizando suas pernas. A adrenalina serviu para mascarar a dor da bala, que ela agora começava a sentir, ao mesmo tempo que desabava no chão. Gregório se aproximou. O rosto inchado e ensanguentado entregava uma expressão demoníaca que não deveria ser a última visão de uma pessoa, mas Michele sabia que seria a sua. Gregório deu mais um disparo, e aquela e todas as outras visões que Michele poderia vir a ter em sua vida foram apagadas, espalhadas pelo chão. Gregório passou a mão no nariz e um rastro de sangue ficou na sua palma. O nariz latejou. Alguém poderia ter ouvido os tiros. Era melhor ser rápido. Ele correu até o balcão, pegou o notebook, saiu do bar e foi engolido pelo anonimato que a noite concede àqueles que a conhecem bem.

59

Maya sentiu a fisgada da dor quando o gancho atravessou sua pele para passar a linha, mesmo com o local do ferimento tendo sido anestesiado. Seu semblante acusou a ardência, e o enfermeiro que fazia o procedimento começou a ser mais cuidadoso dali em diante.

— Você deu sorte. A bala entrou e saiu sem causar muito dano — disse o delegado Antunes.

A casa de Maya estava repleta de policiais mexendo em tudo o que fosse possível.

"Como se não estivesse bagunçada o suficiente", pensou Maya. Mas quando começou a manifestar sua indignação, foi repreendida pelo delegado, que afirmou que ela sabia muito bem que locais de crime passavam por aquele escrutínio.

— Mas o que eu quero mesmo saber — continuou o delegado — é o que esse bonitão está fazendo aqui.

Jaime ergueu os olhos da poltrona na qual estava.

— Eu cometi algum crime?

— Cometeu? — disse Denis, que também se encontrava ali.

— Acho que não. E também acho que não posso ser considerado um suspeito.

— Onde você quer chegar? — perguntou o delegado.

— Que eu não tenho que te explicar porra nenhuma.

O delegado Antunes ficou vermelho e estava prestes a falar algo, que certamente seria um impropério, quando um policial se aproximou.

— Delegado, acabaram de comunicar que um cara numa moto sofreu um acidente a seis quarteirões daqui. Acham que ele estava bêbado, porque a moto começou a andar em zigue-zague até bater num carro que estava estacionado.

— E? — perguntou o delegado Antunes sem tirar os olhos raivosos de cima de Jaime.

— E que quando tiraram a balaclava que ele usava viram que o pescoço estava rasgado.

Maya olhou para Jaime que desviou o olhar de Antunes para ela. Voltou a olhar para Antunes.

— É o nosso homem — disse Jaime por fim.

60

A PORTA FOI ABERTA NUM ESTRONDO. O nariz de Gregório havia parado de sangrar, mas ainda doía feito o diabo. Ele colocou o notebook sobre uma mesa e foi até o banheiro do escritório. Ainda bem que reconsiderou a tempo e preferiu ir para o escritório deles ao invés de ir para casa. A última coisa que ele queria era que Téo e, principalmente, Mila o vissem naquele estado. Mila. O rostinho de sua sobrinha apareceu em seus pensamentos e uma angústia estranha o tomou de assalto. Olhou-se no espelho e viu que o nariz quebrado não era seu único problema. O corte que aquela menina havia feito em seu supercílio era realmente profundo. Hospital estava fora de questão. Perguntas demais, olhares desconfiados demais. Ele abriu o armarinho de remédios e de lá pegou gaze e álcool. Embebeu a gaze e em seguida urrou de dor ao passá-la sobre o ferimento. Olhou-se novamente no espelho e viu que era muito profundo mesmo. Tinha uma mínima esperança de que um curativo bastaria. Lembrou de novo da loirinha que o havia ferido e finalmente entendeu de onde vinha sua angústia. Todos que ele torturava e matava eram em algum grau culpados; pelo menos era isso que Salomão garantira. Mas será que aqueles dois mereciam morrer? Lembrou-se da primeira vez que matou alguém e a ânsia que sentira no passado, há muito enterrada, voltou numa golfada de vômito. Jogou água no rosto e pegou linha e agulha. Acendeu um isqueiro Zippo enferrujado, mas ainda em boas condições de chama, e esquentou a agulha. Meticulosamente passou a linha e começou o trabalho de costurar sua carne e sua pele. Haveria sangue, mas quando não havia?

61

Luzes vermelhas e azuis davam o tom do local onde diversos policiais tentavam isolar a moto acidentada e o corpo que jazia ao lado dela e espantar transeuntes curiosos. Jaime pensava que aquelas pessoas, as quais se apinhavam para tentar ver a tragédia, não sabiam a sorte que tinham de ter a curiosidade aguçada pela morte. Afinal, era um instinto natural do ser humano se interessar em ver um cadáver, por mais mórbido que isso possa parecer. Mas para aqueles que, como ele, não manifestavam mais nenhuma reação diante disso, a morte estava há muito entranhada em seu subconsciente. Em pouco tempo, porém, Jaime teria de rever seus conceitos quanto a isso.

Mas naquele momento, ele se ocupava de tentar se aproximar do centro das atenções, pois o delegado Antunes fizera questão de deixar claro que Jaime não era um policial com acesso privilegiado ao acidente. Quando Jaime conseguiu por fim passar pelas pessoas que se interpunham entre ele e o cordão de isolamento, deu de cara com um Denis sorridente e com um olhar por demais satisfeito para uma ação policial.

— Acho que devo te agradecer — disse o rapaz. — Nos poupou um bom trabalho.

Jaime olhou o corpo no chão e não entendeu o que aquilo significava.

— Esse é um dos imbecis que eu e a Maya prendemos na casa do Rato antes de encontrarmos o sujeito. Não vai ser nenhuma surpresa se descobrirmos que estava agindo a mando daquele retardado.

Jaime balançou a cabeça em concordância.

— Uma das testemunhas disse que ele bateu a moto, se levantou e começou a falar no celular. Devia estar desorientado e ficou de bobeira no meio da rua. Um carro veio na direção contrária e o atropelou. Infelizmente o celular ficou completamente destruído. Mas já foi pedido um mandado de busca contra o Rato. Ele pode até não ter estado na casa das mulheres mortas no dia do crime, mas são coincidências demais pra ele não ter culpa no cartório, concorda?

Com a cabeça em outro lugar, Jaime parecia não ouvir os raciocínios de Denis. Para ele aquilo não fazia sentido. Todas as evidências encontradas por ele apontavam para uma conclusão muito menos simplista do que aquela. Onde Orlando se encaixava naquilo? E Deborah? Será que de fato absolutamente nada daquilo estava interligado? Essas e diversas outras conjecturas passavam por sua mente num turbilhão quando ele notou que o delegado Antunes o estava encarando. Era estranho. Antunes não o encarava com o habitual desprezo, e Jaime sentiu um arrepio ao constatar que os olhos do delegado estavam consternados. O delegado Antunes tinha seu celular encostado na orelha, mas apenas ouvia sem dizer nada. Um aperto gélido em seu estômago fez seu mundo girar. Todos os aspectos de uma antecipação de notícia trágica estavam exemplificados entre ele e o delegado naquele exato momento.

62

O doutor Manuel de Mesquita passou pela guarita que dava acesso ao enorme terreno onde se situava sua clínica psiquiátrica e de reabilitação. Cumprimentou o guarda da entrada e dirigiu célere pelos caminhos arborizados de sua propriedade. Estava atrasado para a primeira consulta do dia e detestava isso. Ele não havia construído uma das mais respeitadas (e caras) clínicas psiquiátricas para tratamento de dependentes químicos dando a impressão que desdenhava do tempo daqueles que pagavam a conta.

Parou em frente à construção em estilo neoclássico onde ficava a sede administrativa de sua clínica e também seu consultório. Deixou o carro nas mãos do solícito manobrista e subiu apressado pelas escadas.

— A pessoa que irá se consultar às nove horas já está lá dentro, doutor — disse sua secretária particular na antessala. Manuel de Mesquita concordou com a cabeça e entrou tão rápido que sequer se deu conta dos outros dois homens usando terno escuro sentados num dos sofás da recepção.

Manuel de Mesquita fechou a porta, pedindo desculpas para a pessoa que o aguardava em sua mesa, sentada de costas para a entrada da sala. O médico contornou a mesa e se sentou em seu lugar, ficando de frente para o homem que pacientemente o aguardava.

— Bom, vamos começar, senhor...

A pausa não foi para que a pessoa dissesse seu nome. Assim que olhou quem o aguardava, o doutor soube exatamente quem era.

— Sabe quem sou eu? — perguntou Agenor de Alcântara Madeira.

— Mas é claro! É um prazer recebê-lo aqui.

Os cifrões começaram a girar na mente de Manuel de Mesquita.

— Na verdade, eu não vim me consultar nem me internar.

— Não imaginei isso em momento algum, senhor Alcântara Madeira. Mas saiba que o sigilo de nossa clínica é...

Agenor cortou a conversa colocando o envelope que continha a ficha de Deborah diante do médico. Manuel de Mesquita teve o impulso de pedir para que aquele papel imundo não fosse colocado sobre sua mesa, mas se conteve.

— O que é isso?

— Isso, doutor, é uma ficha de sua clínica que mostra que minha filha ficou internada aqui.

Manuel de Mesquita pegou a ficha e a leu. Merda, merda, merda. Como não havia se dado conta do sobrenome da menina?

— Sim — disse um pouco reticente. — Mas não havia me dado conta do parentesco.

Como um bom psiquiatra, Manuel de Mesquita considerou que não fizera a associação porque aquela viciada não tinha nada que sequer sugerisse uma origem nobre. E ela não havia dito que era prostituta?

— Então o senhor não sabia que se tratava de minha filha?

— Não, ela foi trazida por...

— E Deborah nunca me citou?

Manuel de Mesquita engoliu em seco.

— Eu não posso comentar o que é dito nas sessões...

Agenor de Alcântara Madeira simplesmente arqueou a sobrancelha.

— ...mas posso lhe dizer que ela apenas se referia ao pai, sem nunca citar seu nome.

Agenor considerou que talvez tivesse cometido um erro ao se expor daquela maneira. Mas agora era tarde demais.

— Bom, doutor Mesquita. Creio que não será nada demais requisitar qualquer gravação, relatório e o que mais você tiver sobre as sessões que manteve com minha filha.

Manuel de Mesquita tinha uma caneta tinteiro nas mãos sem sequer saber quando a havia pegado e ficava tirando e pondo a tampa, mantendo o olhar em Agenor.

— Eu não gravo minhas sessões. E como o senhor deve saber, o código de ética me proíbe de revelar o que qualquer paciente me disser em consulta.

— Longe de mim duvidar da sua integridade profissional, doutor Mesquita. Mas sou um homem com muitas responsabilidades, e boatos infundados a meu respeito poderiam levantar questionamentos demais junto aos acionistas das minhas empresas. Isso é algo que não posso permitir de jeito nenhum.

— Senhor Alcântara Madeira...

— Dessa forma, espero que se algo desabonador a meu respeito tenha sido dito ao senhor por minha filha, que o senhor tenha a certeza que se tratou de devaneios de uma mente entorpecida.

— Eu não posso afirmar algo assim.

— Acho melhor que possa — disse Agenor se levantando.

O doutor Manuel de Mesquita se levantou junto.

— Senhor Agenor de Alcântara Madeira. Por mais que o senhor seja quem é, não posso aceitar esse tipo de ameaça em minha clínica! Ninguém me diz o que devo ou não concluir em minhas sessões.

Se Agenor se abalou com algo do que Manuel de Mesquita havia dito, não deixou transparecer absolutamente nada. Abriu um sorriso contido que mostrou a fileira de dentes brancos e pequenos.

— Suas luxuosas instalações estão em seu nome e também em nome de um banco de investimentos devido a um vultoso empréstimo que o senhor contraiu quando quis transformar uma simples clínica psiquiátrica num verdadeiro spa de luxo para tratamento de dependentes químicos, visando pessoas de altíssimo poder aquisitivo. Os pagamentos das parcelas seguem em ordem, mas seu faturamento é inferior ao custo de manutenção do local mais as parcelas do empréstimo. Você não iria querer uma devassa em suas contas para entender como isso é possível, não é?

Manuel de Mesquita começou a empalidecer ainda no meio da explanação de Agenor e balbuciou:

— Co... como sabe disso?

— Eu sou um dos maiores acionistas do banco que é seu sócio.

Pequenas gotículas de suor surgiram na testa do médico apesar do ar-condicionado.

— Passar bem, doutor Mesquita.

Agenor saiu da sala, e Manuel de Mesquita desabou em sua cadeira. Sempre se julgara um homem de posição financeira e social invejável, mas a realidade do seu verdadeiro lugar na cadeia alimentar acabara de desabar sobre sua cabeça.

63

APESAR DAS RECOMENDAÇÕES MÉDICAS Maya fez questão de estar presente quando Rato foi trazido novamente para a delegacia. Encaminharam-no para a mesa do delegado Antunes, que o encarou impacientemente. Maya e Denis se apertavam no pequeno sofá da sala.

— Vão começar a me encher de novo, porra? — disse Rato.

Maya olhou para Denis apenas para não precisar olhar para o rosto espinhento daquele careca. Denis entendeu e segurou a mão dela, tentando acalmá-la. O delegado Antunes sorriu.

— Você é o filho da mãe mais folgado que eu vejo em muito tempo.

— Por isso ficou com saudade e me trouxe aqui à toa de novo?

Antunes pegou o celular e mostrou a tela para Rato. Com o dedo gordo foi passando as fotos do acidente e do corpo morto que jazia perto do carro. Apesar do sangue e das ferragens, o rosto era perfeitamente identificável. O semblante de Rato foi ficando mais e mais endurecido a cada foto mostrada.

— Como pode ver, não trouxemos você aqui à toa — disse Maya.

Rato olhou para ela com desdém.

— Sou eu nessas fotos por acaso?

— Não — disse o delegado Antunes. — É só um dos cretinos que prendemos no local da sua residência.

— E?

Antunes deu um longo suspiro. O imbecil não ia dar o braço a torcer tão fácil.

— Primeiro, uma pessoa que você jurou de morte apareceu morta. Nós trouxemos você pra cá, mas não havia como ligar você ao local do crime. Depois, um dos seus amiguinhos tentou matar a policial que te prendeu. Sua vida é cheia de coincidências.

— Sou um cara azarado. Isso é crime?

— Não. Mandar os outros fazerem seu trabalho sujo é.

— Isso é o melhor que você pode fazer?

Um silêncio pairou sobre a sala. Denis teve a impressão de que conseguia ouvir o coração de Maya batendo.

— Não — disse Maya.

— Não o quê? — perguntou Antunes.

— Isso não é o melhor que podemos fazer.

Rato riu.

— O melhor que eu posso fazer — continuou Maya — é contar um segredinho aqui para os meus colegas.

O delegado e Denis olharam para Maya com curiosidade renovada. Rato respirou tão forte que as veias do seu pescoço saltaram.

— Não sei se vocês sabem, pessoal, mas nosso coleguinha aqui tem sangue negro.

Antunes olhou para Maya sem entender.

— Tô falando sério. O mocinho aí, que luta pela supremacia da raça ariana, é descendente de negro.

— Cala boca, sua puta — gritou Rato.

Denis ameaçou se levantar, porém Maya o conteve. O delegado balançou a cabeça em concordância com Maya.

— Você quer que eu cale a boca por quê? Qual o problema de ter sangue negro correndo nas suas veias? Eu nunca vou entender isso, você deveria agradecer!

— Olha minha cara. Olha a cor branca na porra da minha cara.

— Não sei não — disse Antunes.

Rato voltou seus olhos com fúria para ele.

— Você me parece meio pardo. Não acha, Denis?

Denis concordou com o delegado.

— Escuta aqui. Se vocês não vão me acusar de nada, então vou dar o fora, sacou?

— Pra que ficar chateado, negão? — disse Maya.

Rato saltou sobre ela com uma fúria cega. Com as duas mãos agarrou o pescoço da policial. Ele babava de ódio.

— Fala que eu sou negro agora, filha da puta!

Denis tentava arrancar Rato de cima de Maya, enquanto ela, mesmo com o pescoço sendo apertado, exibia um sorriso irônico.

— Negão — disse ela com a voz quase sumindo.

— Acabou pra você, vagabunda, dessa vez você não tem um saca-rolha pra te salvar — gritou Rato.

Maya acertou o meio das pernas de Rato com seu joelho. Foi o suficiente para que Denis conseguisse dominá-lo.

— Como você sabe do saca-rolha? — indagou Maya, recuperando o fôlego, mas sem conseguir conter a cara de satisfação.

Pouco tempo depois, os policiais estavam ouvindo uma mensagem de áudio no celular de Rato. Uma voz sussurrante e dolorida dizia "cara, a puta da policial enfiou um saca-rolha no meu pescoço, uma porra de um saca-rolha..." e em seguida se ouvia o som do atropelamento. Rato, agora algemado, olhava para o chão ao final da reprodução da mensagem.

— Muito bem. Desembucha — disse Maya.

Rato balançava a cabeça num misto de indignação e fúria. Em seu íntimo, não entendia como podia ter sido tão estúpido.

— Não temos o dia inteiro, garoto. — O delegado Antunes não estava mesmo com paciência.

— Aquela vaca me ferrou.

— Tá falando de mim? — perguntou Maya.

— Não! Da porra da advogada. Eu nem tinha pegado tão pesado com o traveco, mas a puta fez de tudo pra eu puxar cadeia.

— Acontece. Seja um cidadão melhor e evite isso.

— Ah, é? — disse Rato, olhando para Denis com os olhos marejados por uma raiva incontida. — Então me diz como posso ser um cidadão melhor depois que fui parar naquela porra de cadeia e me transformaram na mulher de lá? Tem coisa que você não pode deixar barato. Tem coisa que você não esquece. Eu nunca vou esquecer o que aquela advogada me fez passar.

— Ela não fez você passar por nada. Ela só fez o trabalho dela — disse o delegado Antunes.

Lágrimas começaram a brotar dos olhos de Rato. Ele olhou para Maya com súplica.

— Eu morro se voltar pra cadeia.

— Então não deveria ter mandado matar a advogada. Foi isso que aconteceu, não foi?

Rato concordou com a cabeça enquanto seu desespero crescia.

— Era só pra dar um susto. Juro que mandei só dar um susto.

— Esse susto acabou com duas mulheres mortas — disse Maya. — Mas você não precisa ser um total escroto. Que tal nos ajudar e dizer pra quem era o recado?

A marca das lágrimas secas nas bochechas de Rato e seus olhos vermelhos de tanto chorar lhe davam um ar ridiculamente infantil que agora se potencializava diante da cara de total estupefação. Ele não precisou verbalizar seus pensamentos para que todos na sala se dessem conta de que ele não tinha ideia sobre o que havia sido dito.

— A faca — disse Denis por fim. — A faca nazista. Você mandou deixar o objeto lá ou seu amigo fez isso por conta própria?

— Que faca? Do que você tá falando?

Maya se inclinou sobre a mesa e encarou Rato. Seu ferimento reclamou desse movimento, mas ela ignorou. Olhou nos olhos de Rato tão incisivamente que ele teve de se esforçar para encará-la de volta. As palavras saíram da boca de Maya num sussurro quase ronronado.

— A faca com a qual garganta de Rebeca, a advogada que você jurou de morte, foi aberta. A faca que a esfaqueou três vezes antes de ela cair no chão e encarar o lixo que você mandou lá pra fazer exatamente o que ele fez. Você pode vir agora bancar o coitado que sofreu as injustiças do sistema carcerário, mas não vai me convencer que não brindou à morte delas tomando uma cerveja quente e barata como as que só escória como vocês conseguem beber. Então, me fala logo o porquê de vocês terem usado a faca com a suástica e também como vocês a conseguiram ou eu vou cuidar pessoalmente para que o que fizeram com seu cu da última vez pareça uma ida a Disneylândia.

O queixo de Rato tremia. O silêncio que pairou na sala era opressivo e só naquele momento o cheiro de suor azedo que conspurcava o ambiente se fez notar.

— Eu... eu não sei do que você tá falando.

Maya socou a mesa tão forte que a ferida em seu ombro começou a sangrar.

— Tira essa doida daqui — disse Rato, caindo com a cadeira diante do susto.

— Eu não saio daqui até ouvir a verdade sobre isso, seu merda — gritou Maya, dando a volta na mesa e encontrando Rato caído com as mãos algemadas prostradas na frente do rosto, num patético gesto de autoproteção.

— Não tem verdade nenhuma! — gritou ele. — O Gerson falou que a porra dessa faca já estava na casa da mulher.

Maya parou e o ar em volta dela sequer se mexeu.

— Como é que é?

— Tô falando sério! O Gerson, o cara que matou elas, o que você ferrou com o saca-rolha. Ele me falou que quando chegou na casa da advogada ele espancou a dona que estava lá. Ele não sabia quem era a advogada.

— Então ele atacou Lídia achando que era Rebeca — disse Maya.

— Que seja. Ele atacou quem estava lá e já tinha largado o pé de cabra quando a advogada apareceu. A moça tentou correr quando viu o Gerson, mas ele agarrou ela. Eles se desequilibraram e caíram num móvel lá que quebrou todo. A faca estava dentro desse móvel e foi a primeira coisa que ele viu. Daí ele achou que dava pra resolver a merda toda com aquilo.

— Você está me dizendo que a faca com a suástica nazista que encontramos cravada no pescoço de Rebeca foi usada por acaso? — disse o delegado Antunes.

Rato não tinha fôlego para responder. Apenas balançou a cabeça num sim enérgico e desesperado.

Maya olhou para Antunes, que parecia tentar reagrupar as ideias.

— Mas como essa faca foi parar naquela casa? — indagou Denis.

— Eu que vou saber, caralho? Os policiais aqui são vocês!

64

Alaor serviu o café com a destreza de sempre. Maya o olhou com mais súplica que nunca. Ele entendeu e colocou um pouco de conhaque no café requentado que estava diante dela. Maya virou num gole só; recolocava o copo no balcão engordurado quando Antunes se sentou no banco ao seu lado. Ele olhou para ela com complacência e depois se virou para Alaor.

— Me vê um desse que ela tá tomando.

— Com ou sem café?

— Sem.

Maya olhou para Antunes contendo a indagação. Ele deu de ombros.

— Prerrogativa do chefe.

Alaor colocou o copo com conhaque diante de Antunes que, ao contrário de Maya, deu apenas um pequeno gole.

— O que você acha disso? — perguntou Antunes.

— Acabamos de resolver um caso. Mas não todo o mistério.

— Existem milhares de possibilidades para aquela faca ter ido parar na casa. Inclusive que esse bosta esteja mentindo.

— Pode ser. Posso tomar um conhaque com o senhor em horário de trabalho, chefe?

Sequer esperando a permissão, Alaor colocou a dose para Maya.

— Sim, delegado. Existem milhares de possibilidades sobre como a faca foi parar naquela casa. O fato de ela pertencer a um dos homens mais ricos do país é só uma das diversas coincidências que envolvem esse caso.

— A explicação dele foi totalmente aceitável.

Maya se calou e pensou se havia sido uma decisão correta manter as descobertas de Jaime fora da esfera da polícia. O pen drive misterioso, a invasão na casa de Rebeca e Lídia, o notebook e por fim...

— Tem algo que você queira me contar, Maya?

Maya procurou respostas em seu copo de conhaque. Tomou um gole e esfregou os olhos.

— No que está pensando? — Antunes perguntou.

— Em Jaime.

O delegado concordou com a cabeça e deu um gole em seu conhaque também.

— Vai saber no que ele se meteu dessa vez.

Será que deveria contar tudo a Antunes? Com os cotovelos sobre o balcão, Maya apoiava a cabeça em suas mãos, unidas como se estivesse numa oração.

— Antunes...

— Ele nunca soube quando parar. Nunca.

Maya conteve o início de sua confissão.

— Você sabe onde ele está? — perguntou o delegado.

Maya negou com a cabeça.

— Não o vejo desde aquela noite. O celular também está desligado.

— Ele era muito ligado à menina, não é?

Maya assentiu. "Muito ligado" era uma análise simplória da relação deles, mas para Antunes bastaria.

— Tomara que não tenha feito nenhuma besteira.

— Eu queria muito saber onde ele está.

— Se não se matou, uma hora ele aparece.

Maya olhou atravessado para Antunes que pareceu não perceber a merda que tinha falado. Maya balançou a cabeça e achou melhor se calar. Mas não podia negar que aquela ideia lhe passara pela cabeça. O pior é que diante de tudo aquilo ela começava a achar a possibilidade extremamente plausível.

Onde aquele filho da mãe estaria?

— Eles eram parentes? — perguntou Antunes.

— Não. Mas Jaime salvou a vida da Michele uma vez e meio que começou a se sentir responsável por ela.

— Salvou a vida? Como assim?

— Longa história, chefe.

— Começa do começo.

— Bom, o Jaime, depois que saiu da polícia, fez uns trabalhos de investigador particular.

— Eu soube.

— Certa vez, ele estava em um hotelzinho de quinta e...

Maya estancou.

— Que foi? — perguntou Antunes.

— Tenho que ir delegado.

— O que aconteceu?

— Acho que sei onde o Jaime está.

Maya terminou seu conhaque num gole e desceu do banco.

Antunes a segurou pelo braço.

— Maya. Fora ser seu superior eu te respeito e te considero muito. Você é uma das melhores. Aproveite sua licença médica e não entre nas pirações do Jaime, ok? Todos os casos se encerram um dia e o melhor é quando se encerram e todos ficam felizes.

— Eu sou uma menina crescida, chefe.

Maya deu um tapinha no ombro de Antunes, mandou um beijo para Alaor e saiu do boteco. Até entendia o desejo do delegado de ter aquele assunto encerrado, afinal, chefe nenhum gostava de pontas soltas que precisariam ser explicadas se começassem a ser puxadas. Mas não podia negar que sentia certa frustração por, no fim, tudo girar em torno de cada um querendo livrar o próprio rabo a qualquer custo, nem que para isso vidas tivessem que ser negligenciadas. No fim, talvez não fosse uma menina tão crescida assim.

65

SALOMÃO ESTAVA ANIMADO. QUANDO tudo parecia ter se complicado, uma sequência de ótimos acontecimentos mudou a maré de azar. Havia pensado numa excelente maneira de garantir a entrada de dinheiro sem o inconveniente que as torturas e os assassinatos traziam. Encerraria a operação e, o melhor, se veria livre de Gregório; não estava mais aguentando o sujeito. As coisas convergiam de forma perfeita. Ele entrou no elevador que levava ao escritório e se distraiu olhando o monitor de publicidade lá dentro. Havia promoção de vinhos num supermercado ali perto. Talvez passasse lá mais tarde.

Chegou ao seu andar, colocou o dedo na fechadura biométrica e entrou. Gregório estava ali.

— Que susto, Gregório! Não imaginei que estaria aqui. Você está péssimo!

Sem dúvida. Com os olhos roxos pelo nariz quebrado, porcamente amparado pelo curativo caseiro, e os pontos costurados por ele mesmo, Gregório estava longe de ser uma bela visão.

— Falei para minha sobrinha e meu irmão que isso aconteceu enquanto eu protegia você.

— No fim foi isso mesmo. Nos protegendo, certo? Eles ainda pensam que você é meu segurança?

Gregório assentiu, envergonhado. Salomão olhou para a mesa ao lado de Gregório, na qual ficava o computador em que subiam os vídeos para os clientes, e reparou que o notebook desaparecido estava ao lado.

— Tudo resolvido, então? — confirmou Salomão.

— Sim.

— Ótimo! Pena o que aconteceu com seu rosto. A menina era arisca, então?

— Salomão, foi a primeira vez que eu matei alguém.

Salomão arregalou os olhos e achou que Gregório estava brincando. Tentou, mas não resistiu em cair na gargalhada.

Gregório manteve o olhar duro em Salomão.

— Que brincadeira é essa, Gregório?

— Foi a primeira vez que matei alguém que não merecia morrer, certo?

"Só me faltava essa", pensou Salomão.

— Olha, Gregório. Como você pretendia seguir com nosso trabalho se fôssemos expostos? Francamente! Você nunca pareceu se importar em sujar as mãos antes.

— Você sempre me garantiu que o que fazíamos era levar justiça aos que não achavam que a justiça tinha sido feita.

— Sim, com certeza. Só que a justiça é uma coisa extremamente relativa, concorda?

Salomão tinha acabado de tomar uma decisão. Encerraria aquela operação imediatamente e usaria seu trunfo na manga apenas para si dali a algum tempo. Gregório sequer tinha como saber o que estava tramando.

— Como assim? Como assim a justiça é relativa?

Os anos em que fora tratado como "retardado" haviam cobrado seu preço em uma inteligência emocional fracamente desenvolvida, fazendo com que Gregório, um verdadeiro gênio em diversos campos, como matemática, computação e engenharia, tivesse alguns aspectos de um garoto ainda adolescente com toda a ingenuidade que aquilo trazia. Salomão sempre soube disso e sempre tirou vantagem desse aspecto.

— O que estou dizendo é: aquilo que é justo pra você pode não ser justo pra mim. O que é justo pros nossos clientes pode não ser a justiça que a sociedade considera ideal. Por exemplo, o que fazemos. É justo darmos um serviço que ofereça uma vingança adequada para um pai, uma mãe ou um marido que perdeu seu ente querido nas mãos de criminosos que se aproveitam da leniência do estado e que, depois de matar ou estuprar a filha ou a esposa de um cidadão de bem, passam um nada de tempo na cadeia e em seguida estão em liberdade, prontos pra cometer novas atrocidades? Isso quando são presos!

Gregório pensou um pouco.

— Sim. É justo e é isso o que fazemos.

— Agora me diga se é justo se aproveitar da fragilidade emocional de alguém que perdeu um ente querido prometendo fazer com que aquele que matou ou estuprou sua filha ou sua esposa pague muito mais caro do que as leis estabeleceram? Cobrando um valor indecente por isso e fazendo vista grossa para o fato de que talvez alguns dos que foram pegos não tivessem nada a ver com o assunto, só porque precisávamos entregar o serviço? Isso, caro Gregório, é o que nós fazemos.

Gregório olhava Salomão com estupefação.

— Quando você me chamou pra isso disse que só pegaríamos culpados! — sua voz tremia, e ele começava a sentir o salgado das lágrimas.

— Primeiro que eu não te chamei pra nada. Você se ofereceu!

— Perguntei o que podia fazer pra te agradecer! — O mundo girava e Gregório teve vontade de vomitar. — Nós... você tem que parar com isso.

— Hoje é seu dia de sorte, Gregório. Porque, por diversas razões, eu resolvi encerrar esse negócio.

Salomão abriu a porta.

— Então agora nos despedimos e espero que nunca mais nos vejamos de novo. Mas lembre-se que tenho diversas provas contra você, então não seria nada inteligente tentar me prejudicar.

Gregório foi cambaleante até a porta e quando passava por Salomão este lhe deu um tapinha no ombro.

— Mas um rapaz esperto como você jamais pensaria nisso, não é?

E Gregório foi embora. Salomão fechou a porta e olhou o pequeno escritório parcamente mobiliado, mas ainda assim com duas mesas, uma delas com um poderosíssimo computador que teria de ser apagado por completo e eventualmente destruído, além do notebook que também precisaria sumir. Pensou que teria sido mais proveitoso dispensar Gregório depois que ele cumprisse tais tarefas.

66

Maya, encostada em seu carro, olhava a entrada daquele hotel barato há mais tempo do que gostaria. O neon vermelho gritando que alugavam quarto por meio período trazia uma estranha sensação de decadência, mas não uma decadência palpável. Era algo que se percebia no ar. Todo o conjunto a deprimia. O hotel, o neon, a rua na semiescuridão proporcionada pelos postes com luzes queimadas, o lixo, humano ou não, que entulhava aquele lugar. Mas mesmo assim Maya não entrava.

Temia mais o que encontraria lá dentro do que tudo ali fora.

— E aí, gostosa — disse um homem com dentes a menos e bebida demais na cabeça por sob o gorro. Seu amigo, numa situação bem similar, riu. Maya o olhou com desdém.

— Cai fora — rosnou ela.

— Vagaba arisca! Sei como cuidar disso.

O homem sacou um canivete. Maya sacou sua arma.

— Estou num péssimo momento pra aguentar dois imbecis como vocês então vou avisar só uma vez: continuem andando ou nunca mais conseguirão fazer isso sem doer.

Maya engatilhou a 9mm. Os homens abaixaram os olhos e seguiram seu caminho. Ela suspirou, desengatilhou a arma e a guardou. Aqueles sujeitos foram a deixa para ela finalmente criar coragem e entrar.

O interior fedia tanto quanto o lado de fora. No saguão minúsculo ela cruzou com um homem que se encaixava no típico padrão de "cidadão de bem", constrangido, seguindo uma prostituta que não devia custar mais do que um maço de cigarros. Atrás do balcão da recepção, um homem com seus sessenta e muitos anos, calvo e com barba desleixada, deixava a comida chinesa que comia direto da embalagem cair em sua camiseta regata branca encardida enquanto assistia a uma TV minúscula. Ao se aproximar, Maya viu que parte da comida também se enroscou nos pelos do peito do homem que saltavam para fora da camiseta.

— 35 meia hora, 70 uma hora, 150 o período — disse o atendente, sem tirar os olhos da TV, enquanto Maya se aproximava.

Uma leve batida no balcão fez com que ele olhasse na direção dela e, ao ver o distintivo que pendia da mão de Maya, sua atenção do que quer que estivesse assistindo cessou.

— O que foi agora? — perguntou o homem.

— Estou procurando um homem chamado Jaime Sforza.

— Nunca ouvi falar.

— Se ele estiver aqui não é por um simples período e provavelmente está sozinho.

— Ah, tá! O doido que não sai do quarto. Ele tá no 34B.

— E você não sabia o nome dele? Como as pessoas se registram aqui?

— Pagando o que cobro e assinando no livro de registros o que quiserem assinar — disse o homem, de saco cheio.

Maya arqueou a sobrancelha em concordância. Sabia que havia pedido por aquilo. Se virou e caminhou em direção à escada, enquanto o homem voltava ao seu jantar e o que quer que estivesse assistindo.

Depois de alguns poucos lances de escada cobertos por um carpete tão imundo que praticamente grudava na sola dos sapatos, Maya chegou ao quarto 34B. Bateu. Nenhuma resposta. Bateu mais forte. Nada. Ela então chutou a porta, que não exibiu nenhuma resistência considerável. Definitivamente não estava com paciência.

O quarto estava uma zona, assim como ela já imaginava, com garrafas de bebida vazias espalhadas por todos os cantos. Olhou a mala aberta ao lado da cama. Nenhuma roupa, só mais garrafas, porém cheias. Nenhum sinal de Jaime. Maya andou um pouco pelo quarto que se iluminava toda vez que o maldito neon do lado de fora piscava. Um barulho vindo do banheiro a assustou a ponto de ela sacar sua arma. A porta então se escancarou e Jaime saiu lá de dentro.

— Porra, Jaime! Que susto.

— Você levou um susto? Eu que dei de cara com você no meu quarto.

— Por que não respondeu?

Jaime indicou que estava enrolado numa toalha. Ele olhou para a porta.

— Você arrombou a porta?

— Não enche.

Maya desengatilhou a pistola e a recolocou no coldre.

— O que você está fazendo aqui? — perguntou Jaime, voltando para o banheiro.

— Vim ver se não precisava recolher seu cadáver.

— E como me achou aqui, aliás?

— Não foi difícil imaginar.

Jaime fechou os olhos e se calou. Voltou para o banheiro.

Maya deu o tempo necessário a ele. Olhou o quarto de novo. Imaginava se aquele quarto era o mesmo em que Jaime salvara a vida de Michele tempos antes. Provavelmente era. O sentimentalismo dele exigiria isso. Jaime saiu do banheiro usando uma calça jeans e uma camiseta preta, ambas muito surradas.

— Pronto, agora que viu que estou vivo pode me deixar sozinho de novo?

— Claro que não.

— Claro que não?

— Jaime, vamos parar com esse joguinho.

— Do que você está falando?

Maya se sentou na cama.

— Você vai infartar se não soltar o que está aí dentro.

— Para com isso, Maya. Eu só vim aqui pra me isolar, pensar um pouco, reagrupar as ideias.

— No mesmo hotel que você conheceu a Michele?

— Eu queria...

Jaime se interrompeu no momento que sentiu a garganta se fechando.

Maya seguiu olhando para ele, que se virou de costas.

— Eu pensei...

— Pensou o quê?

— Sabe — disse Jaime, se virando para Maya —, quando eu ouvi o grito dela, vindo deste mesmo quarto, pensei por dois segundos que não tinha nada a ver comigo e que não ia me envolver.

— Você nunca me contou isso direito. O que aconteceu?

— Você sabe que logo depois que eu saí da polícia fiz uns trabalhos de investigação particular. Antes de decidir o que acabaria fazendo da vida. Estava seguindo um cara a pedido da esposa. Investigação de adultério básica. E ele entrou nesse hotel.

— Com a amante?

— Com o amante.

— Sei.

— Então, eu peguei um quarto e fiquei esperando eles terminarem pra fotografar o flagra. Foi aí que eu ouvi o grito. Foi tão alto. E daí, como eu disse, fiquei pensando que não devia me envolver. Da última vez que quis ajudar alguém deu merda. Pra que eu precisaria de mais problema pra minha vida? Mas daí ela gritou de novo. Um grito mais assustado. Quando dei por mim, já estava chutando a porta.

Maya olhou para a porta recém-arrombada. Pelo jeito o quarto tinha karma.

— E daí? — disse Maya.

— Daí que tinha um cara enorme sobre aquela menininha que me pareceu tão frágil, tão pequena perto dele. Então vi a navalha na mão do cretino perto do pescoço dela. O sujeito se assustou com o barulho da porta abrindo e olhou pra mim. Foi aí que eu vi que de frágil a Michele não tinha nada. Ela aproveitou o momento e deu uma joelhada no saco do cara que até eu senti. Foi a deixa pra eu apagar o sujeito com a coronha da minha arma.

— E desde então ela ficou com você.

— Ela era abusada pelo avô e a mãe fingia que não via. Ela não ia voltar pra casa. E não queria voltar pra noite.

— Você a salvou.

— Eu só adiei a morte dela. Eu acho que sempre acabei falhando quando mais precisavam de mim.

— O fato de eu estar viva prova que você está errado.

— Mas eu não estava com a Michele quando ela precisou. Prometi à Deborah que ela viveria e ela morreu. — Jaime soltou um riso, mas seus olhos seguiam tristes. — Engraçado. Lembrei de uma coisa.

— Quer me contar?

— Lembrei de quando era uma criança e minha mãe era constantemente espancada pelo meu padrasto. Eu queria fazer alguma coisa, mas era muito pequeno e tinha muito medo. Eu tentava me convencer, tipo: "ei, a vida é assim", afinal, meu pai não tinha sido muito melhor. Um dia, encontrei alguns filhotes de vira-latas num terreno perto de casa. Acolhi os pobres coitados enquanto tentava encontrar a mãe deles. Dei leite, aqueci, essas coisas. Eu prometi que os protegeria.

Jaime olhou para Maya e ela se deu conta de que nunca tinha visto lágrimas escorrerem pelo rosto dele antes.

— Eu escondi os filhotes debaixo da cama e fui novamente procurar a mãe deles. Quando voltei, sem ter conseguido encontrar, entrei no meu quarto e... — A voz falhou de Jaime falhou.

Maya quis dizer alguma coisa, mas a voz dela também não saiu.

— Eles não estavam lá. Saí do quarto desesperado e encontrei minha mãe lavando louça. Perguntei se ela sabia dos bichinhos.

— E ela?

— Me deu um tapa e mostrou o olho roxo dizendo que aquilo era culpa minha. Meu padrasto tinha escutado os latidos e berrou que aqueles cães sujos tinham levado pulga e carrapato pra dentro de casa. Ele ficou tão nervoso que não acreditou quando minha mãe disse que não sabia como os bichinhos tinham ido parar ali. Bateu nela, pegou os filhotes e saiu.

"Naquela noite eu apanhei pela ousadia de ter levado os cachorrinhos pra dentro de casa. Mas quer saber? Eu nem liguei pro espancamento. A dor não era nada comparado a ficar ouvindo ele me contar como tinha enrolado os filhotes numa toalha junto com uma pedra e jogado no rio Tietê."

Jaime balançou a cabeça. Maya suspirou e percebeu que também estava chorando.

— Como se isso não bastasse, minha mãe não levantou um dedo para me proteger.

— E é por isso?

— Por isso o quê?

— Que você acolheu a Michele? Que prometeu proteger a Deborah? Por que você não conseguiu salvar os cachorrinhos?

— Não, Maya. Eu só queria ser a pessoa que as abraçasse para que elas soubessem que por pior que o mundo fosse, por mais que as tivessem machucado, elas não estavam sozinhas. Que alguém estava disposto a se colocar entre o mundo e elas e apanhar se fosse preciso. Mas tudo o que consegui foi matar as duas.

— Bom, se você não tivesse se envolvido teria sido poupado da dor que sente agora. Acho que é isso que você quer.

Jaime se sobressaltou.

— O que você disse?

— Isso mesmo que você ouviu, Jaime. Será que seu egoísmo é tão exacerbado que chegamos ao ponto de você preferir que Michele tivesse sido morta anos atrás? Claro, afinal, assim ela não teria entrado na sua vida. Mas não. Você a salvou. Escolheu salvá-la. Ela fez parte da sua vida, você a perdeu e isso dói. São as escolhas que fazemos que nos definem e não as que deixamos de fazer. A mesma coisa sobre a morte da Deborah! Você tomou a decisão de tentar salvá-la e isso teve consequências, para o bem ou para o mal. E você teve que aprender a conviver com isso. O que você preferiria? Apenas ficar olhando a violência se desenrolar sem fazer nada?

— Não era a hora dela.

— Se não fosse, ela não teria morrido. Você precisa aceitar um fato sobre a vida, Jaime: você é um homem bom e esse é o tipo de coisa que o mundo não perdoa. Então só há duas opções; ficar aqui escondido, reclamando sobre o quanto tudo é tão injusto, ou parar de agir como uma mocinha trágica e fazer a única coisa que está nas suas mãos.

— O que é?

— Descobrir quem foi o filho da puta que a matou.

Jaime olhou Maya como se pudesse enxergar sua nuca. Seu coração batia tão forte, como se um bumbo surdo estourasse em seus ouvidos. Foi até a mesinha de cabeceira do quarto sobre a qual havia uma garrafa de uísque ainda pela metade. Pegou-a e a virou quase toda num só gole. Maya o observava de forma plácida, quase sorrindo. Com a garrafa ainda nas mãos, Jaime voltou para o banheiro. Barulhos de vidro se quebrando, porcelana se partindo e torneiras sendo arrancadas foram ouvidos, embalados por um uivo de raiva e dor. Alguém bateu na porta recém-arrombada. Maya ameaçou levantar para falar com o recém-chegado, mas Jaime já saía do banheiro com a mão suja de sangue. Num olhar de relance, Maya viu o espelho do banheiro quebrado e manchado de vermelho. Jaime abriu a porta, que estava solta feito um boneco de pano, com um olhar tão doentio que o recepcionista do hotel sentiu os pelos imundos do seu peito se arrepiarem de medo.

— O que é? — rosnou Jaime.

— Estão reclamando do barulho e... — ele olhou para a porta quebrada — ...e alguém vai ter que pagar por isso.

Jaime socou o homem tão violentamente que ele caiu no chão e não levantou mais.

— Espero que não o tenha matado.

— Ele ainda está respirando — disse Jaime, voltando para dentro e juntando as poucas coisas além de garrafas que ele havia levado para lá.

— Levanta e vamos embora — disse Jaime.

— Já está bem pra ir?

— Não, estou pior.

— Ótimo — disse Maya, se levantando e pegando uma garrafa de vodca que ela julgou um desperdício enorme deixar abandonada ali.

67

Dentro do carro, Maya colocou um jazz suave para tocar enquanto Jaime olhava fixamente para a rua. Parecia até que era ele que estava dirigindo.

— O Antunes deu o caso como encerrado — disse Maya.

— Claro, Michele e Big Louis se suicidaram.

— Não esse caso, Jaime. Ele disse que não há ligação entre o caso das mulheres e as mortes no seu bar.

— Você não contou a ele nada do que eu descobri?

— Não.

— Melhor.

— E agora sou sua parceira.

Jaime demorou alguns segundos para assimilar o que Maya dissera. Mesmo assim não entendeu nada.

— Estou de licença médica e dane-se. Quero encerrar essa merda.

68

As chaves bateram no fundo do pequeno bule de metal que Jaime usava para guardá-las. A casa continuava a mesma apesar da ausência prolongada de seu morador, tirando o cheiro desagradável que vinha da cozinha.

— Tem um animal morto aqui?

— Não tirei o lixo antes de ir pro hotel — disse Jaime, nem um pouco constrangido.

Maya se sentou no sofá e esperou enquanto Jaime ia até a cozinha se livrar da fonte daquele cheiro horroroso. Ele abriu a porta da cozinha e colocou o saco no latão do lado de fora.

— Quer café?

— Lava a mão antes e talvez eu aceite.

Jaime seguiu as instruções de Maya. Rapidamente as canecas fumegantes estavam em suas mãos.

— Pois bem — começou Maya. — Eu levantei aquilo que você me pediu; chequei a clínica.

— E?

— Sofisticada e cara. Provavelmente uma das mais caras de São Paulo e muito exclusiva. Mas nada além disso.

— E dificilmente conseguiríamos tirar algo de quem cuidou de Deborah.

Maya concordou e disse a Jaime que pessoas como Agenor de Alcântara Madeira deviam pagar mais pelo sigilo de um lugar daquele do que por qualquer outra coisa.

— Espera aí — disse Jaime. — Acabou de me ocorrer uma coisa. Não foi Agenor quem internou Deborah.

— Como assim?

— Eu não te falei que fui eu que contei a ele sobre a clínica?

Era verdade. Quando narrou seu encontro com Agenor, Jaime comentara que o velho não tinha ideia de que a filha havia sido colocada em uma clínica.

— Então acho que não seria má ideia pelo menos tentar descobrir quem a internou — disse Maya.

— E o cara que nos atacou, o que descobriram?

— Foi lá a mando do Rato mesmo. E foi ele que matou Rebeca e Lídia, também a mando do Rato.

— Realmente, caso encerrado.

— Mas — Maya deu um gole em seu café e se recostou no sofá — eles disseram que a faca nazista já estava na casa. Usá-la foi um acaso.

Jaime ficou pensativo.

— E onde entra Orlando, o assassino de Deborah nessa história? E quem será que atacou meu bar? — Jaime refletia. — Quem atacou meu bar... — disse em um murmúrio.

— O quê? — perguntou Maya.

— Quem foi lá queria o notebook.

— Por que acha isso?

— Porque foi a única coisa que sumiu de lá. Você é mesmo investigadora?

Maya fez uma careta para Jaime.

— Provavelmente é a mesma pessoa que encontrei na casa de Lídia e Rebeca. Acho que vou até o bar dar uma investigada.

— Nós já fizemos isso.

— Acho que vale a pena um segundo olhar.

— Podemos nos dividir, o que acha? Eu vou até a clínica.

— Concordo, realmente vão abrir a boca mais fácil diante de um policial.

— Oficialmente estou de licença.

— Ninguém precisa saber disso, não é?

69

TÉO CHEGOU EM CASA CANSADO, mas feliz. Tivera um dia pesado de trabalho, mas a filha havia pedido que fossem tomar um sorvete antes de ir para casa e o sorriso de Mila, quando recebeu a enorme casquinha com três bolas e diversas coberturas, compensava tudo. A alegria dela transbordou enquanto caminhavam de mãos dadas para a pequena casa que dividiam com Gregório. As chaves e o celular de Gregório estavam sobre a estante perto da porta e Téo gritou para o irmão que haviam chegado. Gregório não respondeu, e Téo imaginou que ele poderia estar no banho ou algo assim. Mila tomava seu sorvete cada vez mais rápido, pois o calor o estava derretendo depressa e ela não queria perder nada daquela profusão de sabores. Téo bateu na porta do quarto de Gregório, chamou e não teve resposta. Como a porta estava aberta, Téo a abriu, mas o irmão tampouco estava ali. Mila, por sua vez, notou um estranho buraco na parede que tinha certeza de que não estava lá quando ela saiu de casa pela manhã. Passou o dedo melado de sorvete e um pouco de pó de gesso grudou nele. Foi então que ouviu o grito de seu pai e correu para ver o que tinha acontecido. Gregório estava caído dentro do banheiro com uma arma na mão. Mila gritou ao ver o tio estirado e Téo abraçou a filha. Ele não queria que ela visse o sangue. Mas passado o susto inicial, ele notou que não havia sangue. Olhou na privada, atraído pelo cheiro azedo que empesteava o ar e viu que havia vômito. Soltou a filha que chorava aterrorizada e se aproximou de Gregório a ponto de conseguir ouvir a respiração. Ele estava vivo.

70

Deitado em sua cama, Gregório pegou a xícara de café que Téo lhe estendeu. Deu um gole longo e suspirou.

— Cadê a Mila? — perguntou Gregório.

— Na casa da avó.

— Ela ficou muito assustada?

— O que você acha, Gregório? Ela achou que você estava morto, e eu também! Que merda foi essa?

Gregório começou a chorar.

— Eu... não sei. Comecei a beber, beber e beber e quis morrer. Peguei a arma e atirei.

— E estava tão doido que conseguiu errar a própria cabeça! A bala atravessou a parede. Imagina se a Mila estivesse em casa naquela hora?

Gregório massageava as têmporas com as mãos trêmulas. O choro soava tão doloroso que Téo se compadeceu do irmão e o abraçou. Fazia tempo que não o via naquela situação.

— O que houve? Por que você ficou assim?

— O Salomão me mandou embora.

Téo estreitou os olhos.

— E isso lá é motivo, Gregório?

Gregório colocou as mãos sobre o rosto e balançou a cabeça.

— Você não entenderia.

— Tenta me explicar.

Gregório pensou um pouco.

— Durante muito tempo o Salomão teve um certo domínio sobre mim. Por ele ter enxergado meu potencial e entendido o que estava errado comigo. Ele me ajudou, me levantou. Mas quando comecei a entender melhor as coisas, vi que ele jamais me ajudou por outra razão que não fosse interesse próprio.

— Mas o que você tem que ele queria? Você era só o segurança dele.

Gregório fechou os olhos.

— Eu fiz coisas terríveis, Téo, terríveis — disse, com os lábios tremendo.

O desespero dele era tão palpável que Téo achou melhor não insistir no assunto. Ele acreditava que seu irmão era um homem bom e que estava se cobrando demais por algumas coisas erradas que talvez seu chefe tenha pedido para ele fazer. Acariciou a cabeça do irmão.

— Você passou por muita coisa, irmão. A mãe não entendia você, eu não entendia, os moleques da rua não entendiam e foi o Salomão que te estendeu a mão. Dane-se por qual razão e dane-se o que você teve que fazer pra ele. Hoje você tá de pé e nem eu nem a Mila vamos deixar você cair. Você cuida de mim e da minha filha então seja lá o que for que você tenha feito eu acho que a gente pode deixar pra trás.

Gregório enxugou as lágrimas.

— E se a grana a partir de hoje ficar mais curta, dane-se. A gente coloca a Mila numa escola pública e segue tocando a vida. A gente não precisa de muito pra ser feliz.

— Não se preocupa. A grana que guardei dá bem pra gente se manter sem precisar mudar nada.

— Viu? Não há nada pra se preocupar. Vira a página. Você ainda tem sua família.

Gregório concordou. Sim, ele havia feito coisas terríveis, mas entendia agora que fora manipulado. E desse mal surgiu um bem. Sua família estava provida, sua sobrinha teria um futuro melhor que ele e o irmão. A vida, no fim, poderia ser agradável.

71

Jaime se aproximou de seu bar e imediatamente quis secar uma garrafa inteira de uísque. Maya havia dado uma sacudida nele, mas a invasão de tantas lembranças ao retornar ali lhe atingiu como uma lufada de ar quente no peito, comprimindo os músculos misteriosos que apenas os sentimentos de dor sabem como apertar e que sequer os desenhos de anatomia de Da Vinci conseguiram localizar. Será que havia se anestesiado do abismo e agora que o eco gritava de volta o som o assustava? Não sabia, não queria saber; só queria beber.

Abriu o portão de enrolar, entrou no bar e socou uma parede diante da própria estupidez por ter se esquecido de que não havia voltado ali desde a morte de Michele e que o local continuava a zorra deixada pelo caos. Chutou uma cadeira e se sentou em outra, se perguntando que direito ele tinha de querer chorar. Enfiou o rosto nas mãos. Levantou-se, resignado; era hora de beber. Foi para trás do balcão e pegou uma garrafa entre as tantas que haviam na prateleira da parede. Tirou a tampa e bebeu no gargalo. Talvez a bebida tenha feito sua visão se apurar porque seus olhos focaram naquele canto da prateleira que Michele gostava de deixar o celular quando estava atendendo os clientes, pois era bem escondido e não corria o risco de alguém surrupiá-lo quando estivesse ocupada demais para tomar conta. E lá estava o aparelho, a polícia não o tinha visto.

Jaime o pegou e ao ver a capinha colorida seus olhos marejaram. Ele ligou o celular e viu a foto dele e de Michele abraçados, com ela lhe dando um beijo no rosto, no papel de parede do aparelho. Jaime sabia a senha, acessou o dispositivo e buscou mais fotos que, se não fariam a saudade sumir pelo menos apaziguariam o desconforto em seu peito. Mas logo na primeira foto Jaime entendeu que o momento não exigiria sua atenção para as boas memórias do passado, mas sim para algo mais pragmático. A foto que Jaime olhava era a que Michele tirara de Big Louis para testar se sua câmera estava funcionando, e atrás dele estava um homem encarando Michele com o olhar dos abutres. Era o olhar de Gregório esperando a hora de entrar em cena. Ele passou de uma foto para outra, e a seguinte mostrava a tela do notebook aberto que Michele havia tirado por engano.

A estupefação de Jaime foi quebrada pelo som de seu próprio celular tocando. Vinha de um número restrito. Deveria atender?

— Alô?

— Senhor Sforza, como vai?

Uma voz feminina de uma pessoa mais velha soou pelo aparelho.

— Quem é?

— Quem eu sou no momento não importa, mas espero ter a oportunidade de encontrá-lo em breve. Fui eu que mandei o pen drive.

O interesse de Jaime se aguçou.

— Então temos muito o que conversar.

— Sim, senhor Sforza, e é por isso que quero manter sua integridade física. Pessoas como Agenor de Alcântara Madeira não esquecem ameaças facilmente e não gostam de deixar pontas soltas. Se eu fosse o senhor, sairia de seu bar imediatamente.

A pessoa desligou, Jaime olhou para o portão do bar aberto apenas até a metade e contou três pares de pernas se aproximando sorrateiramente.

— Merda.

Jaime correu para dentro do bar no momento que os homens entraram atirando. O som de vidro se quebrando explodiu em suas costas e lascas de madeira e reboco de parede atingidos pelos projéteis voaram para cima dele. Ele tentou buscar o abrigo de seu escritório, mas mesmo aquela pequena distância era grande demais. Os homens armados saltaram por sobre o balcão e o colocaram sob sua mira. Jaime então se jogou para dentro do banheiro dos funcionários, cuja porta era trancada apenas por um frágil gancho de arame. Ele fechou a porta e tombou o pequeno roupeiro de aço de dois compartimentos onde Michele guardava suas coisas antes de começar o trabalho. Um dos homens do lado de fora, que Jaime havia imediatamente reconhecido como o sujeito mal-encarado que o levara para se encontrar com Agenor naquele sushi maldito, começou a chutar a porta bloqueada, mas que cedia mais e mais a cada golpe. Parou um instante. Jaime torceu para que tivessem desistido, mas ele sabia que um de seus defeitos era ser um otimista incorrigível em momentos errados. Tiros atravessaram a porta; Jaime se encolheu num canto enquanto o azulejo sobre a privada estourava com as balas. Os homens lá fora silenciaram de novo.

— Vocês me devem uma porta nova — gritou Jaime.

Eles riram.

— Você é divertido, Sforza. Vou tomar uma por conta da casa em sua homenagem depois de te matar. Sinta-se lisonjeado.

— Me explica isso direito; você quer me matar e depois beber de graça no meu bar e eu ainda devo ficar agradecido?

— Eu não quero te matar, Sforza.

"Isso, continua falando, seu imbecil", pensou Jaime enquanto sacava a Glock que estava enfiada na parte de trás da calça.

— São só negócios.

Jaime disparou, mirando para onde sentia que a voz ecoava mais forte. A bala atravessou a porta e o crânio do sujeito, espalhando seu cérebro pela parede do corredor.

— Merda — gritou um dos outros dois que sobraram.

— Onde o Agenor encontra imbecis como vocês, hein?

Os homens começaram a chutar a porta mais intensamente e Jaime disparou a esmo fazendo com que eles respondessem a isso. Tiros de ambos os lados destroçavam a porta. Um grande rombo surgiu nela ao mesmo tempo que outro homem era atingido na barriga.

— Dois a zero pra mim! — gritou Jaime.

O único que sobrara começou a rir.

— Obrigado, babaca. Agora o bônus que íamos ganhar vai ficar só pra mim.

— Caralho, vai ter até bônus por minha causa?

O homem lá fora disparou contra Jaime, que respondeu com dois tiros.

— Extra por insalubridade.

— Essa magoou.

— Aceite seu lugar na cadeia alimentar, Sforza.

Jaime aproveitou o momento de fala do sujeito e apertou novamente o gatilho, mas a arma estava sem balas.

— Tem que saber economizar, meu amigo. Eu ainda tenho as armas dos outros aqui, e você está encurralado aí dentro desse microbanheiro. Eu tenho paciência e armas, o que você tem?

Jaime olhou em volta e não havia nada além do desodorizador de ambientes que ele havia levado para lá quando fez a limpeza do banheiro pela última vez. Nada muito letal. Pensou em suas opções e chegou à terrível conclusão que não tinha nenhuma.

72

O GUARDA NA GUARITA FOI GENTIL E atencioso de uma forma que fez Maya se perguntar se aquilo era mesmo uma clínica psiquiátrica ou um spa. De carro ela percorreu alamedas arborizadas com agradáveis bancos espalhados pelos gramados, observando os chalés bucólicos que se encontravam lado a lado com apenas o terreno verde entre um e outro. Seguiu as instruções dadas pelo guarda e em pouco tempo estava diante da construção principal do lugar, muito maior que os outros chalés e muito mais imponente, com suas colunas brancas ladeando a escadinha de entrada. Um solícito manobrista pegou seu carro e lhe entregou um ticket. Maya subiu os quatro degraus de mármore que levavam a uma pequena varanda, também de mármore, e entrou na sofisticada recepção da clínica Manuel de Mesquita.

Maya foi até a recepcionista sentada atrás de uma bancada também de mármore.

— Bom dia, eu tenho um horário marcado com o doutor Manuel de Mesquita.

— Claro, seu nome é...

— Maya Campos.

Um rápido digitar no computador, uma rápida troca de palavras em tom baixíssimo no telefone e a recepcionista indicou o caminho, informando que a secretária do doutor Mesquita já estava esperando.

Na antessala do consultório do médico, a secretária pediu para Maya aguardar um pouco e lhe ofereceu um expresso, que foi aceito prontamente.

Com a xícara ao seu lado, Maya folheou uma revista de celebridades sem prestar atenção alguma. Depois de dar dois goles no excepcional café, a porta do doutor Manuel de Mesquita se abriu e um homem já de idade, mas inegavelmente jovial, apareceu. Usava uma calça preta, camisa azul-claro e uma gravata também azul e pediu para que Maya entrasse, com um típico "desculpa pela demora".

O bom gosto da sala emulava o bom gosto do exterior e Maya se perguntou quanto custaria a confortável cadeira em que ela agora se sentava de frente para o médico.

— Obrigada por abrir um espaço na sua agenda para me receber, doutor Mesquita.

— Problema algum. Você disse que se trata de um caso da polícia sobre uma antiga paciente que tratamos aqui, a senhorita... — O doutor Mesquita teclou em seu computador e continuou falando ainda olhando para a tela. — Deborah de Alcântara Madeira, certo?

— Isso.

— Mas devo advertir antes de mais nada, investigadora, que não poderei revelar absolutamente nada sobre o tratamento dela nem fornecer quaisquer dados que constem no registro médico da senhorita Alcântara Madeira.

— Compreendo, doutor. O senhor fique à vontade para não responder nada que o sigilo médico-paciente não permita. Na verdade, minha dúvida tem mais a ver com as circunstâncias da internação dela aqui.

— Quais circunstâncias?

— Eu gostaria de saber se houve algum entrave burocrático para ela ser admitida aqui, uma vez que não foi ninguém da família a interná-la.

Manuel de Mesquita olhava para Maya de forma despreocupada, mas não escapou a ela a demora na resposta e muito menos o tamborilar dos dedos na parte de baixo da mesa.

— Do que está falando, policial?

— Eu sei que não foi o pai dela que a internou.

— Como sabe?

— O próprio Agenor de Alcântara Madeira confirmou.

Os olhos do médico se arregalaram e Maya torceu para que não houvesse mais nenhum questionamento sobre aquilo. Era péssima em ficar inventando subterfúgios e a forma como Jaime descobrira que Agenor não havia internado Deborah, naquele restaurante para lá de exótico, não ajudaria muito naquela situação. Manuel de Mesquita balançou a cabeça em concordância e teclou algo em seu computador. Uma claridade chamou a atenção dos olhos de Maya quando a enorme janela atrás de Manuel de Mesquita refletiu a tela do computador.

— Infelizmente...

No titubeio do médico, Maya sacou seu celular.

— ...acho que apagamos as fichas mais antigas.

— Aquilo é um jequitibá-rosa?

Manuel de Mesquita estancou e olhou para Maya, estreitando os olhos.

— Ahn?

— A árvore que está aparecendo na sua janela. Sou apaixonada por árvores, sabe. Posso tirar uma foto?

— À vontade.

Maya disparou a câmera do seu celular na direção da janela.

— Quando sair vou dar uma olhada no tronco. Essas árvores chegam a até 50 metros de altura!

Manuel de Mesquita deu de ombros e voltou sua atenção para o computador. Maya guardou o celular no bolso.

— Sim, infelizmente não poderei ajudar, policial. A ficha foi deletada.

— Bom, nesse caso não há por que continuar incomodando o senhor, doutor Mesquita.

Maya se levantou e estendeu a mão, que o médico apertou com o entusiasmo de quando nos livramos daquilo que é indesejado.

— Sempre às ordens — disse o médico, com humor renovado.

Ela sorriu e prometeu entrar em contato se precisasse novamente. Manuel de Mesquita esperou Maya sair da sala e pegou seu telefone.

Maya desceu as escadas, entregou o ticket de estacionamento e aguardou em frente à clínica enquanto o manobrista buscava seu carro. Olhou para a majestosa árvore cuja copa aparecia na janela do doutor Manuel de Mesquita e se perguntou se era mesmo um jequitibá-rosa. Gostava mesmo de árvores, mas estava bem longe de ser uma especialista. Seu carro chegou, ela entrou e não se conteve em olhar as fotos que havia tirado dentro do consultório. Abriu a primeira e a ampliou. Obviamente o reflexo do computador estava espelhado, ela precisaria ajustar isso e talvez passar alguns filtros para tornar o que havia ali legível, mas estava mais do que claro que seria possível ler o que estava escrito na ficha de Deborah antes que o doutor Manuel de Mesquita a apagasse.

73

JAIME OLHOU EM VOLTA DO MINÚSCULO banheiro. Ele estava sentado ao lado da privada, com o pequeno roupeiro de aço caído na diagonal com a parte de cima segurando a porta e a de baixo travada na parede. Não era nada muito sólido e tanto ele quanto o homem lá fora sabiam que não duraria muito. Ainda mais da forma com que o homem se jogava contra a porta.

Jaime observava a porta, vendo-a ceder mais e mais a cada golpe desferido. Ele chutou o roupeiro na vã tentativa de retornar os centímetros que havia cedido. No chute, a porta de um dos dois nichos se abriu e algumas roupas e objetos de Michele caíram no chão. Jaime olhou para as coisas como se fossem a triste reminiscência de um fantasma, mas logo se deu conta que entre os objetos espalhados havia o maço de cigarros com um isqueiro barato dentro. Aquela fora a razão de uma das últimas discussões dele e Michele.

"Ainda não estou feliz por você ter voltado a fumar, loirinha", pensou Jaime com um sorriso.

74

MAYA ESTAVA COM O PENSAMENTO LONGE quando a música que ouvia em seu carro, conectada via bluetooth, baixou para dar lugar ao som do toque de uma ligação recebida:

— Alô?

— Maya, é o Denis.

— Diga.

— Eu não sei o que você tá fazendo porque até onde sei você está de licença médica. Mas o Antunes tá puto aqui perguntando por que diabo você foi interrogar um psiquiatra pica sobre um caso encerrado.

— Merda.

— Mas nem foi por isso que liguei.

— Tem coisa pior?

— Fomos avisados sobre um tiroteio.

— Não é a PM que precisa ser avisada disso?

— E foi, mas acharam melhor nos avisar porque o tiroteio parece ser no mesmo lugar de um duplo assassinato que estamos investigando.

— Das mulheres?

— Não, Maya; no bar do Jaime.

Maya deu uma meia-volta que mais se assemelhou a um cavalo de pau. Denis desligou e a música voltou: "Ace of Spades" do Motörhead. Às vezes o modo aleatório da playlist acertava na mosca.

75

Jaime pegou o isqueiro de dentro do maço e olhou para a porta. Conseguia acompanhar, pelo buraco, parte da movimentação do homem que pretendia de todas as formas matá-lo.

— Ok, você venceu.

O homem parou.

— Como assim eu venci? Você vai sair daí e deixar eu te dar um tiro na cabeça?

— Achei que podíamos não ser tão radicais.

— E o que propõe?

— Quanto o Agenor tá te pagando?

Uma sonora risada veio de trás da porta.

— Bem mais do que você conseguiria me oferecer.

— Imaginei.

Enquanto falava Jaime se esgueirava pelo minúsculo espaço entre o chão e o roupeiro tentando não fazer barulho algum.

— Vamos, Sforza. Um homem tem que saber quando não tem chance alguma.

Jurando que tentaria emagrecer se conseguisse sair vivo dali, Jaime lutava centímetro a centímetro para passar pelo exíguo espaço. Com o pé apoiado na base da privada, ele se empurrava, encolhendo a barriga que era pressionada pelo roupeiro.

— Resolveu calar a boca? Imagino que esteja rezando.

"Eu seria muito hipócrita se estivesse rezando, seu idiota", pensou Jaime, prendendo a respiração e se empurrando uma vez mais. Seu tronco passou pelo vão e ele conseguiu, se apertando contra a parede na qual estava a porta do banheiro, terminar de passar. Jaime ficou acocorado de costas ao lado da porta, à esquerda do buraco feito pelos tiros.

— Muito bem, Sforza, você vai mesmo me fazer continuar chutando essa maldita porta?

Não houve resposta do lado de dentro do banheiro.

— O gato comeu sua língua?

O homem olhou pelo buraco feito pelas balas e não conseguiu entender o que viu, nem teve tempo para isso. Jaime estava segurando o desodorizador de ambientes com a mão direita e com a mão esquerda mantinha o pequeno isqueiro de Michele aceso. Apertou a válvula do aerossol e disparou o produto que, em contato com a pequena chama, produziu uma grande e fulgurante bola de fogo que atingiu o olho do homem em cheio. Cheiro de carne queimada exalou enquanto sua pálpebra tostava, sua sobrancelha desaparecia e a córnea do olho atingido se tornava inútil para sempre. O homem gritou, levando as mãos ao rosto, enquanto Jaime chutava o roupeiro de aço para liberar a porta.

Jaime saiu do banheiro e se jogou para o lado, pois, apesar de cego e desesperado, o homem ainda brandia sua arma e disparava a esmo, tentando acertar seu alvo de qualquer jeito. Jaime tropeçou num dos corpos caídos no chão e tombou. O homem, ainda com a dor a lhe torturar, mas também com a fúria disparando adrenalina em seu sangue, usou o único olho que ainda lhe restava para enxergar Jaime e apontar a arma para ele. Tiros ecoaram.

76

A LUZ DO CANDELABRO DE CRISTAL QUE pendia do teto dava ao quarto uma iluminação que parecia não pertencer ao tempo presente. Sentada em sua penteadeira em estilo clássico, que poderia ter saído do quarto de Luís XIV, Alva de Alcântara Madeira penteava os frágeis fios de cabelo e olhava, com olhos que estavam mais voltados para dentro, seu reflexo. Ouviu passos se aproximando de sua porta, pegou seu copo de gim e deu um gole. A porta foi aberta de súbito e Agenor entrou.

— Seria de bom tom bater.

— Você perdeu — disse Agenor, ignorando o que Alva acabara de dizer.

— Perdi o que exatamente?

— Você tem que entender, querida irmã, que não passou despercebido por mim que a polícia e Jaime Sforza só começaram a me aporrinhar depois que você resolveu me dar o desprazer de voltar da Europa.

— Nossa, meu irmãozinho virou detetive? Mas sinto decepcioná-lo; eu não tenho a menor ideia do que você está falando.

— Então não fará nenhuma diferença para você saber que ele está morto.

Anos de fingimento fizeram de Alva uma grande atriz. Se as palavras de Agenor a afetaram de alguma forma, ele não conseguiria dizer.

— Meus homens o encurralaram...

— No bar dele, eu sei.

Agenor franziu a testa.

— Você não é tão discreto quanto pensa quando está fazendo suas tramoias, irmãozinho.

— Infelizmente, ele conseguiu matar meus homens. Mas um deles acabou com ele antes de falecer.

— Teremos de contratar novos seguranças ou você foi mais precavido e usou gente de fora? — Antes que Agenor pudesse dizer algo, Alva voltou a falar. — Imagino que usou o pessoal daqui de casa mesmo. Você sempre foi relapso. E quem lhe contou isso? Ah, não me diga. O pessoal da polícia a quem você acha interessante pagar mesada. Você deve gastar mais com eles do que gastava com a pobre Deborah.

Agenor bufou e fechou a porta atrás de si.

— Não ouse usar sua boca imunda para falar da minha filha, desgraçada.

— Minha boca imunda não é nada perto de quem você é de verdade, irmãozinho.

— Quem eu sou de verdade? Quem eu sou de verdade? — gritou Agenor. — Quem eu sou de verdade, sua víbora?

Alva parou de se pentear, colocou o pente lentamente sobre a penteadeira e encarou Agenor.

— Eu não preciso lhe dizer quem você é, Agenor. Pela quantidade de vezes que você grita durante o sono, acredito que deva ter uma boa noção.

— Do que você está falando?

— Irmãozinho. Essa casa é grande, mas nossos quartos não são tão distantes assim.

Uma veia na têmpora de Agenor pulsava num ritmo muito perigoso para um homem de idade avançada. Seu maxilar estava travado e ele começou a transpirar.

— Por que você me odeia tanto, Alva?

Alva riu e pensou se era expiação o que seu irmão buscava.

— Agenor, Agenor. Aquele seu armário lá embaixo ainda deve guardar as filmagens que você fez de mim tanto tempo atrás. Preciso continuar?

— Você sabe que tudo o que fiz foi para nossa família.

— Por favor! Sem essa de drama à la Michael Corleone. Você faz o que faz por ser um nojento sem escrúpulos ou princípios.

— Pelo que me lembro você não se opôs naquela época, para vir agora posar de inocente.

Alva retomou seu lento pentear.

— Essa é a maldição de uma vida longa: a oportunidade de olhar as coisas em perspectiva. E não se preocupe, eu não o odeio. Odiar dá trabalho.

Agenor soltou um impropério, abriu a porta e saiu.

Alva ficou só, com seus pensamentos e culpas. Se, no passado, ela tivesse defendido Deborah como deveria, será que as coisas teriam seguido aquele rumo? Haveria alguma oportunidade de redenção ou o inferno em que vivia seria eterno? Ela tinha certeza de que agira corretamente ao enviar o pen drive para Jaime. Ela depositava toda sua esperança de redenção naquele ato. E, falando em esperança, Alva nutria alguma de que Jaime estivesse vivo, pois o avisara da emboscada. "Se ele estiver morto, o diabo pode vir buscar seu quinhão. O que será que aconteceu?", pensou.

77

O QUE HAVIA ACONTECIDO FOI QUE, HORAS antes da conversa de Agenor e Alva, Jaime estivera sob a mira da arma de um homem furioso, deformado pelo fogo. Depois de tropeçar em um dos cadáveres que jaziam no chão de seu bar, tudo o que podia era esperar pela dor ao ouvir os disparos. Mas a dor não veio. Olhou para seu algoz e o viu desabar sobre os joelhos e cair para a frente, praticamente em cima dele. Atrás, com a arma recém-disparada em mãos, Maya olhou para Jaime e respirou com alívio. Ela guardou a arma e pegou o celular.

— O que você tá fazendo, Maya?

— Eu preciso tirar uma foto dessa sua cara assustada com esse cara em cima de você. Tá hilário.

— Vá a merda e vem me ajudar, caralho.

Maya tirou o cadáver de cima de Jaime e o ajudou a se levantar.

— Estamos quites? — indagou ela.

— Você tá toda engraçadinha hoje. Como veio parar aqui?

Maya contou sobre a ligação de Denis e disse que Jaime ainda teria que pagar eventuais multas de trânsito que ela viria a receber. Naquele momento, o som de sirenes começou a ficar audível.

— Você foi realmente mais rápida. E agora quero ver como vou explicar essa zorra.

— Melhor não explicar.

— Do que você tá falando?

— O Agenor de Alcântara Madeira deixou bem claro que você está em baixa com ele e o homem não parece o tipo de sujeito acostumado a não levar o que compra.

— Ele vai tentar me matar de novo.

— E vai que eu não esteja por perto?

Jaime pensou um pouco.

— Mas como faremos isso? — perguntou Jaime.

— Pica a mula e me encontra no meu apartamento. Eu me resolvo aqui.

Maya jogou a chave da sua casa para Jaime, que achou melhor sair pelos fundos para evitar qualquer eventualidade. Maya olhou os três cadáveres no chão. Um grito de "mãos pra cima" ecoou pelo bar. Maya gritou "polícia", levantando as mãos e em seguida se identificando. Explicou que fora avisada pela própria Polícia Militar do tiroteio em função do interesse da Civil num caso recente envolvendo o bar. Houve muita discussão e explicações e os policiais agentes disseram que teriam de colher o depoimento de Maya, que concordou, mas perguntou se poderia ser no dia seguinte, pois aparentemente um dos mortos era seu amigo Jaime Sforza, o dono do bar. Para eles estava tudo bem e pediram que Maya os deixasse trabalhar. Ela concordou, agradeceu, foi para o seu carro e ficou pensando quanto tempo levariam as identificações dos cadáveres e se alguém se importaria em avisá-la que seu amigo Jaime Sforza não estava entre os mortos. Com certeza mais tempo do que levaria para que a notícia de que Jaime estava morto chegasse aos ouvidos de Agenor de Alcântara Madeira.

78

MAYA ABRIU A PORTA DE SEU APARTAmento e chamou por Jaime. Não teve resposta. Entrou, tirou sua arma e a colocou na estante próxima da entrada junto com seu distintivo. Jogou a bolsa no sofá e ouviu o som abafado do chuveiro aberto. Foi até a porta do banheiro e a abriu de leve. Jaime tomava um banho.

— Quanta intimidade! — disse Maya.

Jaime se assustou a ponto de esbarrar no suporte do box e deixar cair uma embalagem de shampoo.

— Caralho, Maya!

Maya riu.

— Eu estava imundo e não queria sentar no seu sofá naquele estado.

— Tô te zoando.

— Já saio.

Maya fechou a porta e pensou um pouco. Abriu-a de novo e entrou no banheiro.

— Por que a pressa? — provocou Maya, tirando as roupas.

Ela entrou no box e abraçou Jaime, enquanto a água molhava seu cabelo e seu corpo. Jaime sentiu os seios de Maya pressionarem contra seu peito enquanto eles se beijavam sob a água morna e ele pediu para que a sensação daquele momento não passasse. O momento das possibilidades inauditas e das palavras não ditas, verbalizadas no silêncio dos atos. A promessa de que talvez a terra trema. Maya parou de beijar Jaime e o abraçou. Dois corpos sob a torrente delicada.

— Está tudo bem? — perguntou ele.

— Sim.

79

MAYA PASSOU A MÃO NO LADO DA CAMA em que Jaime deveria estar. Não o encontrou, mas sentiu o calor deixado por seu corpo. Olhou no celular e viu que passava pouco das cinco horas. Levantou-se, colocou um roupão e saiu do quarto.

Na sala, encontrou Jaime sentado no sofá olhando o celular.

— Achei que você estivesse mais cansado. Prometo me esforçar mais da próxima vez.

Jaime olhou para Maya e sorriu. Achava que ela ficava ainda mais bonita quando estava assim, tão à vontade.

— Estava com uma coisa na cabeça e não quis acordar você.

— Quer um café?

— Não se incomoda. Ainda é cedo.

— Tenho certeza que não vou conseguir dormir de novo.

Maya foi até a cozinha e colocou uma chaleira com água no fogo.

— E o que está te atormentando? — perguntou da cozinha.

— Aconteceu tanta coisa desde que fui até o meu bar que nem sei por onde começar.

— Se quiser eu começo com as novidades — disse Maya, enchendo duas canecas com café solúvel enquanto a água aquecia. — Quando fui falar com o tal Manuel de Mesquita, o dono da clínica que Deborah ficou internada, deu pra sacar que ele estava bem incomodado com as minhas perguntas.

— O que você perguntou de tão grave?

— Na verdade, nada. Só quem havia internado a garota.

— E?

— Ele me disse que fichas antigas eram deletadas.

— Papinho furado.

— Total. Eu me liguei que ele estava mexendo demais no computador. Pra nossa sorte, tinha uma janela bem grande atrás dele que refletia o monitor. Dei uma desculpa esfarrapada e fotografei o reflexo.

— Já falei que você é incrivelmente inteligente? Vamos dar uma olhada nisso?

Maya estava enchendo as canecas com a água fervendo.

— Deixa eu terminar aqui e pego meu celular. Sua vez.

— Bem, não tive nem a oportunidade de te contar que a pessoa que me mandou o pen drive me ligou avisando que o Agenor tinha mandado os capangas dele atrás de mim.

— Jura? — Maya entregou uma caneca para Jaime e se sentou ao lado dele. — E quem é essa pessoa?

— Não falou. Mas a voz era de uma mulher mais velha. Bem mais velha.

Maya deu um gole em seu café e ficou pensando.

— Mulher mais velha e que sabia o que Agenor estava armando — disse ela pensando alto. — Quando fui na casa dos Alcântara Madeira pra falar da faca eu conheci a irmã do velho.

— Irmã?

— Sim. Se chama Alma, Alva; algo assim. E deu pra sentir que não existe muito carinho entre irmãos ali.

— Vou entrar em contato com essa mulher. Grandes chances de ser ela.

Jaime pegou um celular.

— Vai ligar pra ela agora? — perguntou Maya. — Não são nem seis da manhã.

— Não, estou pegando o celular da Michele que tinha ficado no bar.

— Como assim? Ninguém achou quando investigou lá?

— A polícia de São Paulo perdeu muito da sua capacidade de investigação depois que eu saí da corporação.

Maya deu um soquinho no ombro de Jaime. Ele sorriu. Repentinamente o som de sinos badalando o assustou a ponto de ele derrubar o celular.

— Que merda é essa?

Maya não conseguiu controlar a risada. Colocou a mão na boca olhando a cara aturdida de Jaime.

— O que é tão engraçado, porra? — disse Jaime, mais constrangido do que bravo.

— É um relógio de pêndulo que era da minha mãe. Estou tão acostumada que nem pensei em te avisar.

Maya apontou o relógio de madeira fixo na parede.

— Não tinha reparado desde que cheguei aqui.

— Tá com defeito. Só toca às seis e às doze.

Recuperado do susto, Jaime pegou o celular do chão e o ligou. O fundo de tela com ele e Michele surgiu.

— Vocês estão lindos nessa foto.

Jaime deu de ombros.

— Guarde esses momentos — disse Maya apoiando a cabeça no ombro dele.

Jaime procurou a galeria de fotos, se mantendo concentrado no que buscava, evitando que a dor lhe atravessasse novamente. Encontrou o que queria.

— Olha isso aqui.

Jaime mostrou as fotos do homem atrás de Big Louis olhando na direção de Michele e da tela do computador.

— Será que foi ele que os atacou? — perguntou Maya.

— Pensei a mesma coisa.

— E essa tela de computador?

— Esse é o notebook que peguei na casa das mulheres assassinadas.

Maya colocou os dedos na tela e ampliou a foto.

— Uma planilha de Excel?

Jaime concordou com a cabeça.

— Olha, ao lado de cada valor tem um link — disse ele.

— E que valores!

— Dá pra ficar bem tranquilo na vida com toda essa grana.

— Mas creio que não do nível de um Agenor de Alcântara Madeira.

— O nível de grana de um Agenor de Alcântara Madeira, Maya, é aquele que não traz tranquilidade. Do contrário, por que ele procuraria um lugar pra comer peixe vivo?

Maya concordou.

— "Triste é a angústia do pobre, que nunca teve nada. Mas e a angústia do rico, que sabe que não adianta ter tudo?" — disse Jaime.

— Tolstói?

— Millôr Fernandes.

Maya riu. Levantou-se e pegou um tablet que estava ao lado da sua televisão.

— Vamos dar uma olhada nesses links que estão na planilha — disse, sentando-se ao lado de Jaime novamente e ligando o tablet.

Jaime pegou sua caneca e deu um gole, enquanto Maya olhava da foto do celular de Michele para a tela do seu tablet, digitando um dos links.

— Não existe — disse por fim.

— Ahn?

— Diz que o endereço não existe — Maya mostrou a tela do tablet para Jaime com a mensagem de erro.

— Tenta outro.

Maya digitou o link que estava logo abaixo do anterior na planilha. Mesmo resultado.

— Beco sem saída — disse Maya.

— Vamos nos ater no que temos então. Você consegue dar uma checada na lista de procurados do DHPP pra ver se encontra quem é o cara na foto olhando pra Michele?

— Sem problemas, mas acho que pode ser um tiro no escuro.

— Não custa tentar. E eu vou pensar num jeito de entrar em contato com a irmã do Alcântara Madeira.

— Não é muito arriscado, Jaime? Se não for ela quem mandou o pen drive, você vai revelar que está vivo e aquele cretino vai começar a te caçar.

— Vou pensar numa forma. Você consegue ver os suspeitos quando?

— Mais tarde. Lembre-se que ainda estou de licença e o Antunes está puto comigo porque descobriu que fui lá fuçar na clínica, por isso vou pela hora do almoço dele.

— Como ele descobriu isso?

— Sei lá. Vai ver o desgraçado do médico tem algum contato na polícia e foi ver se eu era quem disse que era e a coisa vazou. Aproveitando...

Maya pegou seu celular e abriu as fotos que tinha tirado do reflexo. Foi na ferramenta de editar e espelhou a imagem invertida.

— Não dá pra ler muito bem — disse ela.

— Tenta colocar um filtro.

Maya o fez, mas ainda assim não dava uma leitura muito clara.

— Saco, seria ótimo se o Denis estivesse aqui. Ele é meio pentelho, mas manja de computador bem mais que eu. Acho que isso teria que ser trabalhado no Photoshop pra ficar legível. Vou pedir uma ajuda pra ele.

— Bom, não temos muito o que fazer então até a hora do almoço.

— Eu consigo pensar em várias coisas, Jaime Sforza.

80

SENTADA AO PIANO DE CAUDA, ALVA dedilhava algumas notas. Se alguém com algum apuro musical estivesse ouvindo saberia que era Bach. Ela apreciava quando Agenor viajava a trabalho e tinha a casa apenas para si. Claro, ainda havia o batalhão de empregados e seguranças, mas a ausência do irmão, para ela, clareava a casa como se uma janela tivesse sido aberta e até respirar se tornava mais fácil.

Sem fazer qualquer ruído, o mordomo se aproximou dela. Mesmo silencioso, Alva sabia que ele estava ali.

— O que quer, Edgar?

— Telefone para a senhora.

Ele entregou o aparelho para Alva e, com uma mesura, se afastou e fechou a porta da sala.

— Alva de Alcântara Madeira — disse ela no aparelho.

— Que bom que a senhora falou seu nome. Não sabia se era Alva ou Alma.

— Quem está falando?

— Obrigado por ter me avisado sobre os homens do seu irmão.

Alva se levantou do banquinho do piano.

— Ora, ora. Fico satisfeita em saber que está vivo, senhor Sforza.

— Precisamos nos encontrar.

— Venha até minha casa.

— A mesma casa em que mora o homem que está tentando me matar.

— Eu raramente saio de casa, senhor Sforza. Levantaria mais suspeitas eu sair do que alguém vir aqui me ver. Meu irmão não está em casa no momento e só retornará amanhã. E lhe garanto que os empregados que aqui estão não fazem a mínima ideia de quem é o senhor.

— E o que digo quando chegar?

— O senhor é um homem bonito, Sforza. Diga que é um garoto de programa que solicitei.

— Não tenho idade para um disfarce desses.

— Odeio garotos novinhos, Sforza. Meus empregados não estranharão nada. Estou lhe aguardando.

Alva desligou e o estômago de Jaime reclamou do papel que seria obrigado a desempenhar.

81

MAYA ENTROU NA DELEGACIA COMO sempre fazia e, como imaginara, Antunes tinha saído para o almoço. Sentou-se em sua mesa e ligou o computador. Ela enviara as fotos do celular de Michele para seu e-mail do trabalho e as abria naquele momento.

Olhou em volta. Como era hora do almoço, havia pouquíssimas pessoas ali, e Maya preferia que fosse assim. Colocou a foto no programa de reconhecimento facial e o rodou. As fotos passavam rápidas pela tela fazendo comparação com a que Maya havia carregado. Não demorou para que o aviso de não equivalência surgisse.

"Se é o cara, ele não cumpriu pena. Que merda."

Maya saiu do programa e passou as mãos no rosto pensando rápido. Abriu o navegador de internet e tentou outra vez os links que em sua casa não deram em nada. Em seu computador do trabalho o resultado se mostrou o mesmo.

— Merda!

— Por que você tá clicando em um link da deep web? — perguntou Denis, olhando por sobre o ombro de Maya.

— Que susto, Denis!

— Desculpa.

— O que você quis dizer com "link da deep web"?

— Esses links aí não rolam de ser acessados por um navegador tradicional, Maya. Você precisa de um que possa entrar na deep web.

— Que porra é essa?

— Os sites que você encontra fácil numa busca no Google são os sites de superfície. São indexados em sites de busca e podem facilmente ser acessados por um navegador comum. Mas existe uma outra internet com sites não indexados. Antigamente você precisava manjar de programação pra conseguir acessá-los, mas atualmente tem navegador feito só pra acessar essa parte da rede. E você precisa desse navegador pra abrir esses links aí. É na deep web que estão os sites de pedofilia, tráfico de órgãos, assassinato por encomenda. É a internet realmente anônima.

— Como você sabe de tudo isso? — perguntou Maya.

— Vi um documentário sobre isso esses dias. Você até me interrompeu, não sei se lembra. Daí fiquei curioso e fui dar uma fuçada.

— Então quer dizer que você sabe acessar esses links?

— Sim, sem treta. Mas pode ser mais tarde? O Antunes tá subindo, e eu queria falar com ele.

— O Antunes já voltou do almoço?

— Já. Deve estar escovando os dentes.

Maya se levantou e agarrou a mão de Denis.

— Se ele me pegar aqui vou ouvir um esporro enorme, vem comigo — disse Maya, puxando Denis.

— Pra onde?

Trazendo Denis a tiracolo, Maya abriu a porta que dava para a escadaria de serviço e entrou com ele.

— Pra minha casa. Vou precisar da sua ajuda.

82

O PORTÃO SE ABRIU LOGO APÓS JAIME contar a lorota que havia combinado com Alva. Se o porteiro tinha alguma opinião a respeito do fato de a mulher chamar garotos de programa para a casa, ele guardou para si. Jaime achava tudo muito estranho e por via das dúvidas levara sua arma. Entrou temendo algo que não sabia bem o que era. Sem demora se viu na enorme biblioteca da casa com Alva, irmã de Agenor, com olhos já embriagados enquanto enchia um copo com gelo e gim. Muito gim.

— Vou utilizar a biblioteca hoje, Edgar. Pode se retirar.

Jaime tomou um susto ao ver o mordomo se movimentar em direção à porta dupla, sair e a fechar. Sequer o havia notado.

— Senhora Alva de Alcântara Madeira. Acho que lhe devo minha vida. Mas como foi a senhora que acabou me envolvendo nisso, acho que no fim não lhe devo nada.

Alva riu. Jaime pensou numa hiena.

— O senhor é espirituoso. Já fazia um tempo que eu queria conversar. Aceita um drink?

— Primeiro, por que não me diz o que está tramando?

Alva piscou para Jaime.

— O que o senhor sabe sobre meu irmão, senhor Sforza?

— Que ele é irritantemente rico e tentou me matar.

— Guarde seu pretenso cinismo para pessoas menos vividas, Sforza. O diabo não é esperto porque é o diabo e sim porque é velho.

— Muito justo. Pensando bem, aceito um drink.

Alva indicou o bar no canto para que Jaime se servisse. Ele se levantou e o fez. Caminhando pela biblioteca, Alva chegou num grande quadro com a pintura de uma mulher com ares de realeza.

— Minha mãe — disse Alva.

— Bonita. Ela era o quê? Algum tipo de princesa?

— Duquesa.

— Bacana. E como foi ser filha de uma duquesa?

— Não tenho a menor ideia. Nunca tive contato com minha mãe. Ela foi embora quando eu tinha só dois anos.

Jaime deu um longo gole em seu uísque e encheu novamente seu copo; pelo jeito aquela história ia render.

— Meu pai praticamente importou minha mãe para ter em casa um título nobiliário que o fizesse ser aceito na alta sociedade paulistana na primeira metade do século XX.

— Jura? Esse negócio já não estava meio fora de moda, não?

— Você ficaria impressionado; essas coisas não estão fora de moda nem nos dias de hoje, senhor Sforza. Meu avô foi um homem que enriqueceu por seus méritos e deixou para meu pai as empresas que seriam o embrião da holding que controlamos hoje. Apesar disso, papai enxergou que precisava mais do que fortuna e trabalho para ser aceito em alguns círculos que ele julgava serem necessários para a expansão empresarial que almejava.

"Então, propôs para o pai de minha mãe sociedade em sua empresa de tecelagem em troca da mão dela, e foi o que bastou. Mas ele morreu pouco depois que eu nasci e minha mãe retornou para a Europa, deixando meu irmão e eu sob os cuidados de um tio de meu pai. Fomos criados com os filhos dele."

— Estou esperando a parte que explica o que isso tem a ver com nosso caso.

Alva sorriu, mas dessa vez não como a caricatura que antes representava. Ela se sentou novamente e convidou Jaime a fazer o mesmo.

— Eu gosto do senhor, meu caro Sforza. Gosto de pessoas que não se deixam intimidar.

— Mais uma dose de uísque e estarei fazendo juras de amor pra senhora também. Então, vai me dizer por que mandou o pen drive pra mim ou teremos que seguir falando da sua árvore genealógica?

— Aos negócios então. Eu gostava de Deborah. Muito. Só eu sei o que uma mulher passa dentro dos muros dessa e das outras casas dos Alcântara Madeira, Sforza. A morte dela me devastou. No último ano comecei a alimentar algumas desconfianças relacionadas ao ocorrido e não gosto das conclusões que cheguei.

— Que são?

— Que meu irmão tenha mandado matar a filha.

Jaime achou não ter entendido e ficou no aguardo de uma explicação que não veio. Por fim aceitou que realmente ouvira aquilo e que Alva não estava de brincadeira.

— E por qual razão? — indagou.

— Como disse, Sforza, são desconfianças. De qualquer forma, meu irmão é um homem extremamente perigoso.

— Se isso que me falou for verdade...

Alva sorriu.

— Meu irmão é um homem temido. Não apenas respeitado; temido. E as pessoas que o temem são empresários, políticos, artistas e todo o tipo de gente que normalmente está na posição de predador e não de presa. Como acha que ele conseguiu isso?

— Como?

Alva foi até uma estante de livros que ocupava uma parede inteira da biblioteca. Digitou numa fechadura eletrônica instalada entre dois livros e Jaime entendeu que havia algo além de livros ali. A estante se abriu, mostrando que era a porta de um armário oculto que continha vários rolos de filme 16 e 8mm, fitas VHS, Beta, DVDs.

— Intermediando encontros entre garotas de programa menores de idade e pessoas que ele queria ter na mão. Ele então produzia provas do encontro e do ato sexual, e usava para chantagear essas pessoas. Tudo isso funcionou muito bem durante uns bons anos. Porém, algum tempos atrás, ele desejava a fusão com uma grande companhia alemã que não via vantagem alguma nisso. Ele tentou, mas não conseguiu aplicar seu golpezinho sujo de jeito nenhum no principal acionista da empresa. Então, num jantar que Agenor ofereceu em casa para mais uma vez tentar convencer esse acionista, ele notou o interesse com que o alemão olhava para Deborah, que tinha 16 anos na época.

O gole de uísque que Jaime bebera queimou sua garganta e ameaçou voltar. Ele se sentiu tonto como se tivesse levado um soco.

— Você está sugerindo que...

— Eu não estou sugerindo nada, Sforza. Estou afirmando. Tentei de todas as maneiras demover meu irmão dessa ideia, mas quando ele quer alguma coisa não há o que o impeça.

Jaime pensou um pouco. Aquilo era loucura demais para a cabeça dele.

— Ele conseguiu a fusão?

— Sim. Aumentou nossos ativos em 4,5 por cento.

— E o que você fez?

— Eu? Fiz minhas malas e voltei para a Europa. Retornei recentemente porque achei que devia isso a ela. Creio que Deborah, no fim, me achou uma covarde, por tê-la abandonado à própria sorte nas mãos do pai.

— E o que você acha?

— Que ela estava certa.

Alva suspirou e seus olhos se encheram de lágrimas de vergonha, mas ela retomou a altivez no instante seguinte, não permitindo que nenhuma escorresse.

— O evento que me fez voltar em definitivo, senhor Sforza, foi quando descobri, numa auditoria de nossas empresas, uma volumosa soma em dinheiro paga a um advogado que nunca fez parte do nosso quadro de prestadores de serviço. Questionei meu irmão sobre aquilo e não recebi nenhuma resposta satisfatória.

— E os outros sócios da empresa, não falaram nada?

— Essa soma não saiu do caixa das empresas e sim do caixa dois da nossa família. —Alva entendeu a cara de dúvida de Jaime e acrescentou — Nós auditamos nosso caixa dois, senhor Sforza.

Jaime levantou seu copo de uísque num brinde a Alva.

— Pois bem — continuou ela. — Fiz algumas pesquisas e descobri que esse advogado trabalhou na defesa de Orlando Ferreira.

Os olhos de Jaime se arregalaram.

— Sim, senhor Jaime. Meu irmão pagou uma grande soma em dinheiro para o homem que estava defendendo o assassino da filha. Quando vi a faca na cena daqueles assassinatos horríveis eu aventei a possibilidade do assassino de Deborah ainda estar vivo.

— Não acho isso provável.

— Que seja. No fim o que eu quero do senhor é que encontre provas de que meu irmão pagou Orlando para matar a filha.

— Mas por que ele faria isso?

— Talvez meu irmão achasse que Deborah entenderia as razões dele. Provavelmente contava com isso. O fato de ter se tornado uma viciada que se prostituía poderia abalar muito o bom nome dos Alcântara Madeira. Sem contar o que ela poderia dizer e com quem poderia falar sobre como papai a prostituiu para fechar um negócio. Já imaginou o escândalo?

— Como? Como Agenor poderia sequer imaginar que Deborah entenderia o que ele havia feito com ela?

— Porque essa não foi a primeira vez que ele fez isso com alguém da própria família.

Jaime sustentou o olhar de Alva e a mulher não perdeu sequer um mínimo da dureza que mantinha até ali.

— Por que eu? A polícia...

— Achei que já tivesse deixado claro o quanto meu irmão é temido, senhor Sforza, em todas as esferas de poder. Se eu entregar essas gravações para alguém é provável que eu também seja morta sem que meu irmão sequer precise pedir; mesma coisa se eu confrontar o advogado.

— Essa parte eu entendi. Por que foi atrás de mim especificamente?

— Por causa de uma coisa que li no inquérito da morte de Deborah.

Jaime pensou em perguntar como ela havia conseguido o inquérito, mas achou por bem ficar quieto.

— E o que seria?

— Em seu interrogatório você disse que havia prometido salvá-la e que não tinha conseguido.

Jaime sequer se lembrava de ter falado isso no interrogatório, mas não importava. Bastou aquela frase para que Alva vislumbrasse a alma dele.

— Você tem o contato desse advogado?

Alva abriu um sorriso satisfeito.

— Quanto? — perguntou Alva.

— Quanto o quê?

— Quanto quer pra seguir com a investigação?

— Vá a merda.

— Tenho receios quanto a pessoas que não posso comprar.

— Talvez por isso tenha se acostumado a suportar a vida que tem.

Alva sorriu. Jaime considerou que ela havia começado a treinar suas máscaras desde muito cedo.

— E da próxima vez me telefone como qualquer pessoa normal, senhora Alva.

— O senhor teria me ouvido?

Alva deu uma piscadela e foi até uma escrivaninha de estilo antigo que ficava no canto da biblioteca, pegou um papel, escreveu algumas coisas e o entregou a Jaime.

— Consiga provas irrefutáveis de que meu irmão mandou matar a filha, Jaime Sforza.

Jaime virou o restinho de uísque que ainda havia em seu copo.

— Farei isso. Mas saiba que não é por você.

— Eu sei.

Jaime balançou a cabeça e saiu dali. Alva talvez estivesse sendo sincera, mas Jaime tinha certeza de que em algum momento até o próprio demônio fez algo de bom, ainda que sem intenção.

83

INDO DIRETO DA DELEGACIA PARA SUA casa, Maya logo estava debruçada sobre o ombro de Denis que, sentado em sua mesa, acessava um navegador TOR e digitava um dos links da planilha.

— Por que tá demorando pra acessar? — perguntou Maya.

— As coisas são um pouco diferentes por aqui.

E realmente eram. Nada de sites bonitos e gráficos; tudo parecia fazer parte da pré-história da internet, com textos escritos em uma linguagem que um desavisado imaginaria não fazer sentido algum.

Então uma imagem pixelada tomou a tela. Sobre a imagem havia um texto: SALOMAO_31628. Denis respirou com a apreensão dos que sabem que a mágica está prestes a acontecer. Os pixels foram diminuindo e diminuindo, deixando a imagem cada vez mais clara até conseguirem ver que era um vídeo. Um olhar silencioso entre eles, e Denis apertou o símbolo de play no meio da pequena tela, fazendo o vídeo começar. A imagem de um homem sentado em uma cadeira com suas mãos presas para trás tomou a tela. As pernas também estavam amarradas, e nesse caso dava pra ver a silver tape bem apertada. De repente o homem se agitou por algo que estava fora da tela, não demorando nada até que um homem mascarado aparecesse portando uma marreta. O homem preso na cadeira tinha a atitude de um valentão ignorante berrando impropérios para o homem recém-chegado e também olhando fixamente para a câmera, sugerindo que falava com alguém atrás dela. Tinha os olhos injetados como se estivesse bêbado ou drogado, barba desleixada e perguntava quem eram e o que ele estava fazendo ali. O homem por detrás da câmera, que também estava mascarado, foi até o prisioneiro e lhe mostrou algo num celular que o fez arregalar os olhos e começar a gritar, dizendo que já havia cumprido sua pena. O sujeito que mostrara algo ao prisioneiro voltou para trás da câmera, deixando em quadro apenas o preso e o outro mascarado portando a marreta.

E então começou. O mascarado passou a espancar brutalmente o homem preso, primeiro com os punhos, pés, joelhos e cotovelos, e depois com a marreta. O som de ossos e cartilagens sendo amassados era tão pungente que Denis considerou se não havia passado por uma mixagem que o deixasse mais presente. O sangue que espirrava estava deixando o mascarado imundo. Por fim, aquele show de horrores terminou. Não era possível saber se o espancado ainda estava vivo, mas a questão foi solucionada quando o mascarado pegou uma arma com o homem detrás da câmera e disparou contra a cabeça do prisioneiro. O vídeo terminou.

— Bem... — disse Denis.

— Meu Deus... — disse Maya. — O que é isso?

— Pode ser uma porrada de coisa, Maya. O que você acha que dá pra descobrir daí?

— Dos agressores acho que nada. Mas...

— Temos o programa de reconhecimento facial! O cara gritou que cumpriu pena, talvez a gente ache a ficha dele — disse Denis — Podemos pelo menos tentar descobrir quem é a vítima.

— Que programa é esse?

Maya e Denis deram um salto de susto. Olharam para trás e viram que Jaime estava ali.

— Caralho, você é o Batman, cara?

— O que ele está fazendo aqui, Maya? — indagou Jaime.

— Eu falei que precisaria da ajuda dele.

84

Jaime terminou de assistir ao vídeo. Maya estava começando a ficar preocupada com ele. Jaime a havia chamado na cozinha e depois de todas as reclamações por ela ter envolvido Denis, contou sobre a conversa com Alva de Alcântara Madeira. E naquele momento, após ver o vídeo, tinha os olhos de um predador com muita fome que só conseguia ver seu próximo alvo.

— Então, que programa é esse?

— Nada que alguém tão *old school* como você vá entender — disse Maya.

Denis entrou em seu computador da delegacia usando um programa de acesso remoto e carregou o vídeo em alta resolução, colocando para rodar o programa, que isolou o rosto do homem preso e começou a procurar equivalência em um banco de dados da polícia civil. Mais rápido do que esperavam, o programa parou em um rosto e abriu uma ficha criminal. Era claramente o homem que havia sido espancado e morto no vídeo.

— Ricardo dos Santos — disse Denis.

Maya se aproximou mais da tela e leu a ficha criminal.

— Condenado a cinco anos de reclusão por tentativa de estupro. Foi para o semiaberto esse ano.

— Então sabemos que esse vídeo é recente. Qual o nome da vítima?

— Jaqueline Almeida — respondeu Denis. — Deixa eu pesquisar sobre ela aqui.

Poucos segundos de procura se passaram até Denis encontrar o atestado de óbito de Jaqueline Almeida.

— Suicídio — Jaime murmurou. — Dois anos atrás.

Maya pensou um pouco.

— Denis. Abre os outros links da planilha.

Ele abriu e o que viram foram variações do primeiro vídeo, nos quais homens e mulheres eram espancados, torturados e mortos em seguida. Eles passaram os vídeos pelo programa de reconhecimento facial e uma quantidade significativa foi encontrada. Dos que foram identificados todos tinham ficha por crimes que variavam de assassinato e estupro até fraude, tendo alguns sido condenados e outros não.

— O que você acha? — perguntou Jaime para Maya.

— Vamos esmiuçar o primeiro que vimos. É o mais recente.

— Mas a vítima morreu — observou Denis.

— Sim. E com certeza deixou alguém pra trás — disse Jaime.

— O que quer dizer?

— Pensa. Condenado por tentativa de estupro, e a vítima acabou se matando. Quem sabe o que uma pessoa que perdeu um ente querido e querendo vingança é capaz de fazer?

Maya considerou se Jaime também não falava de Michele, mas guardou essa consideração para si.

— Quantos anos a vítima tinha?

— Dezessete quando se matou — respondeu Denis.

— Então é atrás dos pais que temos que ir.

— Por quê? — Denis perguntou.

— Porque ao meu ver estamos lidando com uma operação de tortura e assassinato sob encomenda, cujos clientes são pessoas querendo vingança. Veja que na planilha tem um valor, que não é nada baixo, ao lado de cada link. Todos os torturados que conseguimos identificar cometeram algum crime. Quantas pessoas tem aí fora achando que a justiça às vezes pega leve demais?

Maya e Denis se entreolharam.

— Isso sem levar em conta o nome do site.

— O que é que tem? — perguntou Denis.

— SALOMAO_31628? Salomão foi um rei de Israel e no livro de Reis da bíblia, capítulo 3, versículos 16 a 28, é narrado o julgamento de Salomão, no qual se relata que duas mulheres que moravam na mesma casa, cada uma mãe de um filho pequeno, vieram à presença do rei Salomão buscando a solução para um problema. Um dos bebês havia sido sufocado e cada uma reivindicou o garoto restante como seu. Salomão pediu por uma espada e declarou seu julgamento: o bebê seria cortado em dois, cada mulher recebendo uma metade. Uma mãe não contestou a decisão, declarando que, se não podia ter o bebê, nenhuma delas poderia, mas a outra implorou ao rei: "Dai-lhe a ela o menino que está vivo, e de modo nenhum o mateis!" Salomão então entregou o garoto para a mulher que não aceitou a proposta, dizendo que apenas a mãe verdadeira abriria mão do filho para salvar-lhe a vida. É uma parábola sobre sabedoria e justiça.

Maya e Denis olhavam estupefatos para Jaime, que deu de ombros.

— Sempre gostei de história, ué.

— Descobrir a família da menina não vai ser difícil — disse Maya por fim.

— Levanta isso então e vai bater um papo com eles.

— E você?

— Preciso fazer uma visita a um advogado.

— Jaime, vamos focar nisso aqui. É por meio desse caso que descobriremos quem matou Michele e Big Louis.

— Maya, ainda é o mesmo caso.

— Mesmo caso? Do que vocês estão falando?

Maya e Jaime olharam para Denis quase dizendo para ele calar a boca porque mamãe e papai estavam conversando.

— Ok, depois vocês me explicam.

Maya tocou delicadamente o rosto de Jaime para que olhasse o seu.

— Esses Alcântara Madeira podem esperar, Jaime. As mortes de Rebeca e Lídia nos levou ao notebook, que nos trouxe até aqui.

— A morte delas também nos levou até a faca nazista, que nos levou até Agenor de Alcântara Madeira. Não há nada que nos explique claramente o que essa faca e o notebook estavam fazendo ali. Dois mistérios numa mesma casa onde ocorreu um duplo assassinato é demais para não estarem interligados.

— Realmente. Se forem dois casos diferentes, essa porra tem que entrar pro *Guinness*.

Maya riu do comentário de Denis, que também conseguiu tirar, pelo menos um pouco, o semblante cinzento de Jaime.

— Ok, vai falar com o tal advogado. Mas pelo amor de Deus, Jaime, tenta não atrair a atenção do Alcântara Madeira pra você. Como estamos vendo aqui já temos problemas demais.

Maya olhou para Denis.

— Falando em problema, você sabe usar o photoshop, Denis?

— Mais ou menos.

Maya pegou o celular e abriu a foto do reflexo que havia tirado no consultório do doutor Manuel de Mesquita.

— Se eu passar isso pra você, tem jeito de descobrir o que está escrito nessa imagem?

Denis olhou a foto.

— O que é isso?

Maya explicou o que era a foto e como a havia conseguido.

Denis começou a rir.

— Ah, Maya, vá a merda. Desde quando precisa de Photoshop pra isso? Você não usa Instagram, não?

Denis pegou o celular de Maya, abriu a foto num aplicativo e começou a mexer nela. A cara de satisfação ao mostrar seus talentos para Maya e Jaime repentinamente deu lugar a uma de consternação.

— Que foi? — perguntou Maya.

— Não vai ser dessa vez que vai rolar o *Guinness*.

Denis virou a foto trabalhada para Jaime e Maya e a ficha que Manuel de Mesquita havia ocultado e deletado estava agora clara e totalmente legível. O nome da pessoa que assinara como responsável pela internação de Deborah de Alcântara Madeira não deixava margem para dúvidas. Todos os três leram o nome Lídia Nunez mais de uma vez para ter certeza de que não estavam lendo errado. Lídia Nunez, a mulher assassinada junto com a advogada Rebeca Ramos por um neonazista a mando de outro neonazista e em cuja casa fora encontrada a faca nazista que os levara a Agenor de Alcântara Madeira, tinha sido a responsável pela internação de Deborah de Alcântara Madeira.

— Puta que o pariu — disse Jaime.

85

Ele já havia recusado a chamada no celular duas vezes, mas o aparelho insistia em clamar atenção. Salomão pediu desculpas para a pessoa à sua frente e disse que precisava atender. Foi até o banheiro da sua sala e atendeu.

— Achei que tivéssemos encerrado nossos assuntos! — exclamou com uma raiva contida.

Do outro lado da linha, Gregório massageava as têmporas em frente ao computador. Estava cansado, ansioso e com medo.

— E mesmo que não tivéssemos, o que é tão importante assim pra você me chamar no meio da tarde?

— Alguém acessou os links dos vídeos.

— E daí? Os clientes pagam também pra ter acesso sempre que quiserem ver as gravações.

— O problema não é esse. O que me chamou atenção foi que hoje vários começaram a ser abertos em sequência, fui fuçar e descobri que estavam sendo abertos de um único computador. Tentei localizar o IP usando o...

— Resume, porra!

— Os links foram abertos num computador conectado à sede do Departamento de Homicídios e Proteção à Pessoa.

O queixo de Salomão começou a tremer. Era raiva ou medo o que sentia?

86

Os três encaravam a tela do computador. O subir e descer da página estava dando nos nervos de todos e Maya jurou que trocaria aquele maldito mouse porque já tinha pegado birra do ruído de rolagem.

— Nada — disse Denis. — Não tem nada sobre essa Lídia. Ela era contadora, mas nunca trabalhou em nenhum escritório de grande expressão.

— Ela era a responsável financeira do site que encontramos — disse Jaime. — Só pode ser isso.

Maya concordou com a cabeça.

— Sim, o notebook é prova mais do que cabal.

— Ficamos tão presos à ideia de que o alvo do assassinato era Rebeca que nunca nos preocupamos de investigar Lídia mais a fundo — concluiu Denis.

— Mas vocês estavam certos — disse Jaime. — O alvo era Rebeca. Não tinha como vocês saberem da caixa de pandora que elas tinham em casa.

— Mas o que isso significa, afinal? — indagou Maya.

Jaime pensou alguns segundos.

— Pra mim significa que...

— Gente! Olha isso!

Maya e Jaime olharam para Denis.

— Rolei o site até os primeiros vídeos e olha o que um dos agressores tem na mão.

Não era possível haver dúvida quanto à faca nazista com que um dos agressores ameaçava a pessoa presa à cadeira.

— Descobre quem é o preso — disse Jaime, tendo certeza do que surgiria.

Não demorou muito para que o nome Orlando Ferreira aparecesse na tela. Na cabeça de Jaime veio imediatamente a conversa com Alva.

"Meu irmão pagou uma grande soma em dinheiro para o homem que estava defendendo o assassino da filha."

Agora, mais do que nunca, Jaime precisava falar com o advogado que defendera Orlando.

87

A SECRETÁRIA TINHA MAIS PORTE DE executiva do que muitas empresárias com quem Jaime cruzara na vida. Para trabalhar naquele lugar provavelmente tinha uma formação acadêmica muito sólida. Das mesas de ébano ao lustre de cristal, tudo naquele lugar cheirava a dinheiro e a poder.

— E o senhor quem é? — perguntou a secretária.

Jaime sacou do bolso o distintivo que Denis lhe emprestara. O cara não era um completo babaca, afinal de contas.

— Sou uma pessoa que precisa falar agora com o doutor Ramalho.

A moça pegou o telefone e, usando a parte de trás da caneta tinteiro que tinha nas mãos, apertou um botão no aparelho.

— Doutor Ramalho? Tem um agente da polícia aqui para o senhor. Aham. Certo.

Ela desligou.

— Ele está atendendo um cliente e já vai recebê-lo. Aceita um café?

Jaime balançou a cabeça em negativa.

O cliente que o doutor Ramalho estava atendendo saiu da sala e Jaime teve certeza que já havia visto o homem na TV se explicando sobre algum desvio de dinheiro público. Em seguida, saiu lá de dentro o próprio Ramalho, com aquele sorriso que só advogados e vendedores de carros usados conseguem ter.

— Olá, senhor... — disse o advogado estendendo a mão para Jaime, que estendeu a sua em troca.

— Prefiro deixar as apresentações para dentro da sua sala.

O advogado sorriu de lado diante daquele pedido nada incomum para pessoas encrencadas. Eles se dirigiram para a sala. A secretária os observou enquanto se afastavam, e Jaime não resistiu a dar uma piscadela para ela. O advogado sentou-se numa poltrona e indicou o sofá para Jaime.

— Muito bem, vamos às apresentações?

— Pois bem, senhor Ramalho.

Jaime sacou sua Glock G26 de 9mm e a apoiou sobre sua perna direita. Eurico Ramalho arregalou os olhos, mas achou prudente não falar nada.

— Meu nome é Jaime Sforza. Talvez o senhor não se lembre de mim, mas estive envolvido na operação que resultou na morte de Deborah de Alcântara Madeira.

O advogado mexeu no colarinho como se a sala de repente tivesse ficado quente demais, apesar do ar-condicionado. Gotas de suor pipocaram em sua testa e na cabeça calva. Limpou uma sujeira imaginária da calça.

— Não sei do que você está falando.

Jaime sorriu, levantou-se de supetão e engatilhou a arma. Eurico Ramalho, no desespero de se levantar, caiu com a poltrona para trás e, enquanto estava no chão no chão, Jaime colocou a arma na boca dele.

— Vamos parar com isso?

Do lado de fora, a secretária ouviu o baque surdo. Olhou para a porta. Por fim, deu de ombros.

Lá dentro, o advogado tentava falar com a arma na boca, formando palavras ininteligíveis. Jaime tirou a arma.

— Pelo amor de Deus! Eu era o advogado de defesa do cara que a matou! Só isso!

— E como ele pagou seus honorários? Duvido que você faça trabalho voluntário.

— Eu não preciso te explicar isso.

Um soco no abdômen fez o advogado perder o ar.

— Então que tal me explicar por que o pai da menina assassinada pagou uma fortuna para o advogado de defesa do assassino dela?

— Como... você... sabe...

Jaime colocou a arma novamente na boca de Eurico Ramalho.

— Olha, meu caro. Normalmente, sou um cara bem tranquilo e detesto esse tipo de violência, então vamos parar de babaquice e ir direto ao ponto. Eu sei que Agenor de Alcântara Madeira pagou a você uma boa grana, o que não faz nenhum sentido, uma vez que você estava atuando na defesa do desgraçado que matou a filha dele, então você não vai me culpar se eu te disser que tem algo muito errado nessa coisa toda.

Tirou outra vez a arma.

— Você está completamente louco, homem! — gritou o advogado.

— Talvez, mas isso não quer dizer que eu esteja errado.

Jaime então colocou a arma na testa de Ramalho.

— O que eu acho que aconteceu é: a filha daquele puto sabia de um monte de sujeira dele, mas ela se tornou uma mocinha bem instável a ponto de se meter nas partes sórdidas dessa cidade. Isso não era bom pra ele e nem para os negócios, e ele temia que a menina desse com a língua nos dentes sobre as merdas que sabia, então, deu um jeito de convencer o cretino que ela namorava e que a drogava e prostituía de acabar com a vida dela de uma vez, e você foi o responsável por pagar o cara. Estou certo? Vocês também deram um jeito de matar ele?

— Eu não sei do que você está falando! — gritou mais uma vez.

A secretária abriu a porta, assustada. Jaime olhou calmamente para ela.

— Relaxa, querida. Estamos só batendo um papinho.

Ela fechou a porta mais assustada do que quando a abriu.

— Olha, Sforza, não é? Pelo amor de Deus! Eu não sei que merda é essa que você está falando. Sério.

— Então me diz por que o Alcântara Madeira te deu a grana e não tenta mentir. Eu sei que ele te deu dinheiro.

— Olha, vamos fazer um acordo. Eu te dou parte do dinheiro que...

— A sua secretária deve estar chamando a segurança nesse exato momento, então vamos acabar com isso.

Jaime bateu no rosto do doutor Ramalho com a arma de forma bem violenta, abrindo um corte ao lado do olho.

— Comece a falar.

— Para, por favor, eu...

Outro golpe.

— Para! Eu não...

Mais um.

Quando Jaime se preparava para desferir outro, Eurico Ramalho fechou os olhos e soltou as palavras numa torrente.

— Agenor me deu dinheiro pra eu arrumar alguém pra matar o Orlando.

Jaime levantou Eurico do chão e guardou a arma. Sua respiração estava tão pesada que sequer ouviu a porta do escritório se abrindo e os dois seguranças armados entrando, prontos para atirar.

— Calma! — gritou o advogado, se levantando. — Nós estamos apenas conversando.

A secretária, que estava atrás dos seguranças, dirigiu o olhar arregalado para Jaime.

— Viu? Eu disse que era só um bate-papo.

— Nos deixem a sós, por favor — pediu Eurico, acenando para que todos saíssem.

A porta se fechou. Jaime encarou o advogado, que tentava se aprumar o mínimo que sua dignidade ferida conseguia.

— Você não tem ideia de onde está se metendo, Sforza.

— Pula a parte das ameaças baratas e desembucha.

Eurico Ramalho desabou em sua cadeira atrás da mesa enorme.

— Muito bem. Deborah, como você bem sabe, era uma viciada do caralho. Certo dia, Agenor me chamou para uma reunião na residência dele, dizendo que ela havia saído de casa pra morar com um traficante. Ele estava arrasado.

— Corta a bobagem.

— Estou falando sério e juro pra você que é verdade. Parte do meu trabalho é saber ouvir meus clientes, e Agenor estava preocupado, transtornado; ele queria a filha de volta.

— Agenor de Alcântara Madeira abriu o coraçãozinho pra você? Conta outra.

— Sim, não me importa o que meus clientes fazem. Eu os ouço e as coisas morrem aqui.

— Muito ético da sua parte.

— Vá a merda, Sforza. Quer ouvir o resto ou não?

— Continue.

— Pois então. Eu fui procurá-la, mas Deborah não queria nem ouvir o nome do Agenor e a coisa pelo jeito era tão séria que não rolava encher o rabo dela de grana pra que voltasse pra casa ou fosse mandada pra alguma clínica na Europa. Ele me contou que ela estava morando com um traficante e que era do tipo bem barato. Me pediu pra trazer o cara aqui pra um papo.

— E ele veio?

— Pediu cem reais pra vir. Então fizemos uma reunião aqui, e Agenor, sem nenhum rodeio, ofereceu uma grana pro cara levar Deborah pra casa do jeito que fosse e sumir da vida dela.

— E ele?

O advogado balançou a cabeça em descrença.

— Ele negou. Disse que nem fodendo ia fazer aquilo, que ela estava muito melhor com ele. Chamou a mim e ao Agenor de lixo. Disse que sabia o que Agenor havia feito com Deborah e foi embora. Agenor desabou. Eu lhe dei uma bebida e ele...

Jaime pegou novamente a arma e a mexeu estimulando o advogado a continuar.

— Ele me contou o que havia feito a filha fazer. — Eurico Ramalho olhou para Jaime e sorriu. — Você sabe do que estou falando, não é Sforza?

Jaime assentiu.

— Obviamente ficamos preocupados com o desdobramento daquilo. Eu falei pro Agenor que aquilo não poderia vazar de jeito nenhum.

— Claro, muito ruim para os negócios.

Jaime quis socar o advogado mais uma vez quando ele concordou a sério com a ironia que ele acabara de falar, mas achou melhor deixar o homem seguir falando.

— Então eu sugeri que ele pedisse ajuda à polícia na posição de pai apavorado pelo desaparecimento da filha. E que insistisse em uma operação de resgate envolvendo a equipe de Operações Táticas.

— Por quê?

— Porque eu paguei um dos policiais pra meter uma bala na testa do desgraçado do Orlando assim que eles invadissem. Com um monte de gente a coisa passaria despercebida. O problema é que uma porra de um policial que não tinha nada que se meter subiu antes das Operações Táticas e fodeu tudo. O cara que ia matar o Orlando se acovardou quando viu a Deborah morrendo e ficou com medo de que culpassem ele. Não ajudou nada ninguém ter disparado também.

— Operações desse tipo podem realmente sair do controle. Você não tem ideia do que é algo assim.

— E o que você sabe sobre isso?

— Eu era a porra do policial que subiu antes e fodeu com tudo.

Eurico Ramalho riu.

— Sabia que já tinha te visto antes. Lembrei da sua cara de quando interrompi o interrogatório de Orlando.

— Eu estava me perguntando quando iria me reconhecer.

— Bem, então acho que você também tem sangue nas mãos, certo, Sforza?

— No momento eu tenho uma arma na mão e pouca paciência com você.

O advogado desfez o sorriso da cara. Achou por bem desviar o foco da conversa.

— Eu então me apresentei como advogado dele. A ideia era conseguir um habeas corpus ou o caralho que fosse pra colocar o cretino na rua e conseguir sumir com ele, por isso o Agenor me passou o dinheiro.

— Mas vocês no fim conseguiram alguém de dentro.

— De dentro de onde?

— De dentro da cadeia.

— Isso não aconteceu, Sforza. Para minha sorte, Orlando se matou.

— Orlando não se matou. Ele foi torturado até a morte.

— Do que você está falando?

Jaime apontou a arma novamente para Eurico Ramalho, que colocou as mãos na frente numa patética tentativa de proteção.

— Você sabe do que eu tô falando.

— Eu não tenho ideia do que você tá falando! Agenor até pensou a mesma coisa que você, que eu tinha conseguido alguém de dentro pra fazer o serviço; eu fiquei quieto e embolsei a grana.

Jaime detestava aquilo. Detestava porque no fim não havia a menor razão para o advogado estar mentindo sobre aquilo depois de tudo o que havia contado. Para ele, inclusive, seria melhor que aquilo que Jaime pensara fosse real; não haveria razão alguma para ele falar que ficou com o dinheiro. Mas, então, quem pegou Orlando na cadeia?

Sem dizer uma palavra, Jaime desengatilhou a arma, se levantou, virou-se e caminhou em direção à porta.

— Se você falar alguma coisa sobre isso, eu e você somos homens mortos — disse o advogado.

— Entendo. Mas se por um acaso você contar para alguém, principalmente se esse alguém for Agenor de Alcântara Madeira, que eu estive aqui, você é um homem morto.

— Isso é uma ameaça?

— Não. Uma promessa.

Jaime saiu da sala e fechou a porta atrás de si. No interior do escritório, o advogado Eurico Ramalho enfiou o rosto nas mãos e considerou se era hora de arrumar uma nova identidade e se mudar para um país de hábitos muito diferentes dos do Brasil.

88

Denis e Maya estavam rodando há pelo menos uma hora. Saíram da Marginal Pinheiros rumo ao extremo sul da cidade e de novo a impressão de que São Paulo era um emaranhado de cidades tentando caoticamente sobreviver juntas ficou evidente para os dois. Gradativamente, do formato que as ruas vão tomando ao estilo das construções de residências e comércios, tudo parecia se rearranjar a uma realidade distinta da que haviam saído; até mesmo os modelos de carro acompanhavam a transição entre bairros.

— Ainda não entendi o que estamos indo fazer —disse Denis.

— Olha, tá certo que a gente viu os vídeos, mas eu acho que ir direto à casa do pai da tal Jaqueline pode ser muito arriscado.

— Arriscado por quê?

— Porra, Denis! A gente vai praticamente acusar o cara de ter pagado por uma sessão de tortura e de assassinato. Essa acusação é grave e se houver a possibilidade de ela ser falsa eu acho que vale a pena checar, senão nós vamos nos ferrar de verdade.

— E como seria falsa?

— Nunca ouviu falar de filme snuff?

— Filmes com assassinatos reais.

— Filmes com supostos assassinatos reais. Todos que já foram vistos, no fim se mostraram uma armação; nada de realidade ali. Quem pode dizer que o que vimos não seja algo assim?

— Faz sentido.

— Claro que faz.

— Mas não responde minha pergunta.

— Nós estamos indo ao endereço que o cara que foi condenado pela tentativa de estupro de Jaqueline forneceu quando foi para o semiaberto.

— Vamos checar se por acaso ele não está lá tomando um sol.

Maya fez um joinha para Denis.

— O que você prefere? — perguntou ele depois de um tempo.

— Prefiro o quê?

— Que ele esteja morto?

— Bom, se ele estiver vivo vai ser um saco, porque como ele não tem ido passar a noite na cadeia faz tempo e quando vieram buscá-lo ele não estava no endereço, será nossa obrigação levá-lo, o que vai ser um porre.

— Insensível.

— Você que começou com a graça.

Eles riram. Denis avisou Maya que ela tinha que pegar a pista da direita e ela jurou que sabia disso.

— Você não precisava ter vindo — disse Maya.

— Ei, somos parceiros!

O carro rodou mais uns quinze minutos até que saíram da avenida principal e entraram nas pequenas ruas imprecisas e angulosas. Mais e mais as casas perdiam reboco e terrenos baldios se multiplicavam. Até a qualidade dos postes parecia inferior e Maya se perguntou o que determinava a qualidade do serviço público, já que teoricamente estavam na mesma cidade onde fica a avenida

Paulista e as redondezas que fazem inveja aos mais caros endereços de Nova York.

Sua reflexão foi encerrada pela voz suave do GPS avisando que tinham chegado. O endereço correspondia a uma pequena casa com a pintura externa tão rachada que a cor era mais o alaranjado dos tijolos do que o branco da tinta. Era geminada com outras casas igualmente detonadas e tinha um degrau cinza de cimento à mostra. Em frente ao degrau, na humilde calçada, uma senhora que aparentava mais de setenta anos, com cabelos grisalhos curtos, trajando um simples vestido amarelo com estampa de flores, varria a calçada. Usava chinelos de borracha brancos, que já haviam visto dias melhores e estavam da espessura de uma folha de papel de tão gastos. Ela parou de varrer assim que o carro se aproximou e acompanhou-o com o olhar enquanto era estacionado. Denis baixou o vidro de sua janela.

— Boa tarde, aqui é a casa de Ricardo dos Santos?

— Quem quer saber? — indagou a mulher com a cadência de quem está acostumada a ser interrogada.

Maya se debruçou sobre Denis para alcançar a janela do lado dele e mostrou seu distintivo. A mulher suspirou. Sim, ela realmente estava acostumada àquilo.

— Entrem. Eu sou a mãe dele.

Maya e Denis saíram do carro e seguiram a mulher para dentro da casa. Era uma casa muito, muito simples. O chão era de cimento queimado; havia um sofá com a espuma saindo por alguns rasgos e uma estante, que talvez um dia tenha sido uma escrivaninha de compensado, com uma TV de tubo, sobre a qual havia uma imagem da Virgem Maria. A senhora espantou um gato que estava sobre uma poltrona encardida, e o bichano saiu feito um raio pela janela. A mulher se sentou com o peso que a vida lhe impunha e indicou o sofá para Denis e Maya. Acima dela havia um quadro com o rosto de Ricardo dos Santos com uns dez anos, gola abotoada e um cabelo com tanto gel que parecia que ele tinha acabado de sair do banho. Maya pensou no homem que vira sendo torturado e se arrepiou.

— Obrigada, senhora. E a senhora se chama?

— Neide. Querem um café?

— Obrigada, dona Neide, não queremos incomodar. Eu sou a investigadora Maya Campos, e este é o investigador Denis Viriato.

Um aceno de cabeça de Neide.

— Senhora Neide, nós queremos...

— Eu não sei onde ele está — interrompeu Neide. — Eu já falei para os seus colegas depois da primeira noite que ele não voltou pra dormir na cadeia.

— Certo, senhora. E tem alguma ideia de onde ele possa estar?

— Também já falei para seus colegas que não. Por que vocês precisam vir me aborrecer com isso de novo? Já não basta o que eu e meu filho passamos?

— Como assim? — perguntou Denis.

— Meu filho não era nenhum santo. Já tinham levado ele outras vezes, mas sempre por causa de droga.

— Ele traficava?

— Não! Fumava um pouco. Nada sério. Mas já falei pros seus colegas e vou falar de novo: ele não tentou agarrar aquela moça à força.

— Senhora, não estamos aqui para...

— Vocês nunca estão! — Neide interrompeu Maya. — Mas pelo menos me dê a chance de falar de novo que meu filho não teve culpa nisso! Sabe qual foi a descrição que fizeram pra enquadrar ele? "Rapaz com idade entre dezenove e trinta anos, pardo, com uma cicatriz no ombro esquerdo". Saiam ali na rua e olhem em volta pra ver se não acham um monte igual lá fora. Mas já foi, fazer o quê?

Maya e Denis se entreolharam.

— Ele saiu daqui pra ir pra cadeia passar a noite — disse Neide.

— E a senhora acha que é verdade?

— Eu não sei no que acreditar — disse Neide. — Ele pode ter sido morto no caminho, pode ter fugido, pode ter sido atropelado e ninguém se preocupou em me avisar e pode, inclusive, ter ido pra cadeia e fizeram alguma coisa com ele lá e depois vieram com essa conversinha de que ele não apareceu.

— Isso não ocorreria, senhora — disse Maya.

— Por que não? — A boca de Neide sorriu, mas não seus olhos. — Claro. Claro que você vai falar que essas coisas não acontecem e que vocês se importam.

Ela deu de ombros. Denis e Maya aproveitaram a deixa para se levantarem, se desculparem pelo incômodo e irem embora. Tomaram o rumo de volta.

— O cara tá morto — disse Denis.

— Tudo indica.

— Ao pai de Jaqueline então?

— Vamos lá.

— Você não parece muito bem.

Maya deu de ombros e seguiu afundada nos próprios pensamentos. Denis colocou uma música no rádio e ficaram em silêncio até estarem na Marginal Pinheiros.

— Por que você disse aquilo? — quis saber Denis.

— Aquilo o quê?

— Que não ocorreria.

— Que não ocorreria o que, Denis?

— Que não ocorreria de fazerem alguma coisa com o rapaz na prisão.

— Eu não quis dizer isso. Quis dizer que eles não inventariam que ele não apareceu. Seria mais fácil dizer que ele se meteu numa briga com outro detento ou algo assim e tudo estaria resolvido. Desaparecimento levanta perguntas demais.

Denis assentiu e olhou para frente. Não quis falar mais nada e preferiu refletir um pouco. Na frente deles, o retorno para pegar a marginal Pinheiros surgiu, Maya entrou e seguiu em frente.

89

— Ele disse que não está esperando vocês — informou o guarda da guarita na entrada do condomínio de luxo. Denis e Maya estavam irritados por ter tido de empreender praticamente outra viagem para chegar onde Sebastião Almeida, pai de Jaqueline Almeida, a menina que se matara após a tentativa de estupro, morava. Era cansativo ir de um extremo da cidade ao outro.

Maya saiu do carro com cara de poucos amigos e outra vez mostrou o distintivo ao guarda.

— Olha, se precisar a gente arranja uma ordem judicial, mas diz a ele que só queremos fazer umas perguntas sobre um caso do interesse dele.

Sem expressar abalo ou preocupação alguma com o que havia sido dito por Maya, o guarda da portaria chamou de novo a casa de Sebastião Almeida pelo interfone. A guarita era blindada, com o guarda se comunicando com o lado de fora através de um pequeno alto-falante, por isso Maya não conseguiu ouvir o que ele falava; na verdade, ela mal conseguia enxergar o sujeito ali dentro.

— Vocês podem entrar — disse a voz metalizada no alto-falante, e em seguida o portão se abriu. Maya entrou no carro. Denis andou um pouco para a frente, passando o portão aberto, o guarda os esperava na porta da guarita para lhes entregar um crachá de visitante e dar as instruções de como chegar na casa de Sebastião Almeida. Maya notou que o guarda era tão novo que ainda tinha espinhas.

— Será que dão armas pra esses aí? — questionou Denis.

Maya deu de ombros; estava cansada e irritada demais para conjecturas.

O carro passou pelas ruas calmas e arborizadas com grandes e belas casas rodeadas de gramados. Talvez por estarem no meio da tarde, o que mais se via eram babás de uniforme cuidando de crianças das mais diversas idades. Por fim chegaram à casa que procuravam e um homem careca ostentando um vasto bigode os olhava com cara de poucos amigos. Denis estacionou e eles saíram do carro.

— O que significa isso? — indagou Sebastião Almeida antes de ouvir qualquer palavra dos dois.

— Senhor Almeida? — perguntou Denis.

— Responda minha pergunta.

A coisa não seria fácil.

— Senhor Almeida, temos informações sobre o homem que foi condenado pela tentativa de estupro à sua filha e gostaríamos de conversar com o senhor.

A mudança no rosto de Sebastião Almeida foi visível assim como a mudança em sua atitude. Ele os convidou docilmente a entrar.

A casa era ampla e fresca, com uma iluminação natural que dava a sensação de que o tempo andava com menos pressa.

Eles se sentaram em um sofá próximo a uma lareira, diante de uma mesa de vidro com detalhes em aço escovado circundada por outras duas poltronas. Sebastião se sentou em uma das poltronas e escolheu justamente a que um cãozinho maltês fazia sua sesta da tarde. Ele pegou o cão e o colocou no colo.

— Muito bem. Sou todo ouvidos — disse Sebastião, claramente ansioso.

Maya, porém, percebia que não se tratava da ansiedade por notícias e sim daquela que antecede o telefonema para sua mãe da diretoria da escola.

— Senhor Almeida, sabemos que Ricardo dos Santos, o homem que foi preso pela tentativa de estupro à sua filha, desapareceu durante o semiaberto e...

— Semiaberto — repetiu Sebastião com uma cara de nojo.

— Perdão? — disse Maya.

— Semiaberto, saidinha de Dia das Mães, saidinha de natal, essas coisas. A cadeia nesse país é mais mole do que o jardim da infância.

— Você já esteve preso, Sebastião? — perguntou Denis.

Sebastião o olhou com um misto de horror e indignação.

— Eu sou um cidadão de bem! Pago meus impostos. O que está insinuando?

— Ele não está insinuando nada, senhor Almeida. Nós viemos aqui porque estamos investigando o desaparecimento dele e...

— Pra quê? — Sebastião interrompeu novamente.

— Pra quê? Como assim, pra quê?

— Vocês o deixaram fugir, agora dane-se. Espero que ele esteja no inferno. Minha menina está morta por causa dele e qualquer coisa que tenha acontecido com esse sujeito é mais do que merecido.

— Você parece bem certo que alguma coisa aconteceu com ele — disse Maya.

Sebastião respirou cadenciada e pesadamente. Levantou-se e pediu licença dizendo que precisava ir ao banheiro.

— Bem direta você, hein, Maya?

— Indo aos finalmentes.

Maya aproveitou a ausência de Sebastião e pegou seu celular.

Havia uma mensagem de Jaime: "O advogado não tem nada a ver com os vídeos, sobre isso estaca zero aqui. Como está aí?"

"Ainda começando", ela digitou em resposta.

Sebastião Almeida retornou. Dava para ver que havia molhado o rosto.

— Olha. Eu não sei do que se trata o assunto aqui. Esse é um tema que traz muita, mas muita dor pra mim, como devem imaginar, e eu realmente gostaria de deixar isso pra trás e seguir minha vida.

— Não prefere que o sujeito seja encontrado?

Ele balançou a cabeça em negativa.

— Ele mal foi condenado.

— Como assim? Ele foi condenado a cinco anos de prisão.

— E cumpriu um. Não preciso dizer de novo que prisão nesse país é uma palhaçada. Eu perco minha filha, e o assassino fica livre em um ano.

— O assassino? — indagou Maya.

— Por que você acha que ela se matou?

— Senhor, com todo o respeito e nunca desmerecendo o que vocês passaram, mas sua filha já tinha um histórico de tentativa de suicídio.

Sebastião Almeida pareceu ter levado um soco. A cor sumiu de seu rosto e ele tentou falar, mas o ar lhe faltou. As palavras saíram como um sussurro.

— Do que... do que você está falando?

— Da tentativa de suicídio da sua filha após engolir uma cartela inteira de Lexotan que resultou numa lavagem estomacal devidamente registrada neste boletim de ocorrência.

Maya mostrou a cópia do B.O. para um aturdido Sebastião Almeida, que esfregou os olhos, avermelhando-os um pouco mais.

— Ela fazia algum acompanhamento?

— Não sei o que isso pode ter a ver com o que estamos tratando aqui! — gritou ele. — Isso foi uma bobagem dela! Querendo chamar atenção! Por que revirar isso agora, posso saber? Vocês deviam estar na rua pegando bandido e não enchendo o saco de gente de bem!

— Certo, senhor Almeida — disse Maya. — Na realidade, nós estamos aqui porque surgiram evidências do que poderia ter acontecido com o homem que atacou sua filha.

Maya não tirava os olhos de Sebastião Almeida e tinha a certeza de que as gotas de suor que brotavam no topo da sua careca não eram por causa do calor. Ele pegou um lenço e o segurou junto a boca.

— E... que evidências seriam essas?

— Um vídeo, no qual ele aparece sendo brutalmente torturado e morto com um tiro na cabeça em seguida — disse Denis.

Maya olhou para Denis e sorriu, mas ele sequer notou, pois não tirava os olhos do homem diante dele que parecia estar prestes a desabar.

— Quanto você pagou pelo vídeo? — indagou ela.

Sebastião Almeida tremia e lágrimas escorriam pelo seu rosto; sua careca era agora uma torrente de suor.

— Ele disse que isso nunca iria vazar.

Maya e Denis eram como águias sobrevoando um apavorado Sebastião.

— Como é que é? — perguntou ela.

O homenzinho colocou o rosto entre as mãos.

— Ele disse que só eu teria acesso ao vídeo; que ninguém saberia, que era a coisa certa a ser feita.

— Ele quem? — questionou Denis.

— Não faço a menor ideia.

— Vamos do começo, por favor — pediu Maya.

O homem se levantou, foi até o bem sortido bar que havia na sala e se serviu de uma dose de uísque, que virou num gole só.

— A morte de Jaqueline acabou comigo — disse sem se virar para os policiais. — Logo em seguida, minha esposa me abandonou. Ela me culpou pelo que aconteceu com nossa filha. — Sebastião se virou e rosnou. — Como se tivesse sido eu a tentar machucar minha filha, e não aquele imundo! — Ele caminhou até sua poltrona e se sentou. — Eu mesmo queria me matar. Comecei a fazer terapia, mas nada parecia adiantar. Nada tirava da minha cabeça que enquanto minha vida desmoronava o bosta que a destruiu estava rindo da minha cara.

— E o que você fez?

— Eu não fiz nada. Fizeram por mim. Um dia eu recebi um e-mail dizendo que se eu buscava justiça pela morte da minha filha ela não viria de um sistema que não funcionava. Que apenas Salomão poderia me dar a justiça que eu buscava.

Denis e Maya se entreolharam. Sebastião continuou.

— Achei que fosse alguma piada ou coisa do gênero. Mas depois de alguns dias, recebi outra mensagem falando de coisas sobre minha filha e eu, que me tocaram muito, muito profundamente.

— Que tipo de coisas? — Maya perguntou.

— Coisas que eu não poderia mais fazer com ela, detalhes que me faziam sentir falta dela. Falando o que... o que eu poderia ter feito para impedir a morte dela. E também me mandaram algumas fotos do filho da puta tomando cerveja num boteco e perguntando se aquela era a vida que o homem que havia tirado minha borboletinha de mim merecia. Mas mesmo assim, não respondi. Ninguém mandou mais nada por um tempo, mas em um dia que eu estava afundado em depressão recebi outro e-mail perguntando se eu não queria pôr fim ao meu sofrimento da forma certa. Não pensei mais e respondi, perguntando que justiça ele estava me oferecendo e o que recebi de volta me deixou estarrecido. Trechos de vídeos com homens sendo torturados e mortos; na tela aparecia a ficha criminal deles e links com notícias dos crimes. No e-mail havia o número de uma conta e a informação de que o valor do serviço era 200 mil reais.

— E o que você fez? — perguntou Maya.

— Respondi, dizendo que o valor era muito alto para uma coisa tão sem garantias. Então, no dia seguinte eu recebi um pacote.

— Que continha?

Sebastião Almeida deu um profundo suspiro antes de dizer que no pacote havia um dedo e as instruções para ele entrar em um site, no qual viu o homem que atacara sua filha amarrado a uma cadeira tendo o dedo cortado. Um homem mascarado se aproximava da câmera e mostrava o dedo que sem dúvidas era o mesmo que estava no pacote.

— Onde está esse dedo? — perguntou Denis.

— Enterrei num terreno baldio bem longe daqui.

— E então, depois de todas essas provas... — disse Maya.

— Eu depositei a quantia na mesma hora. E depois recebi um link de acesso ao vídeo da tortura e da morte do desgraçado.

— Vamos precisar dessa troca de e-mails.

Sebastião balançou a cabeça em negativa.

— Nem que eu quisesse poderia dar a vocês. Depois que recebi o link toda a minha conversa por e-mail com esse homem desapareceu.

— Como assim, desapareceu? — perguntou Denis.

— Não sei dizer. Simplesmente sumiu da minha caixa de e-mail como se nunca tivessem me mandado nada.

— Mas e o link?

— Ainda funciona.

— Mostre-nos.

Maya e Denis se encontravam agora no confortável escritório residencial de Sebastião Almeida com ele teclando em seu computador. O navegador era o mesmo que Denis ensinara a Jaime e Maya a usar, e Sebastião se mostrava mais perdido do que eles ao acessá-lo.

— Estranho — disse Sebastião.

— O quê?

— O link não existe mais.

— Deixa eu ver — pediu Denis, se debruçando sobre Sebastião e teclando. O rapaz puxou seu celular e copiou o link que estava na planilha, mas a resposta foi a mesma.

— Devem ter deletado — disse Maya.

Denis olhou para ela.

— Claramente eles sabem mexer com essas coisas. Devem ter descoberto que entramos nos links.

— Então eles sabem que a polícia descobriu? — perguntou Sebastião, apavorado.

— Você tem como entrar em contato com ele? — perguntou Maya, ignorando o olhar de clemência que Sebastião exibia.

— Não. O e-mail pelo qual mantive contato com ele também não existe mais.

Maya disse que já tinham coisas demais para analisar e que era melhor irem embora.

— E eu? — quis saber Sebastião enquanto os levava até a porta.

— Sendo muito sincera, por mim eu te jogava na cadeia.

Sebastião parou. Maya considerou que diante de todas as emoções do dia não seria de se estranhar se o homem sofresse um enfarte.

— Me jogava na cadeia? Se não me engano, acabamos de ver que não existe prova alguma de coisa nenhuma. Só um cidadão de bem que foi severamente constrangido pelas forças do Estado.

Sebastião deu uma piscadela.

— Como você dorme à noite?

— Eu pago terapeuta pra isso.

— Vamos embora, Denis.

Eles atravessaram a porta rumo ao carro e Sebastião ficou no batente.

— Vocês não podem me culpar por ter buscado a justiça que vocês não conseguiram me dar.

— Isso que você fez não é justiça — disse Denis.

— Vai bancar o tigrão na periferia, seu bostinha.

Sebastião Almeida nem entendeu o que o atingiu. Denis se voltou tão rápido e o acertou com um gancho de direita que jogou o homem para dentro de casa novamente. Quando se deu conta do que havia acontecido, estava caído no chão, sentindo a dor que fazia seu queixo latejar.

— Isso é violência policial! Eu vou denunciar! Eu vou denunciar! — gritava histericamente o homem no chão.

Denis se agachou próximo a ele.

— Eu adoraria ver você fazer isso.

Então se ergueu e foi embora com Maya.

Sebastião Almeida se levantou cambaleante. Apoiou-se na parede e passou o dedo pelo queixo dolorido. Ele não havia contado tudo para Denis e Maya. Sim, o vídeo e os e-mails foram apagados, mas havia um segundo endereço de e-mail que Salomão enviava a todos os seus clientes, com a orientação de que o usassem apenas em caso de emergência. E se aquilo não era uma emergência, o que seria?

90

— JÁ FOI TUDO? — PERGUNTOU Salomão para Gregório, enquanto o rapaz teclava intensamente olhando de forma compenetrada para a tela do computador, que exibia uma quantidade enorme de letras e números.

— Eu avisei que se fosse pra não deixar rastro a coisa ia demorar um pouco.

Salomão andava de um lado para o outro da sala.

— Você tá me deixando nervoso andando pra lá e pra cá — disse Gregório.

Salomão pegou o rapaz pela camiseta, arrancando-o da cadeira.

— Você está nervoso? Vá pra puta que o pariu, Gregório! Se essa merda explodir, minha carreira acaba! Se chegarem até mim minha vida acaba! E eles já chegaram perto demais!

— Você tá falando da sua carreira e da sua vida? O que você acha que vai acontecer comigo?

— Eu tenho uma reputação, seu merda; já você, se for jogado no fundo de uma latrina, ninguém daria a mínima.

As mãos de Gregório tremeram e ele as cerrou num punho pronto para agir.

— E você acha que alguém dá a mínima pra você e sua reputação? — indagou Gregório, retomando o controle. — Quando você me envolveu nisso, eu até acreditei nas bobagens que você falava. "Nós fazemos a verdadeira justiça", "Reestabelecemos o equilíbrio", "Ajudamos os que buscam paz de espírito lhes oferecendo vingança". — Gregório começou a rir. — Você, seu bosta, não passa de uma hiena se alimentando da carniça dos outros e eu me pergunto por que demorei tanto pra enxergar isso.

Salomão soltou Gregório; claramente, ele havia perdido o controle sobre o rapaz. Sorriu e arrumou sua camiseta que estava amarrotada no ponto em que ele o agarrara.

— Vamos nos acalmar. Peço desculpas pelo meu descontrole. Você foi muito importante nessa operação. Se não fosse você na parte dos computadores, e Lídia cuidando de legitimar nossas finanças, eu jamais teria alcançado o sucesso que alcancei nessa atividade.

— Nessa e na outra!

— Do que você está falando, rapaz?

— Ah, meu. Qual é?! Você nunca teria conseguido levantar o que precisava pra começar o seu negócio "legítimo". Depois daquele dia, no restaurante, muita coisa se encaixou e comecei a olhar a situação de forma clara.

— Gregório, se acalma.

— Me acalmar o caralho! Depois de descobrir quem você é, eu tenho certeza que você nunca quis me ajudar de verdade! E sobre seu outro negócio, o que eu estou dizendo é que duvido que sem a grana do que fazíamos jorrando, você jamais conseguiria construir tudo aquilo. Você me deve muito e sabe disso! Vá a merda! Preciso mijar.

Gregório saiu pisando duro em direção ao banheiro. Bateu a porta, se apoiou na pia e jogou água no rosto. Segurou firmemente nas laterais da pia e olhou no espelho com o rosto ainda molhado. Esfregou um pouco os olhos, pegou a toalha e se secou. Em outros tempos, jamais teria falado com Salomão daquela forma, mas as coisas mudaram. Ele estava em paz com seu irmão e sua sobrinha, e se não fosse o perigo real de ser encontrado pela polícia jamais teria entrado em contato com Salomão novamente.

Gregório olhou para as cicatrizes nos braços. Pensou que fazia um bom tempo que ele não se cortava, e isso só podia ser bom. Então considerou que era melhor parar de dar chilique e continuar fazendo o que era necessário. Respirou fundo. Saiu de lá e encontrou Salomão sentado em sua mesa.

— Vamos encerrar isso logo e depois nunca mais teremos de nos ver — disse Gregório.

— Tranquilo, tranquilo. Também me excedi. Como estão indo as coisas na internet?

Gregório se sentou novamente diante de seu computador. Teclou algumas coisas.

— Foi. Tudo apagado.

— E quais as chances de sermos rastreados?

— Nenhuma. Somos as únicas pessoas que sabem de tudo o que aconteceu — ele mostrou um cartão de memória para Salomão. — Aqui eu guardei algumas provas contra você, Lídia e alguns outros que podem querer atravessar o meu caminho.

Salomão sorriu. Não esperava menos de Gregório.

— Ótimo. Vou desativar também nosso local de gravações e precisarei de sua ajuda nisso.

Gregório concordou. Salomão foi até o cofre que havia na sala, digitou a senha e o abriu. Lá de dentro pegou um HD.

Fechou o cofre novamente.

— Não podemos deixar nada para trás, não é? — certificou-se Salomão.

— Quer que eu apague esse?

Instintivamente Salomão colocou o HD contra o peito.

— Não é necessário. São coisas minhas.

Gregório olhou dos olhos de Salomão para o HD e encarou-o novamente.

Salomão sorriu.

— Calma, Gregório. Não comece a ficar neurótico agora. Não tem nada aqui contra você, ao contrário do que você tem aí na sua mão.

A tensão foi quebrada pela vibração do celular de Salomão e do de Gregório ao mesmo tempo. Eles olharam o e-mail de Sebastião Almeida que havia chegado. Se entreolharam assustados e viram que as coisas estavam longe de terminar de uma forma tranquila.

— Agora chega! — gritou Salomão, que olhou para o cartão de memória na mão de Gregório. — Espero que tenha guardado alguma prova que preste aí, porque vamos precisar.

91

Denis reclamou que Maya estava a mais de 120 quilômetros por hora, e ela fingiu não ouvir. O som do celular surgiu nos alto-falantes do carro. Ela olhou para o visor e viu quem chamava.

— Fala, Jaime.

— Como foi tudo?

— Uma grande bosta, mas uma grande bosta com resultados. O desgraçado confirmou que pagou pela sessão de tortura e assassinato. Mas não tivemos sorte em descobrir quem está por trás disso.

— Mas como assim? Como ele fez o negócio?

— Tudo via internet.

— Merda — disse Jaime. — Mas como ele entrou em contato com o sujeito?

Maya relatou a conversa com Sebastião Almeida em todos os pormenores.

— Como assim o cara entrou em contato?

— Que merda de pergunta é essa, Jaime? Já te expliquei que foi por e-mail!

— E como ele sabia tudo do cara? Como ele sabia que podia abordar esse tal Sebastião Almeida? Que ele estava num estado de espírito que o faria aceitar uma loucura dessas?

Maya e Denis se entreolharam.

— Não pensei nisso — disse Maya por fim.

— Provavelmente é um hacker. Ele deve ficar acessando informações confidenciais o tempo todo em busca de clientes em potencial — disse Denis. — Bem simples pra quem conhece a deep web.

— Bom, pensamos nisso depois — disse Jaime.

— E o advogado?

— Me confirmou uma série de coisas a respeito de Agenor e da filha, mas jurou que não tem nada a ver com a tortura e a morte de Orlando. E eu acredito que não mesmo.

— Isso não faz sentido.

— Independentemente de quem esteja por trás dos vídeos, ele precisou de ajuda pra conseguir pegar Orlando de dentro da cadeia — disse Maya.

— Você tem razão nisso.

— Merda.

— O quê?

— Vou precisar fazer o que estava evitando. Meter o Antunes no meio.

— A troco de quê, Maya? — perguntou Jaime, exasperado.

— Não vejo nenhuma forma de investigar outros policiais sem envolver o delegado, e nós vamos ter que descobrir quem de dentro ajudou a dar sumiço com o Orlando; só assim chegaremos em quem está comandando o show.

Não havia como Jaime refutar aquilo.

— Relaxa, Jaime. Já temos mais evidências do que o necessário pra ele pelo menos nos ouvir. E falando em evidências, acho que vale dar mais uma prensa no terapeuta.

— Do que você tá falando, Maya?

— O tal Manuel de Mesquita. Não esquece que ele quis esconder que foi Lídia que internou Deborah.

— Ele pode estar só se borrando de medo do Alcântara Madeira, ué.

— Sim, mas acho que pra jogar a merda no ventilador como vamos fazer, o ideal é esclarecer tudo o que descobrimos até agora.

Jaime refletiu um pouco

— Você tem razão — disse por fim. — Quer que eu vá junto?

— Melhor não. Eu e o Denis vamos dar um caráter mais oficial pra coisa. Espera no meu apartamento. Para de dar bandeira, pelo amor de Deus.

Jaime concordou e desligou.

— Você acha mesmo que é a melhor maneira de lidar com isso, Maya?

— Não sei, Denis. Mas não vejo outra opção.

Maya ligou para o celular do doutor Manuel de Mesquita. Ele atendeu no terceiro toque.

— Alô?

— Doutor Manuel de Mesquita? Investigadora Maya Campos.

— Boa tarde, investigadora.

Apesar de cordial, Maya sentiu o quanto o homem estava detestando aquela ligação.

— Doutor, preciso ver o senhor imediatamente e espero que me receba.

— Posso saber por quê?

— Nós descobrimos que quem internou Deborah de Alcântara Madeira em sua clínica foi Lídia Nunez, uma mulher recentemente assassinada e que pode estar ligada à morte do homem que matou Deborah.

Silêncio do outro lado da linha.

— Doutor Mesquita?

— Investigadora, eu já fiz uma reclamação aos seus superiores em relação a esses seus incômodos. Eu não sei do que você está falando e gostaria que me deixasse em paz.

— Eu tenho provas que o senhor tinha essa informação e deliberadamente a escondeu de mim. Ninguém quer problemas, doutor. Me esclareça isso e prometo não incomodar mais.

Silêncio novamente, mas a respiração do médico era audível. A respiração da tensão e da culpa que Maya conhecia tão bem.

— Eu não fui totalmente sincero quando esteve aqui, investigadora, tenho que confessar. Mas tive razões sólidas para ter feito isso.

Maya sorriu. O sujeito estava bem mais manso.

— Tenho medo de falar ao celular, investigadora. Estamos lidando com pessoas muito, mas muito, perigosas, como você deve saber.

Maya olhou para Denis, que estava tão ansioso quanto ela.

— Onde o senhor está?

— Em minha clínica.

— Estou indo para aí.

92

Ele já estava ali há tempo demais. O peso da arma em sua mão o incomodava. O silêncio que ele se impunha o incomodava. Não tinha mais idade para aquilo. Sua mão apertou a arma quando ouviu o som de chaves. Retomou a altivez habitual e apontou a arma para a porta que se abria.

Jaime mal terminou de abrir a porta do apartamento de Maya quando se deu conta de estar sob a mira de uma pistola.

— Por que acho que não deveria ficar surpreso? — perguntou Jaime para o homem que empunhava a arma.

93

A MESMA GUARITA, O MESMO TRATAmento solícito e Maya passou pela cancela que servia como último bastião daquele local idílico contra as durezas da realidade. Denis, assim como Maya na primeira vez que esteve ali, se impressionou com a beleza bucólica do lugar.

— Se eu disser que fumei maconha na faculdade rola de pedir pra me internar aqui? — indagou Denis.

Maya riu.

— Aqui não é só pra drogados, Denis. E sinto te decepcionar, mas duvido que seu salário seja suficiente pra bancar sua estadia aqui, por um fim de semana que fosse.

— Se eu disser que o trabalho na polícia está me estressando será que não rola do Estado bancar?

Eles riram, mas logo cessaram ao vislumbrarem a construção principal da clínica Manuel de Mesquita. O manobrista estava a postos para pegar o carro.

Não foram necessárias as identificações de praxe. A recepcionista no térreo tinha instruções para deixá-los subir sem demora, assim como a secretária particular do doutor Manuel de Mesquita, que os conduziu à sala do médico sem a mínima demora.

Manuel de Mesquita aguardava em sua mesa e não escondeu sua surpresa ao ver Maya acompanhada de Denis.

— Investigadora. Achei que viria sozinha.

— Denis é policial e trabalhamos juntos. Acredito que tudo o que me disser ele pode ouvir.

Manuel de Mesquita tamborilou os dedos na mesa e respirou fundo.

— Muito bem.

94

O CANO DA ARMA COM SILENCIADOR não havia se movido um milímetro desde que Jaime entrara no apartamento de Maya. Ele ainda estava de pé diante do homem sentado que mirava em seu peito. Jaime considerava todas as suas possibilidades, mas era experiente demais para saber que elas eram mínimas.

— Muito bem, Antunes. Dá pra me dizer pelo menos o porquê?

O delegado Antunes riu.

— A velha máxima de todas as histórias, não é, Jaime? O importante não é quem nem quando, mas por quê.

— Foi o Agenor de Alcântara Madeira que te mandou aqui?

Antunes se exasperou.

— Eu não tenho nada a ver com esse cretino, Sforza! Esse sujeito é uma doença que se espalha em tudo que toca.

— Como você me encontrou aqui?

— Eu não vim aqui por sua causa.

Jaime demorou para entender aquilo, mas, mais do que receio, sentiu nojo.

— Você veio aqui matar a Maya?

Os olhos de Antunes se desviaram dos de Jaime.

— Seu desgraçado! Por quê? Quem está te pagando?

— Se não fosse você, isso nunca teria acontecido, seu bosta! — gritou Antunes. — Se você tivesse ficado na sua durante a operação que matou a filha do Alcântara Madeira, eu não estaria sendo obrigado a fazer isso.

Jaime notou que a ideia de matar Maya aturdia Antunes. Pensou que poderia usar isso a seu favor.

— Maya confia em você e, por incrível que pareça, acho até que ela gosta de você. E o que ela ganha com isso? Uma bala na cabeça.

— Eu falei pra ela se afastar. Eu falei que o caso estava encerrado. Mas não, ela tem que ir atrás do merda do Jaime Sforza. Isso aqui é culpa sua!

— Não sou quem está esperando por ela com uma arma.

Jaime terminou a frase e seus olhos perscrutaram novamente o ambiente em busca de opções. O relógio de pêndulo de Maya, que havia lhe dado um susto desgraçado não muito tempo antes, seguia em sua tarefa ininterrupta. Eram 17:58.

"Tá com defeito. Só toca às seis e às doze."

— Bom, vamos encerrar isso de uma vez — disse Antunes.

O badalar assustou Antunes, que desviou o olhar em direção ao relógio. Foi o tempo necessário para que Jaime sacasse a arma de trás da cintura e atirasse, atingindo a vasta barriga do delegado, que gritou pela dor extenuante. Com um chute de Jaime, a arma de Antunes foi para longe de seu alcance. Jaime se aproximou e colocou a arma na cabeça do delegado.

— Essa banha toda pode ter te salvado, mas se eu não chamar uma ambulância você vai morrer e sabe disso. Então trata de ir falando.

Antunes não fez menção de falar e Jaime pressionou o ferimento. Um grito fraco ecoou. Antunes soltou um arroto. Seu rosto estava inundado de suor, assim como sua camisa que começava a empapar.

— Fala quem está por trás disso ou você vai sangrar que nem um porco até fazer o favor de morrer.

— Eu não sei, Jaime — disse Antunes de forma sibilante. — Depois daquela merda de operação que a filha do Alcântara Madeira morreu, eu recebi no meu e-mail uma proposta. Eu deixava o cretino que a matou ir e receberia meio milhão de reais. Pra provar que estavam falando sério, já tinham depositado cem mil. E ainda por cima disseram que, se eu recusasse, usariam aquele depósito como prova de que eu recebia propina. Eu não tive opção.

— Foi por isso que você armou pra eu ser expulso.

Antunes tossiu. Havia sangue em sua saliva.

— Eu te conheço, Jaime. Você não ia parar. Olha as coisas pelo meu lado.

— O que você fez com o Orlando? O assassino de Deborah?

— Não foi grande coisa. Eu simplesmente entrei na delegacia de madrugada, peguei o desgraçado e entreguei pra um cara num carro. Antes que me pergunte, o cara estava mascarado.

— Simples assim?

— Deixa de ser besta, Jaime. Você sabe tão bem quanto eu que nesse tipo de coisa as pessoas fazem vista grossa. E ainda por cima, era o cara que matou a filha de um ricaço; qualquer pergunta, a coisa cairia no colo do Alcântara Madeira e não ia ter um pra questionar o sujeito.

— E por que veio matar a Maya?

— Recebi hoje uma mensagem dizendo que ela tinha chegado perto demais de descobrir tudo. Seja quem for o filho da mãe, ele entrou no meu banco e me mostrou todas as transações que fiz com a grana que ele depositou. Isso me destruiria.

Jaime se afastou de Antunes e o encarou com uma expressão de nojo.

— Você me parece bem destruído agora, delegado.

Jaime se virou para sair do apartamento.

— Chama uma ambulância, caralho.

Jaime parou e se virou para Antunes.

— Não. Eu quero que você se dane.

Lágrimas escorreram dos olhos de Antunes.

— Eu não tive escolha, porra!

— Isso é discutível, mas o que levo em conta aqui são seus atos. Fodam-se as razões porque você fez o que fez. Você optou por um caminho, arque com as consequências dele. É só isso que importa.

Antunes tentou gritar, mas era dolorido demais e todo som que saía era um gorgolejar abafado. Jaime fechou a porta atrás de si.

95

Já na rua Jaime, pegou seu celular e tentou ligar para Maya, que naquele momento se sentava diante do doutor Manuel de Mesquita.

— Um minuto, doutor.

— Investigadora, eu não disponho de muito tempo.

— Só vou dizer que respondo mais tarde.

Jaime recebeu de volta a mensagem "não posso falar agora".

— Merda! — gritou na calçada, para o susto de alguns transeuntes.

Ligou novamente.

— Merda! — exclamou Maya ao sentir o celular vibrar. — Denis, atende pra mim, por favor? Eu vou começando a conversa com o doutor Mesquita pra não tomar muito o tempo dele.

Denis pegou o celular de Maya, se levantou e se afastou um pouco da mesa do médico.

— Pois bem, doutor. Sou toda ouvidos — disse Maya.

— Senhorita Maya. O que vou falar é muito delicado e gostaria que houvesse uma certa discrição a respeito disso, sendo assim, prefiro esperar seu colega desligar o celular.

— Compreendo.

Maya olhou para Denis pedindo para que ele fosse rápido.

— Alô? — disse Denis.

— Quem tá falando? Denis?

— Oi, Jaime, isso.

— Onde vocês estão?

— Na clínica do terapeuta.

— Certo.

Maya se voltou para o doutor Mesquita.

— Bem, doutor. Acho que enquanto aguardamos o senhor pode me dizer porque não quis me falar que Lídia Nunez havia internado Deborah de Alcântara Madeira.

Manuel de Mesquita tirou seus óculos e os limpou na camisa. Recolocou-os. Enquanto isso, Denis seguia falando com Jaime:

— O homem resolveu entregar na boa porque não quis falar sobre a Lídia. Mas tá meio amedrontado.

— Imagino — respondeu Jaime do outro lado da linha.

Manuel de Mesquita olhava para Maya sem dizer nada. Ela lhe deu o tempo necessário.

— Minha mãe sempre dizia: "não faça nada que possa se arrepender porque um dia acabará se arrependendo" — disse ele por fim.

— Sua mãe parece ser uma mulher sábia.

O médico sorriu de forma encantadora, mas não o suficiente para desarmar Maya.

— Seu parceiro pode desligar o celular agora?

Maya se voltou para Denis de novo e o chamou.

— Jaime, eu preciso desligar. Nos vemos daqui a pouco — disse Denis.

Denis desligou e foi se sentar ao lado de Maya.

— Eu era amigo de Lídia. Estudamos na mesma escola, no colegial.

— Amizades de infância são sempre as mais duradouras.

— Quando não te colocam na cadeia.

— Calma, doutor. Nem chegamos nisso ainda.

— Pois bem. Como estava dizendo, eu e Lídia éramos muito amigos. Ela era homossexual, como imagino que saiba, e numa das inúmeras vezes que ela e Rebeca brigaram ela achou que seria uma boa ideia chamar uma garota de programa para desestressar.

— Que acabou sendo Deborah.

— Sim.

— Mas?

— Mas Lídia... Ah, Lídia — disse ele, levantando as mãos para o alto como o pai de uma criança bagunceira. — Lídia tinha o talento de complicar qualquer coisa. Ela acabou se apaixonando perdidamente pela menina.

— E Rebeca?

— As paixões de Lídia duravam só o tempo que levava pra esquecer o motivo pelo qual ela e Rebeca haviam brigado. Eram curtas, mas intensas. Tão intensas que ela quis, vamos dizer, resolver a vida da menina, e a trouxe até mim.

Manuel de Mesquita parou de falar e refletiu por uns segundos.

— Por favor, me acompanhem — disse, se levantando.

— Para onde?

— Para a ala de segurança máxima da minha clínica. Há mais, muito mais, sobre a morte de Lídia, de Deborah e, principalmente, a morte do assassino de Deborah. E estou exausto de ficar em silêncio.

96

Jaime começou a caminhar sem saber exatamente que rumo tomar. Deveria ir até a tal clínica? Nunca gostou muito de terapeutas. Talvez tivesse a ver com sua patológica dificuldade em se abrir, mas sempre achou muito esquisito alguém saber tantos segredos de tantas pessoas. Será que dava para confiar nesse tal de Manuel de Mesquita? Se o cara tinha tanto para falar, por que segurou a informação? Medo? Mas medo do que e de quem? Jaime apertou seu passo por razões ainda não totalmente claras em sua mente. Após andar alguns metros, acelerou ainda mais e, quando se deu conta, estava correndo. Viu um ponto de táxi à frente com dois taxistas de meia-idade batendo papo e os assustou com sua afobação, entrando no banco traseiro de um dos carros estacionados e berrando que estava com pressa.

97

Manuel de Mesquita conduzia Maya e Denis por uma agradável alameda de paralelepípedos com alguns bancos de madeira espalhados pelo caminho. Denis observava um macaquinho que saltava de um galho a outro em uma das diversas árvores majestosas. Ele sorriu. Maya, por sua vez, estava mais reticente.

— Me explique de novo, doutor Mesquita, como o senhor tem essa pessoa em seu poder e como tem certeza de que foi ele que torturou e matou Orlando?

— Algum tempo atrás, um colega trabalhava num programa de atendimento psicológico e psiquiátrico a pessoas de comunidades carentes. Foi uma iniciativa muito interessante, pois oferecia um tratamento de qualidade numa especialidade que os moradores da periferia sequer sabiam que existia e que poderia levar conforto para muitas pessoas que nunca haviam falado com um psicólogo ou psiquiatra antes.

— Proposta interessante — disse Maya.

— Com certeza! Ajudou muita gente. Até que um dia, esse meu amigo me contatou dizendo que encontrara um rapaz que requereria uma atenção especial.

O som de folhas secas estalava sob os pés dos três. Cheiro de terra e grama molhada estava no ar.

— Qual era o problema dele? — perguntou Denis.

— Não creio que "problema" seja a expressão correta. O rapaz era um gênio, provavelmente uma das pessoas mais inteligentes que já vi na minha vida.

— Que ótimo pra ele — disse Maya.

Manuel de Mesquita sorriu melancólico.

— Não acho que "ótimo" seja a palavra correta. Quando encontrei com o rapaz ele mal falava.

— Por quê?

— Porque o diferente sempre assusta e não raro transforma aquele que é diferente num pária. Junte isso a uma estrutura familiar longe do ideal e um ambiente hostil na sociedade em torno e a formação psíquica, mesmo de um gênio, fica seriamente comprometida. O garoto era selvagem, reagindo a tudo com extrema violência.

— Me pergunto quantas pessoas brilhantes não devem sequer ter sido identificadas em locais mais vulneráveis.

— E são tratadas como retardadas. Prefiro nem pensar muito nisso — disse Manuel de Mesquita.

Caminharam mais alguns metros até chegarem em um muro alto que aparentava ser o limite da clínica. Manuel de Mesquita tirou um molho de chaves do bolso e usou uma grande, com aparência antiga, para abrir a única porta que havia no muro. Eles passaram pela porta e chegaram num terreno onde havia uma construção no meio que se diferenciava das outras da vasta clínica. Era um local à parte.

— Apesar de a minha clínica ser aprazível, e a maioria dos pacientes apresentar casos de fácil tratamento, eu tenho essa parte que serve para tratar de pessoas que estão bem longe de poderem ser mantidas em convívio com a sociedade.

Caminharam pelas britas do chão até a porta da construção. Manuel de Mesquita colocou o dedo na fechadura biométrica e um ruído pesado de trancas maciças foi ouvido. Ele abriu a pesada porta e deu passagem para Maya e Denis, entrando em seguida e fechando a porta.

Lá dentro, luzes fosforescentes piscaram ante a presença deles e se acenderam. O corredor era estreito, com concreto aparente, sem um pingo da sofisticação das outras construções da clínica. Ao fim do corredor, havia uma porta de aço com uma janela, que parecia de vidro blindado e dava para um pequeno espaço, no qual havia outra porta idêntica. Era o tipo de entrada em que uma porta só abre quando a outra é fechada.

— E o que o senhor fez com esse rapaz, doutor Mesquita? — perguntou Denis enquanto se aproximavam da primeira porta.

— A pedido desse meu amigo, eu o acolhi e o tratei. Mas as coisas nem sempre saem como esperamos.

Maya e Denis passaram pela primeira porta após o doutor Mesquita a abrir, também colocando seu dedo na fechadura biométrica.

— O que aconteceu? — perguntou Maya.

Nesse momento o doutor Mesquita fechou a primeira porta, prendendo os dois no espaço entre as portas.

— O que aconteceu foi que tudo estava indo incrivelmente bem até você resolver vir me encher o saco!

98

JAIME OLHAVA PARA O MAR DE CARROS que rodeava o táxi em que estava. Seu coração batia tão rápido que ele o sentia na garganta. O carro parado tremia com o mexer incessante da sua perna. O que ele podia esperar da Marginal Pinheiros na hora do rush?

— Não dá pra ir mais rápido? — Jaime perguntou mesmo sabendo que era uma pergunta retórica.

O taxista deu de ombros. Ele sabia que era uma pergunta retórica.

Jaime pensava que suas conclusões podiam ser infundadas, mas, em seu âmago, sabia que estava certo. Tentara ligar novamente para Maya e Denis, mas as ligações caíam direto na caixa postal. Relembrou sua conversa com Maya e seu questionamento de como a pessoa que contatou Sebastião Almeida sabia tanto sobre ele. A quem você conta seus segredos mais íntimos? E o que uma pessoa sem ética é capaz de fazer com isso? E na sequência, o tal terapeuta, que tentou esconder que Lídia Nunez havia internado Deborah, resolveu confessar o que escondera. A mesma Lídia Nunez em cuja casa fora encontrado o notebook que os levou aos vídeos de torturas e eventualmente a Sebastião Almeida. Coincidências demais convergindo para uma pessoa num caso absurdamente complexo.

A urgência se abateu novamente sobre Jaime ao pensar que talvez tivesse chegado a essas conclusões tarde demais. Que talvez estivesse indo em socorro deles tarde demais.

Jaime estava cansado de perder quem gostava, quem amava, quem queria proteger. Olhou o taxímetro que marcava 49 reais. Jogou uma nota de 50 sobre o banco do carona e abriu a porta do carro.

— Você tá maluco? Estamos no meio da Marginal! Onde você acha que vai? — berrou o taxista.

Uma moto que vinha a toda entre as fileiras de carros brecou bruscamente quando viu a porta se abrindo.

— Tá maluco, mermão? Tá querendo me matar, caralho? — berrou o motoqueiro.

Jaime, que já estava de pé diante da moto, balançou a cabeça em negativa.

— Aceita mil reais pra me levar num lugar?

O motoqueiro achou que não tinha entendido e Jaime refez a proposta sacando o celular e dizendo que faria a transferência imediatamente.

— Sobe aí, parceiro.

99

DENIS CHUTOU A PORTA, QUE NÃO DEU nenhum indício de que se moveria. Maya olhava em volta do cubículo em busca de algo que os libertasse. Manuel de Mesquita os observava pela janela, sorrindo. Ele apertou um botão no interfone ao lado da porta.

— Poupe sua energia, policial. Se estava prestando atenção no que eu dizia, saiba que foi o rapaz brilhante de quem eu falei que projetou essa sala — A voz saiu por uma espécie de alto-falante.

— Então isso não foi papo furado pra nos atrair pra cá? — indagou Maya.

— De forma alguma! Inclusive, vocês vão conhecê-lo. Ele está logo depois dessa segunda porta.

— Por que, doutor? — indagou Maya.

— Por que, o quê?

— Por que todas essas torturas e mortes?

O terapeuta suspirou.

— Vocês não imaginam quantas pessoas vinham até meu consultório chorar seus entes queridos brutalmente tirados deles. Eu notei que o que mais lhes destruía psicologicamente era o sentimento de injustiça ao ver que, enquanto eles perderam tudo, aqueles que haviam lhes tirado tudo cumpriam penas ínfimas; isso quando cumpriam. Então resolvi agir em cima disso, oferecendo de forma anônima esse serviço aos meus pacientes que se encontravam nessa situação.

— Você resolveu ser o bastião da justiça — disse Maya jocosamente.

Manuel de Mesquita riu.

— Prefiro dizer que identifiquei um novo nicho de mercado. Qual é o problema? Só provi um serviço cuja demanda existe porque quem deveria fazê-lo não faz direito, certo?

— Belas palavras para um assassino — disse Denis.

— Aí é que você se engana, meu amigo. Eu nunca matei ninguém. Apenas intermediei quem matava com quem queria matar.

— E a manipulação em cima de quem já estava fragilizado e tinha te procurado para se tratar vinha de brinde?

— Que manipulação? Eu apenas os guiava para o que no fim eles realmente queriam.

— Você é um completo psicopata — disse Maya.

— Lídia às vezes falava isso — ele riu. — Eu gostava dela, sabe? Era divertida em sua ingenuidade. Eu precisava de alguém que conseguisse ocultar nossas transações e lavasse o dinheiro com segurança. Ela conseguiu usar um monte de fundações, ONGs e o próprio escritório que Rebeca trabalhava para fazer isso sem que ninguém sequer suspeitasse da contadora tolinha que namorava a grande advogada. Tudo o que quis para entrar nesse meu pequeno negócio era que eu vingasse a namoradinha dela.

— Deborah?

— Exato. O tesão não é lindo? Lídia era uma mulher, vamos dizer, dramática. Ela quis até que nós usássemos uma faca nazista, que Deborah lhe dera de presente, para matar o desgraçado.

— Que acabou sendo o que nos trouxe até aqui.

— Pois é. Se eu soubesse no que ia dar, não teria permitido que a usassem ou teria impedido Lídia de guardar aquela merda como se fosse um troféu. Mas até que gostei da teatralidade disso. Fiquei triste com a morte dela e mais triste ainda com as consequências que isso acarretou. A sequência de eventos que foi desencadeada pelo assassinato de Lídia mudou as coisas para sempre e, se quiser se sentir mais tranquila, saiba que minha operação está sendo encerrada. Espero que suas mortes sejam as últimas.

Manuel de Mesquita apertou o botão que abria a outra porta.

Maya e Denis sacaram suas armas.

— Sigam em frente, por favor.

— Vai sonhando — disse Denis.

— Você não acha que somos idiotas, não é?

— E vocês não acham que quando essa câmara foi projetada todas as possibilidades para impedir a fuga dos meus prisioneiros foram pensadas?

Maya foi a primeira a sentir o cheiro de gás. Olhou para a lateral do cubículo e viu um buraco ao lado de Denis de onde vinha o cheiro. Foi por puro instinto que ela agarrou Denis pelo braço e se jogou para a outra sala quase no mesmo instante que uma faísca incandescia. Uma poderosa labareda de fogo no melhor estilo de um lança-chamas irrompeu do buraco. Maya não olhou para trás, mas sentiu a onda de calor às suas costas. Denis, por sua vez, foi atingido pelo fogo, que torrou sua camiseta e o queimou gravemente do lado direito do tórax. Ele desabou no chão ao lado de Maya, que sentiu o cheiro de carne queimada.

— Denis!

Denis girou para evitar que a queimadura roçasse no imundo chão de concreto.

— Consegue se levantar?

— Não.

A porta foi fechada e eles perceberam que não estavam sozinhos. Gregório apontou uma arma para Maya.

— Jogue sua arma e a dele.

Maya hesitou.

— Sua arma ou atiro na cabeça dele.

Maya jogou sua pistola.

— Agora a dele.

Denis aquiesceu para Maya e entregou a arma. Ela jogou para perto de Gregório em seguida. Ele se abaixou e as recolheu sem tirar os policiais da linha de tiro.

— Muito bem, meu rapaz — falou Manuel de Mesquita, cuja voz saía por um alto-falante. — Agora se livre deles.

Gregório apontou a arma para Denis, que fechou os olhos à espera da escuridão. Segundos se distorceram até parecerem horas transcorridas, mas a escuridão não veio. Maya encarava Gregório, que não tirava os olhos de Denis.

— Não — disse por fim.

— O quê? — reverberou a voz pelo alto-falante.

— Eu não vou matá-los. Não era esse o combinado. Você me trouxe aqui para a gente desmontar esse lugar.

— E para sumirmos com todas as provas! Se eles continuarem vivos, vamos direto para a cadeia!

Gregório abaixou sua arma e olhou para a porta. Através da janela de vidro, do cubículo e da outra porta, a face do terapeuta parecia um rosto embaçado e disforme, e Gregório refletiu se aquela não seria a verdadeira face daquele monstro.

— Estou preparado pra isso. Você está?

Denis gemia de dor e a respiração de Maya parecia ter entrado em suspenso. Manuel de Mesquita começou a gargalhar.

Gregório estreitou os olhos.

— Ah, Gregório. Eu vim até aqui contando para nossos amigos policiais o quanto você é brilhante, por favor, não me envergonhe.

Gregório não entendia onde Manuel de Mesquita queria chegar e teve medo disso.

— Mas, por fim, acho que isso aqui apenas prova outro ponto que falei para eles; o quanto a sua formação psíquica ficou comprometida. Você realmente, depois de tudo, ainda confia em mim. Acha mesmo que eu, depois de tudo o que aconteceu, não ia querer também me livrar de você? Eu pretendia que você matasse esses dois e os colocasse no incinerador para me poupar o trabalho; você sabe o quanto detesto trabalho físico e sujar as mãos. Mas já que estamos tendo esse pequeno drama eu terei de ser pragmático. Venho depois me livrar dos corpos de vocês. Adeus, Gregório.

Gregório correu até a porta e colocou seu dedo na fechadura biométrica, já sabendo o que aconteceria. O desgraçado havia apagado sua digital que autorizava a abertura da porta. O cheiro de gás que Maya sentira no cubículo começou a se fazer notar na câmara toda.

100

Manuel de Mesquita subiu à sua sala para dar continuidade aos seus planos de encerrar a operação. Sua secretária já tinha ido embora, então toda a área do seu consultório estava vazia. Sentou-se em sua mesa, ligou seu computador e conectou o HD externo que pegara no escritório que usava para tocar o serviço de tortura e assassinato por demanda. Começou a fazer cópias do conteúdo. Sentiria falta de ser Salomão, sua persona nas redes. Era quase como uma máscara que ele colocava, uma outra personalidade que deixava aflorar. Lídia lhe dizia que tinha certeza que haviam duas pessoas dentro dele. Ele era psiquiatra há tempo suficiente para saber que talvez ela estivesse certa.

101

Maya começou a sentir os primeiros efeitos da intoxicação pelo gás. Sua cabeça começou a girar e ela sentiu náuseas.

Olhou seu celular, mas era óbvio que não havia sinal ali.

— Que gás é esse? — ela perguntou a Gregório.

— Monóxido de carbono originado da queima de gás butano.

— Nem pensar em atirar na porta então — disse Denis, vomitando na sequência.

— De onde sai?

— De vários canos espalhados. Quando Salomão...

— Salomão? — perguntou Maya.

— Isso, o cara que nos prendeu aqui.

— O doutor Manuel de Mesquita?

— Isso. Quando ele me pediu pra projetar isso aqui, ele queria um lugar que oferecesse várias maneiras de torturar e matar para disponibilizar opções aos clientes.

Uma vertigem atingiu Maya de repente e ela desabou no chão.

— Vamos parar de falar para respirarmos menos o gás — disse Gregório, tirando a camiseta e a amarrando em volta do rosto. Sugeriu que Maya e Denis fizessem o mesmo. Foi até a outra porta que levava aos chuveiros nos quais ele e Manuel de Mesquita se lavavam após as sessões de tortura.

— Duvido que vá abrir — disse Maya ao ver Gregório olhando a fechadura biométrica.

— Eu sei que não vai, mas acho que consigo desmontar isso e abrir.

— Não temos mais muito tempo.

Maya olhou para Denis, que desfalecia. Gregório olhou em volta pensando no que fazer.

102

Manuel de Mesquita terminou as cópias e envios do material do HD. Desconectou-o do computador e se levantou. Estava decidido a resolver todos os seus problemas, presentes e futuros, naquele dia. Avisou pelo interfone que estava descendo e pediu que trouxessem seu carro.

Desceu a bela escadaria de sua clínica e antes de colocar o pé no térreo o manobrista já o esperava com o BMW azul à sua disposição.

103

Jaime desceu da moto quando ela sequer tinha terminado de brecar. Deu uma leve titubeada ao pousar os pés no chão em razão da tontura causada pela parada brusca.

Jaime correu até a entrada.

— Precisando de novo é só chamar, parceiro! — gritou o motoqueiro.

O segurança na guarita não teve tempo de perguntar o que Jaime queria pois ele já estava saltando a cancela. Como Jaime esperava, o sujeito saiu de dentro do pequeno espaço para tentar impedi-lo de seguir caminho, mas assim que abriu a porta foi agarrado pelo colarinho e teve uma arma apontada para sua cara.

— Em qual prédio fica o dono dessa merda? — gritou Jaime.

— Calma, amigo, calma.

— Calma é o caralho! Onde está o Manuel de Mesquita?

O BMW azul fez a curva que levava à guarita. Manuel de Mesquita estava tão compenetrado no jazz suave que saía pelas caixas de som que só quando se aproximou muito da saída se deu conta de Jaime e do segurança acuado. Brecou o carro e olhou estarrecido para o homem furioso com a arma. Jaime desviou o olhar do segurança e olhou para o carro. Ele e Manuel de Mesquita ainda não haviam se encontrado, mas imediatamente se identificaram como opostos e Jaime sabia que ali estava o homem que procurava. Manuel de Mesquita acelerou o carro rumo à cancela da saída, mas um tiro no para-brisa o fez se assustar, perder o rumo e bater na guarita. Jaime tomou a arma do segurança e foi até o carro do terapeuta. Apontou para ele pela janela do motorista, mas percebeu de imediato que o carro era blindado. Atirou num pneu traseiro e num pneu frontal. Por melhor que fosse a blindagem de um carro, os pneus têm apenas uma tira de aço que impede que eles se soltem, mas não impede que esvaziem, e dois vazios complicariam bem a fuga de Manuel de Mesquita. Ele olhou apavorado para Jaime, que apontou a arma para a janela do motorista e começou a atirar sempre no mesmo ponto.

104

Gregório prendeu a respiração e olhou para Maya e Denis. Denis abria e fechava os olhos. Maya vomitava. Gregório olhou para o filtro de barro que ele tinha colocado ali para beber água durante as sessões de tortura e uma ideia imediatamente veio à sua cabeça. Sem falar nada, ele foi até o filtro e o derrubou, espatifando-o em pedaços. Maya olhou para aquilo e achou que o cara tinha ficado louco. Gregório pegou do meio dos cacos o filtro propriamente dito e começou a batê-lo furiosamente no chão.

— O que você está fazendo, pelo amor de Deus? — perguntou Maya, tentando suportar a vertigem e a náusea.

— Esses filtros têm carvão ativo dentro — disse Gregório.

O invólucro se partiu e o carvão se espalhou um pouco. Gregório olhou em volta e viu uma garrafa PET vazia, que ele havia usado para simular afogamento em um homem certa vez. Pegou-a e, sacando um chaveiro com canivete do bolso, cortou a garrafa na vertical, formando duas meias-garrafas idênticas. Pegou sua camisa, rasgou dois pedaços, colocou um pouco de carvão sobre eles e os amassou no gargalo das duas metades.

— Sentem-se.

Maya se sentou com dificuldade e ajudou Denis a se sentar. Com a garrafa PET agora transformada em duas máscaras à prova de gás improvisadas, Gregório colocou uma sobre o rosto de Maya e a outra sobre o rosto de Denis. Amarrou-as na cabeça dos dois com duas tiras de pano de sua camisa.

— O carvão e o tecido vão filtrar o gás e acho que será o tempo pra eu conseguir abrir a porta.

— Mas e você? — perguntou Maya.

— Não tem carvão suficiente.

— Você vai morrer.

— Vai valer a pena se você me prometer uma coisa.

Maya assentiu num movimento de cabeça. Gregório pegou seu celular e o entregou a Maya.

— Nesse celular tem o contato do meu irmão Téo. Me prometa que vai encontrá-lo e entregar esse celular. Diga que no bloco de notas tem o número de um cofre de banco no nome dele. Me jure que fará isso.

— Eu juro.

Gregório fechou a mão de Maya sobre o celular.

— Foi você que matou a Michele e o Big Louis, não foi?

— Michele?

— As pessoas no bar.

Maya já havia visto culpados demais em sua vida para entender o que se passava com eles quando confrontados por seus crimes, e o arrependimento genuíno era tão raro que não restou dúvida.

Gregório se limitou a confessar num movimento de cabeça.

— Vai manter sua promessa? — perguntou ele.

— Sim.

105

CADA TIRO ERA UM COICE que Manuel de Mesquita sentia. Será que o vidro blindado aguentaria? Não sabia e não queria descobrir.

— Eu te digo onde eles estão! — gritou, mas os tiros e a grossura da janela não permitiram que Jaime entendesse.

Jaime parou de atirar. Manuel de Mesquita abaixou a janela o mínimo possível.

— Suba essa rua até o fim e quando ela acabar entre pelo gramado e ande mais alguns metros. Verá um muro com uma única porta. Entrando por ela, tem uma construção que destoa do resto. Eles estão lá.

— Por que eu acreditaria em você?

— Porque você pode ir salvá-los ou continuar perdendo tempo atirando, enquanto eles morrem lentamente envenenados por gás.

"Merda", pensou Jaime.

Manuel de Mesquita sorriu e por pouco Jaime não preferiu seguir atirando para ter a oportunidade de fazê-lo engolir aquele cinismo.

Jaime saiu correndo pelo caminho indicado com o ódio aflorando por cada fibra de seu corpo. Queria matar o cretino, mas era o momento de salvar os vivos.

Manuel de Mesquita olhou Jaime se afastar e suspirou aliviado. Pegou o HD no banco do carona e saiu do carro. O segurança, atordoado, balbuciou um pedido de desculpas e recebeu um "está demitido" em retorno. Não que isso significasse alguma coisa, pois Manuel de Mesquita sabia que, após aquele evento, ele teria de agilizar sua aposentadoria e era o que havia no HD que lhe proporcionaria isso.

106

Gregório já havia vomitado três vezes e lutava contra a tontura, a náusea e o sono que antecediam a morte. Sabia que não tinha mais muito tempo e que se morresse estaria falhando com seu irmão e sua sobrinha. Maya ainda se sentia zonza, mas estava estável e respirava melhor, assim como Denis. Gregório puxou um fio da fechadura desmontada e o cortou. Se sua mente não estivesse totalmente inebriada pelo gás, já teria resolvido aquilo, mas cada ato ou movimento lhe custava um esforço descomunal. Estava fraco. Os três estavam. Tentou cortar o fio uma, duas, três, quatro vezes até conseguir. Agora precisava cortar outro. Sentiu um apagão e foi engolfado pelas trevas. Piscou os olhos fortemente e pequenas estrelas pipocaram na escuridão abrindo caminho para um lapso de consciência. Gregório cortou o fio e juntou-o com o outro já cortado. Um zumbido fraco foi ouvido. A porta estava destrancada. Gregório se ajoelhou e tentou empurrá-la, mas suas forças haviam se exaurido; ele tinha ido muito mais longe do que seu corpo e mente podiam. Tombou pela última vez.

Maya, muito tonta, ajudou Denis a se levantar. Cada passo dado era como andar em areia fofa. Denis perdeu o equilíbrio e caiu, levando Maya junto. Ela fechou e abriu os olhos. Tudo parecia borrado, onírico. Será que morrer era assim? Em outra piscada, que pareceu levar eras, ela viu uma luz lhe machucando os olhos e um borrão que aumentava mais e mais.

107

Manuel de Mesquita estava no táxi, explicando o endereço para o qual precisava ir. No desespero de fugir da clínica, se preocupou em pegar o HD e esqueceu o celular, que tinha ficado no suporte do painel do carro para servir de GPS. Ele puxava pela memória o endereço, mas não conseguia se lembrar sequer o nome da rua. Pediu o celular do taxista emprestado que, muito a contragosto, o cedeu. Procurou informações de onde ia e facilmente as encontrou. Finalmente transmitiu ao taxista o endereço correto.

108

MAYA PUXOU O AR carregado de oxigênio e sentiu seus pulmões inflarem aliviados. Ainda estava zonza, mas tinha começado a entender onde estava. Balançou a cabeça e se sentou. Sentiu a grama sob si e essa sensação foi uma das melhores que teve na vida. Focou em Jaime agachado junto dela.

— Pensei que tinha te perdido — disse Jaime.

— Eu também.

Maya olhou para o lado e viu Denis tossindo.

— Essas máscaras de gás improvisadas salvaram vocês. Pena que o outro sujeito não resistiu. Quem era ele?

Um suspiro para reagrupar os pensamentos; Maya sabia que não ia querer ter aquela conversa com Jaime naquele momento.

Não ali, não daquela forma. O rapaz os tinha salvado e talvez, um dia, ela colocasse tudo em perspectiva para Jaime, então optou pela verdade mais direta.

— Ele era outra vítima do Manuel de Mesquita. — Só então sua mente começou a trabalhar num turbilhão. — E cadê o filho da puta?

— Deve ter fugido.

— E você tá fazendo o que aqui ainda?

— Vendo se você está bem!

— Eu só vou ficar bem depois que arrancar o pâncreas daquele desgraçado! Trata de descobrir pra onde ele foi!

Jaime se levantou e Maya jogou a chave do carro dela para ele.

— Eu cuido de tudo aqui. Descobre onde tá o desgraçado.

Jaime correu de volta para onde havia deixado Manuel de Mesquita e encontrou o carro abandonado com diversos funcionários da clínica em volta dele. Jaime passou por todos indo em direção ao banco do motorista. Um segurança colocou a mão em seu ombro.

— Calma, amigo, o que você está fazendo?

Jaime pegou a mão dele e a torceu fazendo com que o homem grunhisse de dor.

— Estou tendo um péssimo dia hoje, então, por favor, não fode.

O segurança se ajoelhou ante o movimento. Jaime soltou a mão e socou o sujeito, que desabou. O resto das pessoas ali ficou atônita e ele entrou dentro do carro. Numa rápida olhada em volta, viu o celular e o pegou. Claro que pedia senha. Jaime não teve dúvida. SALOMAO_31628. Acertou de primeira. O celular abriu no aplicativo de trajeto e Jaime viu o endereço final ali.

— Você só pode estar brincando.

109

AGENOR DE ALCÂNTARA Madeira olhava com inegável desprezo para Manuel de Mesquita, sentado em uma poltrona de sua biblioteca. Havia se surpreendido com a petulância do sujeito de aparecer em sua casa sem mais nem menos e só permitira sua entrada por uma curiosidade mórbida de saber o que aquele homenzinho podia ter para falar com ele.

— Senhor Agenor de Alcântara Madeira, vou direto ao assunto. Sabe quando lhe jurei que jamais havia gravado as sessões com sua filha? Pois então, eu menti.

Agenor engoliu em seco e sentiu o ódio lhe amargar a boca.

— E alguns acontecimentos recentes me colocaram na mira das autoridades, então precisaremos fazer negócios. Posso tomar um drink?

Manuel de Mesquita se levantou, foi até o pequeno bar da biblioteca, se serviu de um conhaque e deu um gole. Sorriu.

— Preciso comprar um desse; muito bom.

— Não creio que seja uma boa ideia.

— Você acha que eu não conseguiria comprar? Tenho vários conhaques que custam mais de mil reais na minha casa.

— Esse custa 44 mil reais, e tenho certeza que você não sabe apreciar.

Manuel de Mesquita sorveu o conhaque num gole só e olhou Agenor de Alcântara Madeira como uma serpente sibilante.

— Vocês quatrocentões são patéticos nessa pose de donos do mundo por direito.

— Patéticos ou não, é você que está aqui pedindo ajuda.

— Pedindo ajuda, não! Eu tenho as gravações, de áudio e vídeo, com sua adorável filha me contando tudo o que você a obrigou a fazer. Como lhe disse, ela nunca falou seu nome, mas falou "papai". Então não tem muito o que esclarecer. Para de ser arrogante e vamos parando com essa fleuma, por favor.

— Me diga quanto quer e suma daqui.

Manuel de Mesquita riu, se levantou e foi se servir de outra dose.

— Eu não sou um trombadinha, meu caro. O que eu tenho é bem valioso e você sabe disso. O que eu quero são ações das suas empresas, um voo em seu jato particular para alguma ilha bem agradável e seus advogados dando um jeito na situação, para o caso de uma hora eu sentir saudade do Brasil. E não adianta nem pensar em me ameaçar de novo. Existem cópias dessas gravações em drives e se eu pegar um resfriado e achar que a culpa é sua, isso estará na internet no dia seguinte. Você pode ser bilionário, queridão, mas o mundo é dos espertos.

— Que garantia eu tenho que isso não virá à tona em algum momento?

— Eu e você somos iguais, Agenor. Fazemos o que tem que ser feito e, se atingimos nossos objetivos, para que causar problema?

Agenor exibiu um nojo como se seu estômago queimasse.

— Nós não somos iguais. Nem pense em considerar isso; você é só um novo rico que não tem ideia do que seja dinheiro de verdade.

E não me venha com esse papo de que não causará problemas. Você já está causando.

— Então que tal tratarmos de uma forma que me faça parar?

Agenor pensou um pouco e por fim acenou com a cabeça em concordância. Foi até sua escrivaninha e abriu uma gaveta.

— Vou escrever algumas instruções para você.

— Faça o que tem que fazer.

— Exatamente.

Agenor levantou um pequeno revólver que estava na gaveta que abrira. Manuel de Mesquita o encarou e achou tratar-se de uma brincadeira. Até depois de ouvir o som do disparo, ele achava que aquilo não fosse possível. A bala o atingiu no abdômen e ele tombou de imediato. A dor excruciante fazia com que todo seu corpo tremesse, e ele apertava a barriga ainda não acreditando no que tinha acontecido. Agenor se abaixou próximo a ele.

— Essas merdas de gravações podem ir para qualquer lugar. Vai me causar problemas? Vai. Serei questionado por quem eu não quero? Sim. Mas tenho um batalhão de pessoas trabalhando para mim em todas as mídias que puder imaginar. Se eu consigo influenciar a bolsa de valores, consigo abafar isso, seu idiota. Perderei dinheiro, mas nada que vá mudar uma vírgula na minha vida. Talvez até me afastem do comando da empresa, mas por capricho resolvi atirar em você, porque não tolero ser ameaçado; principalmente por peixinhos. Você disse que o mundo é dos espertos; não, o mundo é dos ricos.

Aplausos atrás de si chamaram a atenção de Agenor. Ele olhou para trás e viu Alva com um largo sorriso no rosto.

— Meu Deus, Agenor! Você é tão brega.

— Isso não tem nada a ver com você, Alva!

— O que não tem nada a ver comigo? O sujeito se esvaindo em sangue no meu tapete ou o fato de que ele tem provas contra você?

Agenor se levantou e ficou frente a frente com Alva.

— Eu já estou de saco cheio de você, Alva.

— E o que você pretende fazer em relação a isso, irmãozinho?

110

JAIME ESTACIONOU O CARRO sobre a calçada e saltou com a arma em punho. Não sabia o que esperar dentro da mansão dos Alcântara Madeira, mas tentou aumentar suas chances ligando para Alva e lhe dando um breve resumo de quem era o homem que estava indo para lá. Não havia nenhuma preocupação quanto a segurança de Alva ou Agenor na decisão de fazer aquela ligação. Num encontro entre chacais e hienas, ele tinha que se precaver para não se tornar a carniça.

Aproximou-se da porta principal que estava entreaberta. Passou por ela e olhou o porteiro mexendo despreocupadamente em seu celular. O cara pareceu não dar a mínima para a presença de Jaime ali, armado. Ele olhou de soslaio para Jaime e deu de ombros.

— A velha disse que era pra deixar você entrar.

111

Agenor e Alva se encaravam. Agenor tremia de raiva da cabeça aos pés. No chão, Manuel de Mesquita dava seu último suspiro encharcado de sangue. Agenor apontou a arma para Alva, que não expressou nenhum tipo de reação. Um engatilhar de arma foi ouvido.

— Abaixa! — gritou Jaime apontando sua arma para Agenor, que não conseguiu esconder sua surpresa ao vê-lo ali.

— Sforza! Você devia estar morto.

— A vida é uma sequência de decepções, Agenor. Agora abaixe a arma.

Alva começou a rir.

— Não se preocupe, senhor Sforza. O estúpido do meu irmão só está fazendo uma ameaça vazia, ou se esqueceu completamente de que essa foi a arma com que meu pai se matou e é uma pistola de dois tiros. Nós a mantínhamos intacta no mesmo lugar que ele a pegou pela última vez para servir, como posso dizer, de *memento mori*. Uma das balas foi para a cabeça do meu pai e a outra acabou de matar aquele moço ali.

Só então Jaime se deu conta do corpo de Manuel de Mesquita esvaindo em sangue no chão. Agenor tremeu mais uma vez e puxou o gatilho. O barulho seco do cano da arma batendo no vazio corroborou a tese de Alva. Cansado, Agenor simplesmente se sentou em uma poltrona e ficou olhando para a arma que tinha nas mãos.

— Pois bem, Sforza, me diga; esse homem que acabou de morrer tinha o que lhe pedi para descobrir? As provas de que meu irmão mandou matar Deborah?

Agenor se levantou de um salto.

— Você acha que eu mandei matar minha própria filha, sua desgraçada? Que pai eu seria se fizesse isso?

— O mesmo pai que a prostituiu para conseguir o que queria.

— São coisas diferentes!

Jaime não conseguia acreditar no nível de surrealidade daquele diálogo. Se o mundo real era aquilo, ele queria voltar para a farsa.

— Todos nós nos sacrificamos para sermos o que somos, Alva! Você melhor do que ninguém deveria saber disso. Você acha que eu, como pai, gostei do que fiz Deborah passar? Mas tenho responsabilidades! O que nos diferencia do resto é nossa coragem de fazer o que é necessário.

— O que é necessário, Agenor? Necessário para quê? Para quem? Quando chegamos a uma determinada idade, se estivermos dispostos, coisas que aprendemos durante a vida inteira acabam ficando um pouco turvas e você se pergunta se eram corretas, se eram normais, se a vida devia ser aquilo. Senhor Sforza?

— Estou aqui — disse Jaime.

— Me diga o que descobriu, por favor.

Jaime, ainda mantendo a arma apontada para Agenor, puxou na memória a conversa com o advogado.

— Não foi seu irmão que mandou matar Deborah. Orlando a matou no desespero e o dinheiro gasto com seu advogado de defesa foi para tirá-lo da cadeia para ter a oportunidade de silenciá-lo. Ele sabia exatamente o que Agenor havia feito a filha passar.

Agenor sorriu para Jaime e agradeceu com a cabeça. O semblante de Alva não se alterou em nada.

— E por que — disse Alva — Deborah estava na situação de ter sido colocada ao lado de alguém como Orlando?

Agenor cerrou o cenho. Alva não esperou que ninguém falasse e continuou.

— Ela estava ao lado daquele homem, naquela situação deplorável, por que queria?

— E por qual razão seria, Alva? Pelo amor de Deus! — gritou Agenor.

— Talvez porque uma vida deplorável, para ela, fosse viver ao seu lado, Agenor. E qualquer outra coisa era preferível a isso.

— Ninguém em sã consciência prefere se prostituir, se drogar e viver como ela vivia tendo o que nós podíamos dar a ela.

Agenor suava e a veia em sua têmpora parecia que ia explodir.

— O que você deu a ela foi o que a fez querer se drogar e se prostituir. Se não entendeu isso até agora, tenho certeza que não vai aprender mais. Mas posso lhe falar com toda a certeza, irmãozinho; se existe uma pessoa que é responsável pela morte de Deborah, essa pessoa é você.

Agenor ria, mas um riso maníaco e descontrolado. Ele andava de um lado a outro da ampla biblioteca sob a mira da arma de Jaime e dos olhos de Alva. Foi até a mesa da qual pegara a arma. Ficou de costas para Jaime e Alva. O dedo de Jaime no gatilho formigava. Qualquer movimento de Agenor o fazia exercer mais pressão sobre o gatilho. Um grunhido curto e abafado veio de Agenor. Jaime estava prestes a atirar, mas Alva abaixou o braço dele. Agenor se virou para eles e tirou da própria jugular a faca nazista que enterrara ali. Seus olhos estavam vidrados e de seu pescoço fluía uma torrente de sangue. A força de suas pernas o abandonou e ele caiu de joelhos, tombando em seguida sobre o corpo inerte de Manuel de Mesquita.

Jaime foi até os corpos e constatou as mortes. Olhou para a faca, a mesma que Deborah roubara e dera de presente para Lídia;

que fora encontrada quando Lídia e Rebeca foram mortas e que desencadeara toda a sequência de eventos que culminou com aqueles homens tombados ali. Jaime considerou o aspecto cíclico daquela história.

— Bem, então é isso — disse Alva.

Jaime se virou para ela. Será que nada abalava aquela mulher?

— Tem bastante sujeira pra você varrer — disse Jaime.

— Não se preocupe, senhor Sforza. Nós, os Alcântara Madeira, somos muito bons nisso.

Jaime balançou a cabeça e começou a se dirigir para a saída. Parou um instante e se virou para Alva.

— Com seu irmão morto, quem vai controlar suas empresas?

Alva riu e foi se servir de gim com gelo, enquanto Jaime partia com o som daquela risada incrustado em sua mente.

112

Maya desceu do vagão com o cuidado habitual com o vão que ficava entre o trem e a plataforma. Por ser domingo, nem o vagão nem a estação estavam cheios. Subiu a escada de concreto devagar, repassando tudo o que achava necessário dizer e aquilo que achava melhor silenciar. Ela aspirou o ar. A experiência de quase ter morrido devido ao gás ainda estava fresca em sua memória, o que fazia aquele ar, mesmo não tendo o melhor cheiro do mundo, parecer extremamente agradável. Ela se sentia viva e era tudo o que podia querer. Saiu da estação e sentiu o cheiro inconfundível de churrasquinho de rua. Olhou em volta e viu exatamente de onde vinha o cheiro.

Considerou que os coraçõezinhos de frango estavam apetitosos, mas não queria mais protelar o que a havia levado até aquele extremo da cidade. Olhou o endereço em seu celular e apalpou seu bolso para se certificar que o outro estava lá. Era quase impossível não estar; ela havia checado inúmeras vezes desde que saíra de casa, num tique incontrolável.

Caminhou por ruazinhas mal-conservadas, passou por crianças brincando e jogando bola, por velhos conversando no portão e por moradores que a olhavam desconfiados. Maya sorriu. Não sabia exatamente por que sorria, mas era algo tão agradável que lhe lembrou a sensação de respirar.

Chegou na casinha simples e arrumada que o endereço marcado lhe dizia ser a que procurava. Tinha um muro pequeno e um portãozinho antes da porta. Bateu palma. Não demorou para que uma linda menininha com maria-chiquinha abrisse a porta e a olhasse com a curiosidade inocente que um dia passaria.

— Oi, aqui é a casa do Téo?

— Uhum.

— Ele está?

A menina voltou para dentro e deixou a porta entreaberta.

— Pai! Tem uma moça querendo falar com você — Mila gritou.

O homem que foi atender a porta não deixou margem para dúvidas. Maya viu a semelhança com Gregório de imediato.

— Pois não? — disse Téo.

— Maya Campos, Polícia Civil — disse, mostrando o distintivo.

Téo deu dois passos para fora da casa e fechou a porta. Aproximou-se de Maya e abriu o portãozinho.

— O que aconteceu com ele? — perguntou Téo.

Maya encarou a face triste do homem em sua frente com confusão. Pegou o telefone de Gregório do bolso.

— Senhor Téo, o senhor foi informado da ocorrência envolvendo seu irmão e imagino que foi o responsável pelo enterro, então...

— Por favor, fora do papo oficial.

Maya odiou aquilo. Como o desfecho daquele caso envolvia um terapeuta de renome, com pacientes importantes, que fora encontrado assassinado na mansão de uma das famílias mais poderosas do país, junto com o patriarca dessa família que tinha se suicidado, obviamente panos quentes foram colocados e a realidade abafada em nome de coisas hipotéticas como "manter o bom nome" e "não assustar o mercado". Disseram a Téo que o irmão morrera num simples vazamento de gás. No fim, certas coisas nunca mudam realmente.

— Senhor Téo, não sei o que o senhor acha que eu posso contar.

— Se não tivesse o que contar não teria vindo aqui.

Maya suspirou. Entregou o celular a Téo.

— Esse celular era do seu irmão. Ele me pediu pra te entregar e avisar que no bloco de notas tem instruções sobre um banco e um cofre em seu nome.

Téo pegou o aparelho e balançou a cabeça, com olhos cheios de lágrimas.

— Sabe, eu nunca fui inteligente como meu irmão, mas também não sou burro. O caralho que ele era só um segurança. — Encarou Maya. — O que ele fazia? Como realmente morreu?

Maya olhou para Téo e por sobre o ombro dele viu o rostinho sapeca de Mila espiando para fora.

— Eu não estaria viva se não fosse pelo seu irmão. Acho que é tudo que você precisa saber.

Téo se deu por satisfeito, balançou a cabeça e caminhou de volta para casa. Passou a mão pelos olhos para enxugar as lágrimas e pegou Mila no colo.

— E o que essa malandrinha está fazendo aqui ouvindo a conversa do papai?

Ele fechou a porta e Maya tomou o rumo de volta para a estação de trem.

113

Jaime passava um pano no balcão do seu bar. Não havia música e o silêncio se estendia aos seus pensamentos. Estava se forçando a não pensar em nada. Mas, nas profundezas, sua mente se questionava se deveria ou não manter o lugar aberto. Reminiscências demais. Jaime tinha medo de não saber lidar e mais uma vez se pegou pensando no que Michele teria preferido.

Uma fisgada de dor na sua mão que passava o pano o distraiu. Olhou o que o havia ferido e viu um pequeno caco de vidro incrustado na madeira do balcão. Lembrou dos outros cacos que teve de limpar e do sangue do filho da mãe que matara Michele e Big Louis. Jaime sorriu; sua loirinha era realmente durona.

— Entendido, gatinha — falou para si.

— Toc, toc.

Jaime olhou para o portão semiaberto e viu Maya entrando.

— Não estamos abertos ainda.

Ela riu, se aproximou e se sentou.

— Como você está? — perguntou Maya, se curvando sobre o balcão e pegando a garrafa de Jack Daniel's que Jaime estava bebendo.

— Indo.

— Nossa, tão mal assim?

Maya serviu uma dose para cada um.

— E o Denis, como está?

— Se recuperando. Vai ficar com uma cicatriz no torso, mas nada que vá me impedir de transar com ele.

— O quê?

Maya riu e beijou Jaime nos lábios.

— Tudo o que passamos, tudo o que aconteceu, sei lá...

— Vai, Jaime. Desabafa. Não te fez bem da última vez?

— Segue meu raciocínio; eu fui envolvido por Alva de Alcântara Madeira pra descobrir se a pessoa que havia matado Lídia e Rebeca era Orlando, que havia matado Deborah e depois se matado na cadeia. Ela desconfiava disso por causa da faca nazista encontrada na cena do crime, e ela sabia que se tratava de uma faca do irmão, Agenor de Alcântara Madeira, de quem Deborah a havia roubado.

— Certo.

— Nisso nós descobrimos que Lídia e Rebeca foram mortas por neonazistas, que Lídia fazia parte de um esquema de tortura e assassinato por encomenda, que Agenor de Alcântara Madeira havia usado a filha em chantagens sexuais, o que a fez afundar em uma espiral de degradação que terminou com ela morta e, querendo silenciar o homem que a matara, tentou livrá-lo da cadeia para matá-lo. Porém, não conseguiu, porque antes disso o delegado Antunes tirou o sujeito da cadeia e o entregou para ser torturado e morto por um terapeuta que buscava potenciais clientes para seu negócio de tortura e assassinato entre seus próprios pacientes, baseado nos dramas que lhe contavam; para isso, ele usava um rapaz com predisposição à violência, mas que servia totalmente no esquema, porque além de tudo era um gênio e cuidava da parte de engenharia e informática e que, por mais que eu queira odiar, sei que no fim ele também acabou sendo uma vítima.

— E a que conclusão você chegou?

— Que vivemos num mundo de bosta rodeado de trevas.

Maya refletiu alguns poucos segundos. Virou sua dose de uísque e colocou outra para cada um.

— Você tem razão, Jaime. Baseado nisso que falou, esse mundo é um lugar horrível rodeado de trevas. Mas se não fossem as trevas, provavelmente, tudo continuaria na mesma.

— Como assim?

— Se um neonazista cheio de ódio não tivesse mandado matar Lídia e Rebeca, jamais Alva de Alcântara Madeira teria voltado sua atenção pra isso e te envolvido. E você não entraria na casa de Lídia e Rebeca, encontrado Gregório tentando pegar o notebook, que você acabou pegando, e nos levado ainda mais longe na conclusão desse caso. Se ficássemos apenas no assassinato de Lídia e Rebeca, acabaríamos pegando os neonazistas, teríamos ficado felizes pelo bom trabalho, e toda a outra operação que descobrimos e todo o lixo que Agenor de Alcântara Madeira tinha embaixo do tapete continuariam ocultos, e o delegado Antunes ainda seria o chefe. Um pouco de treva nos mostrou o caminho de trevas ainda maiores.

— A que preço?

— Do tipo de preço que você escolhe pagar pra se manter fora da ignorância e, no meio tempo, colocar um ou outro babaca fora de circulação. O mundo não é um lugar fácil, mas prefiro encará-lo sabendo como ele é do que me iludindo com o verniz de conto de fadas. Só nos livramos das trevas quando sabemos onde elas estão, e pra mim isso já é um começo.

— Mas eu perdi Michele.

— Já falamos sobre isso. Pensa mais um pouco.

Jaime refletiu. Ele sabia do que Maya estava falando. Michele amadurecera cedo demais devido aos dramas que havia passado e com tenra idade era mais adulta e mais vivida do que a maioria das pessoas e, só ali, ao lado dele, teve a tranquilidade que uma pessoa que passou por tanto pode almejar. Com pouco mais de vinte anos ela já tinha completado um ciclo que pessoas de sessenta às vezes não completaram. Se isso era bom ou ruim não dava para dizer, mas o fato é que Jaime lhe dera o amor paterno que muitas pessoas nunca chegam a conhecer. Pensou em Deborah.

— Você não perdeu a Michele. Não é porque ela não está aqui que você não a tem.

Jaime concordou. Tinha muito o que refletir, mas até ali concordava com Maya. O mundo não era um lugar fácil, mas um pouco de trevas os havia ajudado a iluminar outras mais densas e perigosas. Sim, ele podia, pelo menos naquele momento, se sentir satisfeito.

Jaime levantou seu copo cheio de uísque, encorajando Maya a fazer o mesmo. Olhou nos olhos dela e sorriu.

— Um brinde às trevas.

FIM